裏金《ブラックマネー》

南　英男
Minami Hideo

文芸社文庫

目次

序章　密会の狂想曲《ラプソディー》

女が純白のバスローブを脱いだ。

ソファから立ち上がった直後だった。裸身が露《あらわ》になった。一糸もまとっていない。

豊満な肉体だった。

腰のくびれが深い。黒々とした飾り毛が肌の白さを際立《きわだ》たせている。

若くて美しかった。顔の造りは派手だ。細面で、彫りが深い。

全裸の女は、広い寝室のほぼ中央にたたずんでいた。

部屋には五十絡《がら》みの男がいた。どことなく脂《あぶら》ぎっている。

男はソファに腰かけ、ブランデーを舐《な》めていた。濃紺のバスローブ姿だった。

「ね、早く抱いて」

女が悩ましげなポーズをとった。

男は微苦笑したきりだった。

「お願い、焦《じ》らさないで。わたし、半月も放っておかれたのよ」

「仕事が忙しかったんだから、仕方がないじゃないか」

「とか言ってるけど、ほんとは奥さんか新しい女と旅行でもしてたんじゃないの？」

「つまらんことを言うな。本当に仙台に行ってたんだよ」

「山林の買い付け？」

「ああ。安く買い叩いた山林が、数年後には東北一のレジャーランドに生まれ変わるはずだ」

「また儲《もう》かるわね」

「儲ける気がなきゃ、事業なんかやらんよ。わたしはたった一代で、コンツェルンの頂点に立つことを夢みてるんだ。いや、もう夢なんかじゃない」

「ここでは、お仕事の話はしないって約束だったでしょ？」

女が男の言葉を遮《さえぎ》った。

「そうだったな」

「ねえ、あなた」

「そう急《せ》かすな。今夜はここに泊まるんだから、時間はたっぷりあるじゃないか」

「早く抱いて欲しいのよ」

「ブランデーを飲み干すまで、もう少し待ってくれ。それに、まだ……」

「わたしが、その気にさせてあげる」

女が嫣然《えんぜん》と笑い、すぐに男の足許にひざまずいた。

男は両手でブランデーグラスを掲《かか》げたまま、じっと動かない。

女が馴《な》れた手つきで、男のバスローブの裾を捲《めく》り上げる。骨ばった脚が電灯の光に晒《さら》された。色が浅黒く、毛深かった。

女が男の股間《こかん》に顔を寄せた。

男は左手をグラスから放し、女の長い髪を梳《す》くようにまさぐりだした。どこか投げ遣《や》りな愛撫《あいぶ》だった。

女が口に含んだペニスを熱心に慈《いつく》しみはじめる。その瞼《まぶた》は、軽く閉じられていた。少し経《た》つと、男の欲望が膨らんだ。いつの間にか、男の左手は女の項《うなじ》に移っていた。

「あとはベッドでね」

女が顔を上げ、色っぽく囁《ささや》いた。

「いや、まだだ」

「もう大丈夫よ。ほら、こんなに……」

「ちょっと待ちなさい」

男はいくらか他人行儀な口調で言い、ブランデーを自分の昂《たか》まりに滴《したた》らせた。その飛沫《ひまつ》が女の火照《ほて》った頰に振りかかった。女は好色そうな笑みを浮かべた。黒ずんだ分身がしとどに濡《ぬ》れると、男は目顔で促《うなが》した。

女が心得顔で、ふたたび男の昂まりに舌を這《は》わせはじめた。舌の先でブランデーの雫《しずく》を巧みに舐め取っては、ゆっくりと飲み下《くだ》す。

「味はどうかね？」

「おいしいわ」

女が、くぐもった声で答えた。目はつぶったままだった。

男が満足げにほほえみ、片手で女の乳房を揉《も》みはじめる。淡紅色の乳首は、すでに硬く張りつめていた。

数分後、女がくわえていたペニスを解放した。

「すっごく感じてきちゃった。お願い、早くベッドに」

「わかった。先にベッドに入っててくれ」

「ええ」

女が腰を上げた。弾みで、たわわな乳房が揺れた。

男はブランデーグラスをいったんサイドテーブルの上に置き、おもむろに立ち上がった。女が壁際のダブルベッドに急ぐ。彼女は羽毛蒲団《ふとん》をせっかちにはぐり、すぐに身を横たえた。仰向けだった。それでも、乳房は少しも形を変えなかった。

豪華な寝室だった。

スペースは二十畳近い。白い殴り仕上げの壁には、著名な版画家の作品が飾られている。

キングサイズのベッドは国産品ではなかった。ドレッサーや陶製のナイトスタンドも安物ではない。

「あなた、早くこっちに来て」

女が言った。媚《こび》を孕《はら》んだ声だった。

男は短く返事をして、バスローブのベルトを解いた。ローブを足許に落とす。

男もトランクスをつけていなかった。さきほど猛《たけ》った性器は、半《なか》ば力を失っている。

女の瞳《ひとみ》に、失望の色が宿った。

男はブランデーの入ったグラスを摑《つか》み上げると、巨大なベッドに近づいた。つと立ち止まるなり、彼はしみじみと呟《つぶや》いた。

「若い女の体は綺麗《きれい》だな。素晴らしい眺めだよ」

「たっぷり眺めて。わたし、見られると、すっごく燃えちゃうの」

女はあからさまに言って、むっちりとした太腿《ふともも》を開きかけた。慌《あわ》てて男が、それを制す。

「脚を拡《ひろ》げないでくれ」

「えっ、どうして？」

「両腿をぴったり合わせてくれないか」

「あら、たっぷりと眺めてくれるんじゃないの？」

「その前にちょっとな」

男は曖昧《あいまい》に答え、女の中心部にブランデーを一気に注いだ。女が奇声を洩《も》らす。付け根の窪《くぼ》みからあふれた琥珀色《こはくいろ》の液体が、膝頭《ひざがしら》の近くまでつーっと流れた。

「やーね。変なこと考えてるんでしょ？」

「いや、いいことを考えているのさ」

男は卑猥《ひわい》に笑って、空になったグラスを床に落とした。グラスは小さく撥《は》ねたが、割れなかった。

「あなた、何とかして。お酒がお尻の方に回っちゃうわ」

「心配するな」

男はベッドの上に這い上がった。

女の付け根には、ブランデーが溜《た》まっている。恥毛が海草のように揺らめいていた。

「さっきの返礼をしてやろう」

男は低く呟き、女のはざまに顔を埋《うず》めた。女が短い叫びをあげた。男は音をたててブランデーを啜《すす》りはじめた。

「こんなの、初めてよ」

「昔の粋人たちが枕芸者を相手に、よくこういう遊びをしたそうだ」

男がこころもち顔を浮かせ、教えるように言った。

女の股《また》のあたりには、まだほんの少しブランデーが残っている。男はそれを余さずに吸い上げると、いきなり女の両脚を大きく割った。

濡れた陰毛が恥丘にへばりついている。煽情的《せんじようてき》な眺めだった。

男が女の股の間に胡坐《あぐら》をかき、秘めやかな部分を指で弄《もてあそ》びはじめた。指の動きには、リズムがあった。

いくらも経《た》たないうちに、女の呼吸が乱れた。両手で、自分の胸の隆起を切なげに揉んでいる。

男の前戯は執拗《しつよう》だった。

やがて、女は極みに駆け昇った。高い声を迸《ほとばし》らせ、全身を痙攣《けいれん》させた。

男はそれを見届けてから、腹這いになった。

女が進んで膝を立てる。

男は、赤い輝きを放つ場所に頬擦りした。いかにも、いとおしげだった。

女が震えるような吐息を洩らした。吐かれた息は、途中でか細い喘《あえ》ぎ声に変わった。

男が薄い唇で、綻《ほころ》んだ花弁をついばみだした。

そのとたん、女が切なげに身をくねらせた。彼女は男の頭に両手を伸ばした。

真紅のマニキュアが妙になまめかしい。しなやかな指は、すぐに男の髪の中に潜《くぐ》り入った。

男は、木の芽に似た突起をひとしきり尖《とが》らせた舌で嬲《なぶ》った。女が悦《よろこ》びの声を幾度もあげた。そのつど、脇腹に漣《さざなみ》が走った。

「BMWの調子はどうだね？」

不意に男が顔を上げ、女に訊《き》いた。口の周《まわ》りがぬめぬめと光っている。

女は答えない。喘いだだけだった。

「たてつづけに十度昇りつめたら、ポルシェを買ってやってもいいぞ」

「もういじめないで、パパ」

「こら、パパと呼ぶなと言ってるじゃないか」

「そんなことより、早くわたしの中に……」

「よし、よし」

男は上体を起こすと、女の両脚を掬《すく》い上げた。膕《ひかがみ》が白くきらめいた。膝頭の真裏だ。

女の口から、嬌声《きょうせい》が零《こぼ》れる。

男は淫靡《いんび》に口を歪《ゆが》め、女の両腿を自分の肩に担《かつ》ぎ上げた。

女が甘やかに呻《うめ》いた。男は乱暴に体を繋《つな》いだ。

すぐさま荒々しく腰を躍《おど》らせはじめた。その動きは、どこかサディスティックだった。ベッドの軋《きし》みが生々しい。

男は中背だが、痩《や》せていた。

そのせいか、女の肢体がことさら肉感的に映る。

男が深く突くたびに、女の裸身が毬《まり》のように弾んだ。女の踵《かかと》は交互に跳ね上がり、男の貧弱な背を打った。

ほどなく女がのけ反った。

閉じた瞼の陰影が濃い。半開きの口の奥で、舌が妖《あや》しく舞っている。

いつしか男は汗ばんでいた。息遣いも荒かった。

女が憚《はばか》りのない声を発し、体を縮めた。

その瞬間、絶頂に達した。女は全身で震えながら、獣《けもの》じみた唸《うな》り声を轟《とどろ》かせつづけた。

男はにっと笑い、一段と律動を速めた。

第一章　謎の黒覆面集団

1

闇が光った。

暗がりの奥だ。懐中電灯の灯《ひ》だった。

閑静な住宅街の路上である。井《い》の頭線《がしらせん》の浜田山駅から、さして離れていない。

夜は更けている。十時過ぎだった。人通りは絶えていた。

小さな光が瞬《またた》いた。先に忍び込むという合図だ。

影丸慎也《かげまるしんや》は、ヘッドライトを灯《とも》した。

短く点滅させる。黒っぽい路面が浮かんで消えた。了解のサインだった。

前方の暗がりで、光の輪が萎《しぼ》んだ。サインを認めたらしい。

影丸はライトのスイッチを切った。

路上駐車中の車は、パジェロだった。自分の物ではなかった。数時間前に、無断で拝借した四輪駆動車だ。

まだ新しかった。走行距離は一万キロにも満たない。

影丸は、助手席の宇佐美麻衣《うさみまい》を見た。

いつの間にか、麻衣はサングラスをかけていた。豊かな髪に隠れ、横顔は半分しか見えない。

それでも充分に美しかった。

細く高い鼻には、どこか気品があった。官能的な唇が男心をそそる。麻衣は、均斉のとれた肢体を黒革のパンツスーツで包んでいた。セクシーだった。

麻衣は二十五歳だ。国際線の元キャビンアテンダントである。

──いい女だ。三十三歳のおれには、もったいない相手かもしれない。

影丸は胸底で呟《つぶや》いた。二人が男と女の関係になって、はや半年が流れている。

麻衣の膝の上に視線を落とす。

そこには、水平二連銃があった。レミントンだった。銃身は短い。散弾銃《ショットガン》の半分もなかった。動物捕獲用の麻酔銃だ。

「ダーツ弾は、もう装填《そうてん》してあるな?」

影丸は確かめた。

「ええ」

「いつも言ってることだが、決して無理はするなよ。きみは少々、無鉄砲なところがあるからな」

「仕事中はチーフの命令に服従するわ」

「いい心がけだ。それじゃ、仕事に取りかかろう」

「了解！」

麻衣が助手席のドアを押し開けた。

影丸も車を降りた。エンジンは切らなかった。ドアのロックもしない。

あたりに、人影はなかった。

ひっそりと静まり返っている。葉擦《はず》れの音だけが高い。

三月の半《なか》ばだった。日中は穏やかだが、夜はまだ肌寒かった。今夜も外気は尖《とが》っている。

影丸は、レザーブルゾンの襟を立てた。

ブルゾンの色はキャメルだった。下は白いコーデュロイ・ジーンズだ。

サングラスで目を覆う。闇が一層、深くなった。

麻衣が影丸のそばにたたずんだ。同時に、彼女は深呼吸した。形よく突き出た胸が上下に揺れる。

「少しは緊張がほぐれたか？」

「ええ、もう大丈夫よ」

「なら、行こう」

影丸は大股《おおまた》で歩きだした。麻衣が小走りに従《つ》いてくる。

影丸は背が高い。百八十二センチある。筋肉質で、贅肉《ぜいにく》は少しも付いていない。顔立ちは男臭かった。眉《まゆ》が濃く、その目は鋭い。削《そ》げた頬が精悍《せいかん》な印象を与える。

影丸は、闇の処刑軍団『鬼師《バラクーダ》』の行動隊長だった。

麻衣は恋人だ。有能な部下でもある。さきほど夜道で懐中電灯を明滅させたのは、もう一人の部下だ。その男は矢吹芳明《やぶきよしあき》という。

軍団を率《ひき》いているのは、麻衣の伯父の宇佐美信行《のぶゆき》だった。

チームが結成されて、丸二年になる。それまで宇佐美は東京地検の検事正を務《つと》めていた。

いまは弁護士だ。宇佐美法律事務所は、高田馬場《たかだのばば》の古ぼけたビルの一室にある。

影丸たち行動隊の三人は一応、その法律事務所の調査員ということになっている。

しかし、それは世間の目を欺《あざむ》くための表の顔にすぎない。

現に影丸たちは毎日、出勤しているわけではなかった。月のうち、半分はオフィスは無人になる。

所長の宇佐美が事務所に顔を出すことはめったにない。

誰もいないオフィスにかかってくる電話は、すべて自動的に所長の自宅に転送されている。

それでも宇佐美は、ごくたまにしか仕事をしない。ボスは冤罪《えんざい》に泣く人間の弁護しか引き受けなかった。それは、一種のポリシーだった。

宇佐美は、もうじき六十二歳になる。

だが、その精神は若々しい。常に社会に目を向け、不正や腐敗に憤《いきどお》っていた。

正義感が人一倍強いのは、若い時分に左翼運動に関わったことがあるからかもしれない。

そういうタイプだけに、金儲《かねもう》けは下手だった。宇佐美が準備した活動資金は、わずか一年半で底をついてしまった。ボスは自宅を処分する気になった。

そんなことをされたら、雇われた者は気が重くなる。

そこで、影丸はボスを説き伏せて悪徳政財界人の汚れた金を狙《ねら》うことにした。こうして半年前から、強奪した金をチームの活動資金に充《あ》てるようになったのだ。

強奪金は、やがて十五億円になる。

その大部分はボスの宇佐美が保管していた。処刑人チームの報酬は月給制だった。宇佐美を含めて、一律に月給三百万円だ。

ただし、影丸たち行動隊員には処刑手当がつく。狙った獲物を首尾よく殺せた場合は、三人にそれぞれ百万円が上乗せされる。ボーナスや退職金の類《たぐい》はない。

影丸たち行動隊の三人は、これまでに五人の巨悪を闇に葬《ほうむ》っている。いずれも、法の網を巧みに潜《くぐ》り抜けた大悪党ばかりだった。影丸たちには、罪の意識はひと欠片《かけら》もない。

どの事件も未解決のままだ。

五人のうち二人は、いまだに白骨遺体さえ発見されていない。影丸たちに捜査の手が伸びてきたことは一度もなかった。それだけ彼らは、慎重に行動していた。

『鬼師《バラクーダ》』の本部は、宇佐美の自宅に置かれている。そのことは、むろんメンバーだけしか知らない。

影丸と麻衣は立ち止まった。

角の邸宅の前だった。その屋敷は、多角経営で成功を収めた『フェニックス』前会長の篠原正宏《しのはらまさひろ》の妾宅《しょうたく》である。『鬼師』の今夜の獲物は篠原だった。

影丸は、白い門柱に目を向けた。

及川《おいかわ》という表札が掛かっている。篠原の若い愛人、美穂《みほ》の姓だ。及川美穂は一年前まで、銀座の高級クラブのホステスだった。

影丸たちは、そこまで調べ上げていた。

美穂の住まいは豪邸と呼んでも差し支《つか》えなかった。敷地は優に三百坪はある。樹木も多い。

影絵のように見える庭木の向こうに、二階建ての白い洋館がそびえている。造りは南欧風だった。オレンジ色のスペイン瓦《がわら》が美しい。

階下の室内灯は消えていた。

玄関灯と庭園灯は灯《とも》っている。二階の一室が明るい。

「篠原は、あの部屋で美穂と寝酒でも飲んでるんじゃない？」

麻衣が二階を仰《あお》ぎながら、小声で言った。

「そうかもしれない」

「まともな庶民は一生かかっても、とても都内二十三区にはマイホームを持つことができなくなってるのに、愛人にこんな立派な邸宅を買い与えてるなんて、なんだか腹立たしいわ」

「そうだな」

「要領のいい奴だけがいい思いをしてるのね。こんな世の中、どこか間違ってるわ」

「篠原のツキはもう落ちはじめてるよ」

影丸は低く応じた。

篠原正宏は昨年の秋まで、社員七千人を抱える『フェニックス』グループの総帥《そうすい》だった人物だ。総帥といっても、篠原はまだ若い。五十四歳だった。

篠原の経歴は謎に包まれている。

生まれ故郷の四国に十八歳までいたことは確かだが、その後のことは詳《つまび》らかでない。空白だらけだった。

そんな篠原が突如として経済界で頭角を現すようになったのは、およそ十年前のことだ。

東南アジア諸国に車海老《くるまえび》の養殖場を作り、大儲けをしたのである。本鮪《ほんまぐろ》の買い付けでも大きな利益を得た篠原は、一転して民間開発事業に乗り出した。事業は飛躍的に成長し、わずか数年で準大手にのし上がった。

その後、篠原は次々に新しい事業を手がけた。

外食、不動産、金融、観光、運輸と業種は多岐にわたり、いまや傘下企業は十指に迫る勢いだ。『フェニックス』グループの年商は一兆円にのぼる。

ニュービジネスの革命児とまで謳《うた》われた篠原正宏に翳《かげ》りがさしたのは、半年ほど前だった。

一部のマスコミが篠原の汚れた過去を暴《あば》いたのだ。その告発によると、篠原は十数年前にある新興宗教団体の教祖と謀《はか》って、信者たちから現金や不動産を詐取《さしゅ》したらしい。

彼は騙《だま》し取った金を元手にして、車海老の養殖事業を興したようだ。また篠原は、有名ブランドのコピー商品の密輸入にも関わっていたらしい。

さらに彼は政官界の高官や大物実業家の醜聞《スキャンダル》を嗅《か》ぎつけ、事業の拡大や人脈強化を図ってきた疑いがあるらしかった。

未公開株を政官界に大量にばらまいて、ひところ世間を騒がせた若手実業家よりもその手口ははるかにあくどい。経済マフィアも顔負けだ。

当然のことながら、警視庁や東京地検特捜部も動きだした。篠原は幾度となく事情聴取されたが、いまもって逮捕されていない。どの事件も証拠が不充分だからだ。

三度目の事情聴取を受けた後、篠原はみずから『フェニックス』会長のポストを捨てた。しかし、それは世間の非難を躱《かわ》す小細工にすぎなかった。

――篠原は、もう不利になりそうなものは処分したにちがいない。おそらく奴はこのまんまなんの咎《とが》めも受けずに、ぬくぬくと生き延びていくことになるだろう。悪賢い野郎は、少々痛めつけてやらなきゃな。

影丸は電灯で明るい部屋を見上げながら、胸の奥で息巻いた。義憤だった。

『鬼師《バラクーダ》』が篠原正宏の隠し金を奪う計画を立てたのは、三週間ほど前である。

宇佐美の提案だった。誰ひとりとして反対するメンバーはいなかった。ボスは、情報収集に長《た》けていた。各界に友人や知己が多いからだろう。

行動隊の三人は、さっそく下準備に取りかかった。

影丸たちはビルメンテナンス会社の作業員になりすまして、『フェニックス』の本社ビルや関連会社に超小型盗聴器を仕掛けた。それは高性能の特殊盗聴器だった。国産の盗聴防止装置には、まず引っかからない代物だ。

篠原正宏の動きは筒抜けだった。成り行きから会長職を捨てた恰好《かっこう》になっている篠原だったが、実際には相変わらず総帥として君臨していた。

影丸たちは、じっとチャンスを待ちつづけた。

篠原が系列会社の不動産会社のオフィスに隠していた裏金《ブラックマネー》の一部を愛人宅に慌《あわ》ただしく運び込ませたのは、きょうの夕方だった。そうしなければならない理由があった。篠原は近々、『フェニックス』グループに東京国税局の査察が入るという情報を摑んだのだ。裏金は七十億円を超えている。

篠原は強欲だった。

さまざまな方法で、脱税をしていた。そうして捻《ひね》り出された巨額の裏金の大半は、他社株の購入資金や海外の不動産投資に回されていた。

スイス銀行の秘密番号口座《ナンバード・アカウント》や租税地のペーパーカンパニーにも、かなりの個人財産が流れている。残りは現金で、オフィスや自宅に秘匿されていた。

象牙色《ぞうげいろ》の鉄扉《てつび》の向こうで、何かが動いた。

影丸は視線を延ばした。

仲間の矢吹が駆け寄ってくる。矢吹は二十七歳だ。背丈は影丸とほとんど変わらない。矢吹のほうが、やや肉づきがいい。髪は短いクルーカットだった。

矢吹が足を止めた。

「電話線、切ったな？」

影丸は低い声で訊《き》いた。

「おれはプロだぜ」

「プロにしちゃ、ちょっと遅かったな。予定の時間を一、二分オーバーしてる」

「庭に、でっけえ猟犬がいやがったんだ。ラブラドール・レトリバーってやつだよ」

「おとなしくさせただろうな？」

「もう永久に目覚めねえよ。生意気にも唸《うな》りやがったんで、吹き矢《ブロウガン》でちょっとね」

「ばかやろうが！　意味のない殺生《せっしょう》は慎めと何度も言ったはずだ」

「忘れちゃいねえよ」

矢吹が、うっとうしそうに答えた。

「だったら、なぜ犬を始末したんだっ」

「頭にきたからさ。それに、久しぶりにクラーレの効き目も試したくなったんでね。クラーレは天下一品の猛毒だな。犬っころのやつ、数秒でくたばりやがったぜ」

「つまらんことを言うな」

「そんなにカッカすることじゃねえだろうが！　もういいじゃねえか」

「よくないっ」

「チーフ、どういうつもりなんだよ。だいたい、あんたはおかしいぜ」

「何がだ?」

「おれたちは処刑人稼業なんだぜ。いまさら善良ぶる神経が、おれにはわからねえ」

「別段、善良ぶったつもりはない」

「きょうのチーフはどうかしてるぜ。人生を降りちまったような顔をしてるくせに、時たま、やけに分別臭いことを言い出しやがる。つき合いきれねえよ」

「それなら、チームを脱《ぬ》けるんだな!」

影丸は、矢吹を睨《ね》めつけた。負けん気の強い矢吹が鋭く睨《にら》み返してくる。

「二人とも、いいかげんにしてよ。いまは内輪揉《も》めなんかしてる場合じゃないでしょっ」

麻衣が諫《いさ》めた。

「くどいようだが、もう一度言っておく。おれたちは、牙《きば》を剝《む》いた悪党だけを抹殺すればいいんだ」

「まだ、お説教かよ。うんざりしちゃうね」

矢吹は野戦服の襟を掻《か》き合わせて、浅黒い顔に歪《いびつ》な笑みを浮かべた。彼は自衛隊のレンジャー隊員崩れだった。フランス陸軍外人部隊での実戦体験も豊富だ。

「おまえは戦争のプロかもしれないが、行動隊の指揮官はおれだ」

「だから、何なんだい？」

「チームワークを乱すなってことだ。それができなきゃ、追放する」

「えっ⁉」

「矢吹、どうする？」

「月収三百万になる仕事は、めったにねえよな」

「早く決めろ。おれは、どっちでもいいんだ」

「わかったよ。おれが悪かった。気をつけるよ、今度っから」

矢吹は軽く頭を下げた。彼は短気だが、性格はさっぱりしている。

「よし、もういい。門扉《もんぴ》の錠を外してくれ」

影丸は顎《あご》をしゃくった。

矢吹が安堵《あんど》した顔つきで、鉄扉の錠を解いた。影丸は扉を押し開け、及川邸の中に入った。すぐ後から、麻衣が従《つ》いてくる。

三人は中腰になって、薄暗い内庭を斜めに横切った。

家屋の脇に回ると、茶色っぽい塊《かたまり》が横たわっていた。

犬の死体だった。その喉笛《のどぶえ》には、毒液を塗った矢が深々と突き刺さっている。

影丸たちは、建物の裏手に回った。

台所のドアに歩み寄る。影丸は耳をそばだてた。物音はしない。

矢吹が野戦服の胸ポケットから、薄べったい金属板と細い針金を抓《つま》み出した。手製のピッキング道具だ。

影丸は、ショルダーホルスターに手を伸ばした。

Ｓ＆Ｗ《スミス・アンド・ウエッソン》Ｍ459を引き抜く。アメリカの警察などで使われている自動拳銃《オートマチック》だ。十五発装弾可能である。ダブルカラム・マガジンだった。

影丸はスライドを引いて、初弾を薬室《チエンバー》に送り込んだ。

麻衣がペンシルライトを点《つ》け、ドア・ノブに光を当てる。矢吹がドアの隙間《すきま》に金属板を差し込んだ。次に、彼は細い針金を潜《くぐ》らせ、両手を交互に動かしはじめた。

十数秒後、かすかな金属音が響いた。錠が外れたようだ。矢吹がにやりとして、横に体をずらす。

影丸は前に進み出た。

ドア・ノブを静かに引く。キッチンも食堂も真っ暗だった。人の動く気配は伝わってこない。

「チーフ、これを」

麻衣がペンシルライトを差し出した。

それを受け取って、影丸はキッチンの踏み込みに滑り込んだ。生ごみの臭《にお》いが鼻を衝《つ》いた。果物の匂《にお》いも漂ってくる。

影丸は足許を照らしながら、一歩ずつ進んだ。爪先に重心を掛けることを忘れなかった。

麻衣と矢吹が抜き足で従いてくる。

階下は無人だった。三人は、広い玄関ホールの隅にある階段をゆっくりと昇った。ステップは絨毯敷《じゆうたんじ》きだった。

階段を昇り切った。

二階のホールには、ペンダント照明が灯っていた。かなり明るい。

影丸はペンシルライトを消して、それを麻衣に手渡した。

ホールの一隅に、銀色に輝く置物が見える。西洋甲冑《かつちゆう》だった。

壁には、畳二枚分ほどのタペストリーが飾られている。絵柄はフランスあたりの田舎風景だった。

——篠原は、愛人にも贅沢《ぜいたく》させてるようだな。

影丸は何となく不快になった。

広い廊下に面して三部屋が並んでいる。ドアがきっちり閉ざされているのは、最も奥の部屋だけだった。獲物は、そこにいるらしい。三人は忍び足で奥まで進んだ。

影丸がドアの前に達したときだった。

部屋から、女のなまめかしい呻《うめ》き声が洩れてきた。どうやら篠原は、美穂と肌を貪《むさぼ》り合っているらしい。

矢吹と麻衣が立ち止まった。すぐ横だった。

影丸は二人に目で合図を送って、ドア・ノブに手を掛けた。ドア・ノブは、なんの抵抗もなく回った。

影丸はドアを静かに押した。廊下に光が射《さ》した。

2

裸の男女が絡《から》み合っていた。

ベッドの上だった。篠原と美穂だ。

室内は明るかった。ベッドの下には、バスローブや羽毛蒲団《ふとん》が落ちている。

──やっぱり、そうだったか。

影丸は薄く笑った。

すぐ背後で、麻衣が息を呑む気配がした。矢吹は口に生唾《なまつば》を溜《た》めているにちがいない。

三人は寝室に足を踏み入れた。

そのとき、篠原が不意に振り返った。すぐに顔が強張《こわば》った。石のように動かない。

ややあって、美穂が瞼《まぶた》を開けた。同時に、高く叫んだ。頬がほんのり赤い。情事の名残《なごり》だ。

「そのまま動かないでもらいたい」

影丸は穏やかに言って、ベッドに歩み寄った。室内は暖かかった。

篠原が何か口走り、肩から愛人の白い腿《もも》を乱暴に振り落とした。美穂が短い呻き声を洩らす。二人の体は離れていた。

「動くなと言ったはずだ」

影丸は、二人に自動拳銃の銃口を突きつけた。

篠原がぎょっとして、体を静止させた。膝立ちのままだった。昂《たか》ぶっていた欲望が、みるみる萎《な》えていく。

美穂は恥毛を片手で覆ったが、起き上がろうとはしなかった。

腿《もも》をすぼめたがっている様子だったが、彼女の股の間には篠原がいた。

「何者なんだ、あんたらは！」

篠原が声を放った。狼狽《ろうばい》と怒りの入り混じった表情だった。

白いものの目立つ頭髪は乱れていた。どことなく貂《てん》を連想させる顔だ。

「名乗るほどの者じゃないんで、自己紹介は省《はぶ》かせてもらう」

「わかったぞ。おまえたちは『ブラックコブラ』だな。そうなんだろう？」

「『ブラックコブラ』というと、先月、あんたの自宅玄関に散弾銃の弾をぶち込んだ連中だったな」

「どうなんだ？」

「おれたちは、『ブラックコブラ』とは無関係だよ。あんたに腹を立ててることじゃ、連中と同じだがね」

「目的は何なんだ？　言ってくれ」

「夕方、あんたがこの家に運び込ませた裏金《ブラックマネー》をそっくりいただきに来たんだよ」

「何の話か、わたしにはさっぱりわからないな」

篠原が抜け目のなさそうな目をしばたたいた。

「しらばっくれるなよ。あんたが脱税工作をして、せっせと溜め込んだ金のことさ」

「そ、そんな金はない」

「ジュラルミンケースはどこにあるんだ？」

「そんなもん、わたしは知らんよ」

「欲の深い男だな、あんたって奴は」

影丸は言って、拳銃の引き金《トリガー》に指を深く添えた。

篠原が反射的に上体を反らす。美穂は、幼女じみた仕種《しぐさ》で首を左右に振った。顔面蒼白《そうはく》だった。頬が引き攣《つ》っている。

「おっさん、手間をかけさせねえでくれや」

矢吹が焦《じ》れた口調で、篠原に言葉を投げつけた。篠原は何も言わなかった。

「てめえ、無視《シカト》しやがったな」

矢吹が喚《わめ》いて、枕許に駆け込んだ。素早くコマンドナイフを抜き放ち、両刃《もろは》を美穂の右胸に押し当てる。

美穂が悲鳴をあげた。すぐに彼女は喉を詰まらせた。矢吹がナイフの切っ先を垂直に立てたからだ。

「女に手を出すな。頼む、女には何もしないでくれ」

篠原が言った。その声は、いくぶん弱々しくなっていた。

「おっさん、銭はどこにあんだよ?」

「ここには、まとまった金なんかない。なんなら、小切手を書くよ」

「てめえ、まだわかってねえな」

矢吹がナイフを一閃《いっせん》させた。空気が鳴る。

「わっ」

篠原がシーツに尻を落とした。

影丸は、篠原の上半身に目を当てた。胸から下腹にかけて、赤い斜線が生まれていた。血だった。傷は浅そうだ。

「次は腸《はらわた》を抉《えぐ》るぜ」

「やめろ、やめてくれーっ」

篠原は悲痛な声で言い、両手を合わせた。全身が小刻みにわなないていた。

美穂は泣きだした。

矢吹がナイフに付着した鮮血をシーツに擦《こす》りつけ、ベッドから離れた。いつものように無表情だった。

「もう一度だけ訊《き》く。ケースはどこにある？」

影丸は、篠原に問いかけた。

「二階の納戸だよ」

「ケースの鍵は？」

「錠は掛けてないよ。後で、札束を別の箱に移すつもりだったんだ」

「いくらあるんだ？」

「五つのケースに一億円ずつ入ってる」

「そうか。全部貰《もら》ってくぜ」

影丸はそう言い、矢吹に目配せした。

矢吹が黙ってうなずき、すぐさま寝室から出ていく。

「ずいぶん荒っぽい強盗だな。このわたしに何か恨みでもあるのか？」

篠原が細い声で問いかけてきた。

「個人的に恨みはない。ただ、あんたの生き方が気に入らないだけ」

「新聞や雑誌はわたしを拝金主義者のように書きたててるが、稼いだ金はみんな、真っ当なものだ」

「よく言うな。あんたに泣かされた人間は、かなりいるはずだ。あんたは他人《ひと》を踏み台にしながら、のし上がってきたんだからな」

「ビジネスの世界は弱肉強食だよ。わたしだって、懸命に生き抜いてきたんだ」

「その生き方がダーティーすぎるんだよ。だから、おれたちはあんたの裏金を狙う気になったわけさ」

「金だけが目的なら、わたしたちにもう手荒なことはしないな？」

「約束はできないな。おれは気まぐれなんでね」

「わたしを殺す気なのか⁉」

「あんたは大物のつもりだろうが、まだまだ小悪党だ。殺《や》る値打ちもない」

「殺さないって、約束してくれないか」

篠原は、まだ不安らしかった。

「おれたちが殺らなくても、あんたはいつか誰かに消されることになるだろう」

「ど、どうして？」

「鈍いな。あんたをぶっ殺してやりたいと思ってる人間はたくさんいるはずだ。インチキ教祖と相談して、用心棒でも雇うんだな」

「あの男は、もう死んでしまったよ」

「ふうん」

「そうだ！　あんたたち、わたしのボディーガードになってくれないか。妙な奴らに狙われるかもしれないからな。一人に月二百万払うよ。どうだろう？」

「あんまり見くびるな。世の中にゃ、銭《ぜに》だけじゃ動かない人間だっているんだっ」

影丸は語気を荒げた。すると、篠原は口を噤《つぐ》んだ。

数秒後、矢吹が寝室に駆け戻ってきた。

「金はあったぜ」

「そうか」

「一つのケースの札束をざっと数えたけど、別のケースもチェックしようか？」

「いや、すぐに引き揚げよう」

影丸は矢吹に言い、麻衣に目顔で指示を与えた。すぐに麻衣が麻酔銃を構えた。

「おい、約束が違うじゃないか」

篠原が怯《おび》えた顔で立ち上がった。ベッドのスプリングが鳴った。萎《な》えた性器が何やら滑稽《こっけい》だった。陰毛は血で汚れている。

美穂もしゃくり上げながら、上半身を起こした。乳房が弾んだ。

「これは麻酔銃だから、二人とも安心して」

麻衣は言いざま、引き金を絞った。

重くくぐもった銃声がした。篠原が右胸を押さえて、前屈《まえかが》みに倒れた。ベッドの上だった。

「わたしは撃たないで。あなたにピンクダイヤをあげてもいいわ。二千万円もするのよ」

「せっかくだけど、宝石類には興味がないの」

麻衣はからかう口調で言って、美穂に狙いをつけた。

美穂が両手で顔面を庇《かば》い、上体を大きく捩《ねじ》った。

次の瞬間、二発目のダーツ弾が放たれた。ダーツは美穂の左肩に埋まった。

美穂が呻いて、ベッドの向こう側に転げ落ちた。落ちる瞬間、彼女の股間が光に晒《さら》された。

一分も経たないうちに、二人は完全に意識を失った。

影丸はＭ４５９をホルスターに収め、廊下に走り出た。少し遅れて、矢吹と麻衣が追ってくる。

納戸は洗面所の並びにあった。

八畳ほどの広さだった。五個のジュラルミンケースは、積み重ねてある籐《ラタン》のソファセットの陰に置かれていた。

影丸は両腕にケースを提《さ》げた。

ずしりと重い。自然に口許が綻《ほころ》ぶ。矢吹も二個のジュラルミンケースを持った。

残った一つを麻衣が両腕で持ち上げる。彼女は一瞬、よろけた。

「これだけありゃ、当分、活動資金には困らねえな」

矢吹が満足げに呟いた。麻衣が引き取った。

「後で祝杯あげようね」

「急ごう」

影丸は麻衣たちに言って、真っ先に納戸を出た。

3

玄関から外に出たときだった。

庭の植込みの間から、五つの人影が飛び出してきた。

全員、黒いフェイスキャップを被《かぶ》っていた。男であることは間違いないが、年恰好《としかっこう》は判然としない。

「何だよ、てめえら！」

矢吹が高い声を放って、二個のジュラルミンケースをポーチのタイルの上に置いた。

怪しい男たちのひとりが、身ぶりで何か示した。影丸は麻衣と顔を見合わせた。

麻衣が首を振る。影丸にも、相手の意思がわからなかった。

「何だってんだよ、いったい！」

矢吹が苛立《いらだ》った。男たちは依然として口を開かない。

ややあって、男のひとりがジュラルミンケースを指さした。目と手で、こっちに寄《よ》越《こ》せ、と告げた。矢吹が鼻を鳴らした。

——篠原の番犬どもじゃなさそうだな。こいつら、何者なんだろうか。

影丸は、男たちの出方を待つことにした。

少しすると、ジェスチャーをした男が内懐から拳銃《ハンドガン》を掴み出した。

ロシア製のマカロフだろう。消音器を嚙《か》ませて、男は素早く拳銃を構えた。両手保持の姿勢だった。

ほかの四人は腰のあたりから、蛮刀に似た刃物を抜き放った。

刃渡りは四十センチほどだった。青味を帯びた刃《やいば》が玄関灯の淡い光を浴びて、鈍くきらめいた。

「先に仕掛けよう」

影丸は二人の部下に耳打ちして、右手に持ったジュラルミンケースをポーチの下に投げ落とした。襲撃者たちの視線が下がった。

先手を打つ好機だ。

影丸は、腰に吊《つ》ったイギリス製の銃剣《スウオード》の柄を摑んだ。そのとき、男のひとりがポーチの下のジュラルミンケースに駆け寄った。

「あんまりがっつかないの。みっともないわよ」

麻衣がゆとりのある声で言い、その男に麻酔銃を向けた。ダーツ弾は装填されていないはずだったが、相手は立ち竦《すく》んだ。

影丸は目の端で、何かが動くのを捉《とら》えた。拳銃を持った男が麻衣に狙いを定めかけていた。

銃剣を投げ放つ。

男が声をあげた。小銃用の銃剣は、男の右腕に刺さっていた。二の腕の部分だった。

かすかな発射音がした。圧縮空気が洩れるような音だった。

ロシア製らしい拳銃が暴発したのだ。蛮刀めいた刃物を持った男たちが動揺した。

「てめえら、ベビーパイナップルを喰《く》らいてえのか」

矢吹が大声を張り上げ、野戦服のポケットから手榴弾《しゆりゆうだん》を摑み出した。

刃物を手にした四人が一斉に後ずさった。

だが、拳銃を握った男は気丈だった。一歩も後退しない。

それどころか、男は腕を貫いた銃剣を左手で抜き捨てた。それから彼は、すぐに銃弾を放った。

オレンジ色の火箭《ひや》が走った。

発射音は小さかった。子供の咳《せき》ほどの音だった。

「二人とも伏せろ」

影丸は矢吹と麻衣に言って、長身を屈めた。

最初の銃弾が玄関ドアを撃ち抜いた。二弾目はガス灯型の玄関灯を砕いた。

ガラスの破片が霰《あられ》のように降ってきた。ポーチが暗くなった。

使いたくはなかったが、仕方がない。

影丸は愛挺《あいちょう》をホルスターから抜いた。

片膝を立て、膝撃ち《ニーリング・ポジション》の姿勢をとる。右腕を固定するから、命中率は高い。影丸は撃鉄《ハンマー》を起こし、片目をつぶった。

そのとき、五人の男が急に身を翻《ひるがえ》した。

「待ちやがれ」

矢吹が追った。麻衣と影丸も立ち上がった。

影丸は静かにハンマーを戻し、ホルスターに突っ込んだ。男たちは逃げ足が速かった。とうに門扉に達していた。

それでも、矢吹は諦《あきら》めなかった。勢いよく路上に走り出た。

「いまの連中、何者かしら？」

麻衣が髪を振って、独りごちた。ガラスの小さな欠片《かけら》が彼女の足許に落ちた。

「見当もつかないな」

「ひょっとしたら、いまの奴ら、あの『ブラックコブラ』じゃない？　連中は先月、篠原の自宅に散弾をぶち込んだでしょ？」

「ああ。しかし、いまの連中は『ブラックコブラ』じゃないだろう」

「なぜ、そう思うの？」

「彼らはいろんな人間に天誅《てんちゅう》を加えてるが、これまでに一度も金品を奪ってないからな。黒覆面の奴らは、金を欲しがってたじゃないか」

影丸はそう答えた。麻衣が考える顔つきになった。

『ブラックコブラ』と名乗る妙なテロリスト集団が、数年前からマスコミや世間を騒がせていた。

彼らは世直しと称して、さまざまなテロ行為を断続的につづけている。『ブラックコブラ』は全国紙の支局を散弾銃で襲撃し、巨大労働組合の会長を鉄パイプで撲殺した。

かと思うと、広域暴力団の大親分や右翼の大物を刺殺している。

それだけではなかった。新興宗教の教祖、ネズミ講の元締め、悪質な地面師、霊感商法や原野商法で財をなした成金、大口脱税をした病院理事長、スキャンダル写真週刊誌の編集長などを血祭りにあげた。

また、彼らは食品会社の二代目社長を誘拐し、その会社の製品に毒物を混入したこともある。どういうつもりか、タレント文化人の自宅に汚物をぶちまけたこともあった。歩行者天国の大通りに、意味不明の数字を赤いペンキで書きつけたこともある。

まるで彼らはゲームを愉《たの》しむような感じで、数多くの犯罪を重ねてきた。

それでいて、捜査当局に手がかりになるようなものは与えていない。したがって、『ブラックコブラ』の正体も犯行目的も、いまだに謎に包まれたままだ。

ただ、彼らは犯行後、きまって新聞社か通信社に犯行声明文を届けている。

それには、彼らの世直し論が長々とパソコン文字で記されている。ただし、その論理は稚拙《ちせつ》だった。矛盾だらけで、独善的だ。

「しつこいようだけど、やっぱり『ブラックコブラ』なんじゃないかしら？　きっと彼らは、お金が必要になったのよ」

麻衣が長い沈黙を破った。

「おれは、そうは思わない。『ブラックコブラ』は一見、目的意識を持ってないようだが、彼らなりの行動哲学があるはずだ」

「それは、わたしにもわかるの。彼らは物質面だけの豊かさを追い求めてる現代人の精神の荒廃を嘆き、日本人としての誇りと伝統文化を大切にしようと訴えたいのよね」

「大雑把《おおざっぱ》に言えば、そんなところだろうな。それで、彼らは自分たちが社会の毒と感じているすべてを排除しようとしてるんだと思うよ」

「慎也さんは、ちょっと『ブラックコブラ』に肩入れしすぎてるんじゃない？　彼らのアウトローっぽい体質に何となく惹《ひ》かれるものを感じてるんだろうけど」

「そうなのかもしれない」

「わたしは、慎也さんとはちょっと意見が違うの」

「どんなふうに？」

「彼らには、ちゃんとしたポリシーなんかないんだと思うわ。多分、彼らは気に喰わない人間に牙を剥いて、ストレスを解消してるだけよ」

「そうなんだろうか」

「『ブラックコブラ』は天誅ごっこに飽《あ》きてきたんで、今度はお金を狙いはじめたんじゃない？」

「金を奪う気があったんだったら、もうとっくにやってたはずだ」

「多分、何か差し迫った事情ができたのよ。それで黒いフェイスキャップを被って、篠原の裏金を……」

「どっちにしても、もう少し時間が経てば、はっきりしたことがわかるだろう」

影丸は口を結んだ。

ちょうどそのとき、矢吹が駆け戻ってきた。

「逃げられたようだな」

「すぐそこに、仲間の車が待機してやがったんだ」

「そうか。まあ、いいさ」

「チーフ、あいつらは並の犯罪グループじゃないぜ」

「なぜ、そう思う？」

「チーフは、奴らのひとりが持ってた拳銃をよく見なかったな。ありゃ、ロシア製のマカロフだったぜ」

「やっぱり、マカロフだったか」

「間違いないよ。奴らは多分、思想絡《がら》みのテロリストどもだな」

「まだ結論を出すのは早いな」

影丸は言った。矢吹は不満そうな顔つきになったが、反論しなかった。

「わたしは、『ブラックコブラ』かなって思ったの」

麻衣が矢吹に顔を向けた。

「いや、その線じゃねえな。おおかた極左の新セクトだよ」

「そうかしら？」

「多分ね。それはそうと、おかしな野郎どもだったな。五人とも、ひと言も喋《しゃべ》らなかったぜ」

「そういえば、そうだったわね」

会話が途絶《とだ》えた。

影丸は二人を促《うなが》して、二つのジュラルミンケースを持ち上げた。矢吹と麻衣が、おのおのケースを提げた。

三人は及川邸を出た。

近くに不審な影はなかった。

矢吹が両手にケースをぶら提《さ》げて、左手の四つ角の方に歩きだした。彼が盗んだスカイラインは、辻《つじ》の隅に駐車してあった。

影丸と麻衣はパジェロに足を向けた。

車のそばで、二人はいったん札束の入ったジュラルミンケースを路面に置いた。

「きみはここにいてくれ。妙な仕掛けがないかどうか、チェックしてみるよ」

影丸は麻衣に言い、四輪駆動車のパジェロをざっと点検した。

ブレーキオイルは抜かれていなかった。タイヤにも異状はない。爆破装置らしい物も見当たらなかった。

影丸は三個のジュラルミンケースを後部座席に積み込み、先に運転席に入った。エンジンのアイドリング音は安定している。

麻衣が助手席に腰を下ろし、サングラスを外した。

影丸はサングラスをかけたまま、パジェロを発進させた。

まだ仕事は完了していない。渋谷の有料駐車場に預けてある自分たちの車に、強奪した五億円を積み替えなければならなかった。

パジェロはスカイラインの横を抜けた。矢吹が手を挙げて、車をスタートさせた。

影丸は加速して、ルームミラーを見上げた。スカイラインが追尾《ついび》してくる。十数メートル後ろだった。

車が大通りに出たとき、唐突に麻衣が含み笑いをした。

影丸は気になって、問いかけた。

「何がおかしいんだ？」

「あっ、ごめんなさい。慎也さんが二年前まで警視庁捜査一課の警部補だったってことを篠原正宏に教えてやったら、どんな顔をしたかなって想像しちゃったの」

麻衣は仕事中だったり、第三者がそばにいるときは他人行儀な口を利く。だが、もちろん、二人きりのときは恋人らしい口調になる。

「くだらないことを考えるんだな」

「ねえ、慎也さん。一度訊きたいと思ってたんだけど、なんで警官になったの？　あなたには不向きな職業だったと思うけどな」

「そうだろうか」

「だって、慎也さんは権力とか権威とかには生理的な嫌悪感を覚えそうなタイプだもの」

「おれは射撃術を身につけたかったんだよ。それが志望理由だ」

「ふざけてないで、ちゃんと答えて欲しいな」

「真面目《まじめ》な話だよ」

「嘘でしょ？」

「おれは、ある男を殺したかったんだ。事実、五年前におれはそいつを射殺してる。正当防衛に見せかけてな」

「相手は何者だったの？」

「やくざだよ。ある暴力団の幹部だったんだ」

「あなたの家族か、昔の恋人がその男にひどいことをされたの？」

「そうじゃない」

胸に何か重苦しいものがのしかかってくるのを、影丸は鮮烈に意識した。麻衣がそれを察したらしく、早口で言った。

「いいの、いいの。無理に喋ったりしないで。誰にだって、思い出したくないものが一つや二つはあるものね」

「きみには、いつか話せるかもしれない。しかし、いまはまだ……」

「話題を変えましょうね」

麻衣が、ことさら明るく言った。だが、とっさには話題が思い浮かばないようだった。

影丸は苦い感情を抑え込んで、記憶の糸を手繰《たぐ》った。

――あれは、大学二年のときのことだったな。

真冬の深夜のことだった。影丸は大学の友人と一緒に渋谷駅前のタクシー乗り場に立っていた。どちらも、ある私大の法学部に籍を置いていた。

クラスコンパの帰りだった。影丸たちはつい飲み過ごして、終電車を逃してしまったのだ。ともに自宅は都内にあった。それでも、歩いて帰れる距離ではなかった。

おまけに、底冷えのする晩だった。タクシーを待つうちに、雪がちらつきはじめた。客の列は長かった。いつか酔いは醒めていた。足踏みをしても、身が凍《こご》えそうだった。

小《こ》一時間待たされ、ようやく自分たちの番が巡ってきた。

二人がタクシーに乗り込みかけたとき、柄の悪い三十過ぎの男が影丸を突き飛ばした。男が割り込み乗車をする気でいることは、すぐにわかった。

影丸は相手を咎《とが》めた。

すると、男は向き直って、だしぬけに前蹴《まえげ》りを放ってきた。股間《こかん》を蹴られ、影丸はその場にうずくまった。

男は喚《わめ》き声をあげ、影丸の友人の顔面を殴った。友人は男に摑みかかった。男は友人の眉間《みけん》に頭突きを浴びせた。友人は屈み込んだ。次の瞬間、顎を蹴られていた。

影丸は、男が堅気でないことに気づいた。コートの袖口から刺青《いれずみ》が見えたのだ。

とたんに、怯《おび》えに取り憑《つ》かれた。立ち上がれなかった。

男は、友人を蹴りまくった。

容赦《ようしゃ》のない蹴り方だった。友人は路面を転がりながら、影丸に救いを求めてきた。

しかし、影丸は竦《すく》んで動けなかった。周囲の男たちに縋《すが》った。だが、誰ひとりとして、怒り狂った男を窘《たしな》めようとはしなかった。

結局、友人は蹴り殺された。内臓のあちこちが破裂し、失血死してしまったのだ。

数日後、男は警察に自首した。酔っていたこともあって、男に与えられた罰は予想外に軽かった。わずか五年半の懲役刑だった。

影丸は理不尽だと思った。

これでは、死んだ友が浮かばれない。友人に大きな借りを作ってしまったことを強く意識させられた。他人から受けた借りは、生きているうちに返さなければならない。それが人の道だろう。

影丸はそんなふうに思い詰めた揚句、男を殺す決意をした。

すぐに彼は、少林寺拳法を習いはじめた。めきめきと腕をあげ、有段者になった。

しかし、相手は筋者である。丸腰では、とうてい太刀打ちできないだろう。刃物を用いても倒せるとは限らない。

そこで、警官という職業に目をつけた。警官になれば、格闘技や射撃術を磨くことができる。

大学を卒業すると、影丸は迷うことなく警察官の道を歩みはじめた。

何かと窮屈な職場には馴染《なじ》めないものがあったが、彼はじっと耐えた。

男が出所したとき、すぐにも射殺するつもりでいた。しかし、影丸は思い直した。

一生を棒に振ってもいいような敵ではない。男だけを豚か牛のように屠《ほふ》ってやろう。その方法として、彼は正当防衛を装うことを思いついた。

それも、自然な形で計画を実行しなければならない。そのチャンスが訪れるのを辛抱強く待った。

チャンスが巡ってきたのは、五年前の秋だった。

偶然、影丸は男の所属する暴力団事務所に聞き込みに出かけた。同僚と一緒だった。たまたま事務所には、友人を殺した男しかいなかった。男は影丸の顔など憶《おぼ》えていなかった。

影丸は同僚刑事をわざと裏口に回らせ、男をさんざん挑発した。案の定、男は逆上して隠し持っていた拳銃を摑み出した。拳銃の不法所持で現行犯逮捕しかけると、男は発砲してきた。弾は大きく逸《そ》れていた。明らかに、威嚇射撃だった。

それを知りながら、影丸は相手の胸を撃ち抜いた。男は出血多量で数時間後に息を引き取った。証人がいなかったにもかかわらず、影丸の発砲は正当防衛となった。

警察は身内を庇《かば》う意識が強い。過剰防衛で咎《とが》めを受けずに済んだのは、そのおかげだろう。

目的を果たした影丸は、依頼退職を申し出た。しかし、世話になった上司たちに強く慰留《いりゅう》された。浮世の義理で、影丸はもうしばらく職場に留《とど》まることにした。

そうこうしているうちに、瞬《また》く間に三年の歳月が流れた。

そんなある日、一面識もない弁護士が自宅アパートにやってきた。それが宇佐美信行だった。

影丸は、少し前まで検事正だった宇佐美の名だけは知っていた。

来訪の目的を怪しみながらも、とりあえず部屋に招き入れた。

宇佐美のほうは、影丸のことを知り抜いていた。正当防衛に見せかけて暴力団員を射殺したことも見抜いているような様子だった。そのくせ、そのことには深く立ち入ってこなかった。

世間話が途切れると、宇佐美は信じられないような話を切り出した。

私設処刑人チームを結成したいという内容だった。影丸は、力を貸して欲しいと頭を下げられた。返答に窮していると、宇佐美は大がかりな汚職事件で法律の無力さをつくづく痛感させられたと問わず語りに喋った。

その贈収賄事件には、アメリカの航空会社、日本の巨大商社、当時の首相、政商、超大物フィクサーなどが複雑に絡み合っていた。主役の首相が起訴されたが、いまなお係争中で結審はだいぶ先になりそうだ。

影丸は、検察庁や警察に政府の圧力がかかる場合があることを自分の体験で知っていた。だからといって、宇佐美のように社会正義のために何かをしようという気は湧《わ》かなかった。

ただ、刑事生活には倦《う》みはじめていた。別の生き方をしてみたいという気分は胸のどこかで燃えくすぶっていた。それが、宇佐美に協力する気になった最大の動機だった。

そういう経緯《いきさつ》があって、影丸は『鬼師《バラクーダ》』の行動隊長になったのである。

対向車のヘッドライトが影丸のサングラスを射《い》た。影丸は回想を断ち切った。

「慎也さん……」

麻衣が遠慮がちに呼びかけてきた。

「何だい？」

「ラジオを点けてもいい？　わたし、陽気な音楽を聴きたくなっちゃったの」

「かまわないよ」

影丸は、カーラジオのスイッチを入れた。麻衣の屈折した思い遣《や》りが心に沁《し》みた。

何度か選局ボタンを押すと、レゲエが流れてきた。いまは亡きボブ・マーリーの歌だった。

4

携帯電話が鳴った。

ジャガーＸＪエグゼクティブのドア・ロックを解いたときだった。渋谷の有料駐車場である。

影丸はモバイルフォンを耳に当てた。

「わたしだ」

ボスの宇佐美信行だった。

「仕事は完了しました」

「それはご苦労さん」

「五億円いただきましたよ」

「いつもながら、みごとだね」

「いいえ、きょうの仕事は完璧《かんぺき》とは言えません」

「何かあったのかね？」

「ええ、帰り際《ぎわ》にちょっと手間取ってしまいまして」

影丸は手短に経過を話した。

「その程度のことは、どうってことないさ。ところで、そこはどこだね？」

「渋谷の駐車場です。頂戴《ちょうだい》したものを車に移し替えようと思ってたとこなんですよ。ボス、何か？」

「すまんが、影丸君、もうひと仕事してもらえんかね？」

「わたしはかまいませんが……」

「そうか。実はね、買い占め屋の番場義人《ばんばよしと》が東邦航業に持ち株の千二百万株を譲渡する気になったらしいんだよ。もちろん、買ったときの株価にかなりのプレミアをつけてね」

「その情報は、どこから流れてきたんです？」

「兜町《かぶとちょう》の確かな筋から入った話だよ」

「そうですか」

影丸は、自分のなかで荒々しいものがめざめるのを意識した。

番場義人は仕手筋の大物だった。会社乗っ取り屋としても、つとに悪名が高い。前身はブラックジャーナリストだ。

番場は数年前から東証二部上場企業の株を買い占め、経営者たちを脅《おびや》かしていた。むろん、番場自身が本気で、狙った企業を経営したいと考えているわけではない。その目的は利鞘《りざや》稼ぎだ。

番場が東邦航業の株を買い漁《あさ》りはじめたのは、五カ月前だった。

東邦航業は航空測量会社の大手である。一株二千円台だった株価は徐々に上がり、いまや四千円台をつけている。

「買い戻し値は、一株五千円をくだることはあるまい」

「でしょうね」

「利鞘が一株三千円として、ざっと三百六十億円の儲けだ」

「ええ、そうなりますね」

「もっとも、今度の仕手戦の資金の九割はメガバンクや生保会社から出てるようだから、番場個人の懐に入るのは三十数億円だろうがね」

「それにしても、不愉快な話です」

「まったくだ」

「ボス、なぜ番場はもっと粘らなかったんでしょう? 東邦航業の株価は、いま現在も上げ調子のはずですが」

「民自党の土居大三郎《どいだいざぶろう》が調停に乗り出したらしいんだ」

「なるほど、そういうことか」

「東邦航業の阿部繁《あべしげる》社長と土居は同県人なんだよ。そんなことから、阿部社長が土居に泣きついたようだ」

「よくあるパターンですね」

「そうだな。土居はいまでこそ官僚じゃないが、かつて郵政大臣、経産大臣、幹事長を務めた民自党の実力者だからねえ」

「ええ。で、われわれの仕事は?」

「すまん、すまん。つい前置きが長くなってしまった」

「いいえ」

「今夜、紀尾井町《きおいちょう》の料亭で番場と阿部社長が覚書を交わすみたいなんだよ。その席に、土居代議士が同席するそうなんだ」

「フィクサー役の土居が立ち会うってことは、当然、金が動きますね」

「察しが早いな。番場のほうはともかく、阿部社長は手土産を持参するはずだ。社長のほうが土居に泣きついたわけだからね」

「土居クラスの実力者に挨拶《あいさつ》するとなると、常識的に言って、一億円以下ということはあり得ないでしょ？」

「阿部社長は最低、三億円は用意すると思うね。それで株の買い占めをストップさせられるんだから、安いプレゼントさ」

「そうですね。ことによると、番場のほうも多少の挨拶料を携《たずさ》えていくんじゃないですか？」

「考えられないことじゃないね。番場だって土居と顔を繋いでおけば、のちのち何かと便利だろうからな」

「ええ。できたら、両方の挨拶料を頂戴してきますよ」

「よろしく頼む」

「この仕事は、わたしと矢吹でやります」

「麻衣は、まだ未熟かね？」

「そういうことではありません。二人で充分だという意味です」

影丸は、麻衣の身を気遣ったのだ。番場は堅気ではなかった。

「そうか」

「彼女には、篠原の裏金《ブラックマネー》を運んでもらいます」

「そうしてくれたまえ。番場たちの会合は、午前零時から始まるらしい」

「料亭の名は？」

影丸は腕時計を見た。十一時二十六分過ぎだった。

「『喜久川』だ」

「わかりました」

「あとで、報告を頼む。今夜は、ずっと起きてる。作りかけのパイプを仕上げようと思ってるんだ」

「ボスは変わってますね。煙草《たばこ》を喫《す》うわけじゃないのに、パイプばかりこしらえて」

「わたしはね、ブライヤーが持ってる木目《グレイン》の美しさに惹《ひ》かれてるんだよ。人の顔や野鳥なんかを彫ったときにも、それなりの美しさは出る。しかし、パイプにはかなわない」

「そうですか」

「影丸君、きみもパイプづくりをはじめないかね？　無心にブライヤーを削ってると、至福の気分を味わえるよ」

「ボスの年齢《とし》になったら、考えてみます。わたしは、まだ女の肌を美しく感じる年頃ですから」

「はっはっは」

「それでは、のちほど」

一拍置いてから、影丸は電話を切った。すぐそばに、矢吹と麻衣が立っていた。

影丸は、ボスとの遣《や》り取りをかいつまんで話した。すると、麻衣が恨めしげに言った。

「わたしもお手伝いしたいわ」

「きみはジュラルミンケースを柿の木坂に届けてくれ」

「命令ですか？」

「そうだ」

「なら、わがままは言いません」

「それじゃ、きみの車に積み込もう」

影丸は車のドアを閉めて、五つのジュラルミンケースのある場所に急いだ。

矢吹と二人で、麻衣の灰色のレクサスのトランクルームと後部座席に五つのケースを放り込む。さすがに車体が沈んだ。

麻衣がレクサスに乗り込む。

身ごなしが優美だった。イグニッションキーを捻ると、麻衣は小声で言った。

「チーフ、ちょっと」

「何だ？」

影丸はレクサスに近づいた。

「お気をつけて」

「ふざけるな」

「気が向いたら、部屋に来てください」

麻衣が甘やかに囁《ささや》いた。円《つぶ》らな瞳《ひとみ》は、濡《ぬ》れ濡れと光っていた。色っぽかった。

「行けたら、行く」

「待ってます」

「約束はできないぞ。早く行け」

影丸は一歩退《さ》がって、顔を横に動かした。

麻衣が微苦笑し、レクサスを走らせはじめた。

「こっちも残業を片づけにいくか」

矢吹が明るく言って、レモンイエローのポルシェに足を向けた。

影丸は矢吹を呼びとめた。

「おまえの車は、ここに置いていけ」

「えっ、なんで？」

矢吹が体を反転させた。

「その車じゃ、目立ちすぎる。張り込みにも尾行にも不向きだ」

「チーフのジャガーだって、けっこう目立つぜ」

「おれの車は、おまえのポルシェよりは目につかないはずだ」

「でも、おれの車は三百馬力で、時速二百七十キロ近く出るんっすよ。ジャガーは、せいぜい二百キロ前後でしょ？」

「東京には、時速二百キロでカーチェイスをやれる道路なんかない。おれの車で行こう」

影丸は一方的に言って、素早くブラックのジャガーの運転席に腰を沈めた。

矢吹が渋々、助手席に坐る。影丸はジャガーを発進させた。

広い有料駐車場を出ると、青山通りに向かった。

「おかしな気分だな」

矢吹が言った。

「何が？」

「チーフとこんなふうに並んで乗ってると、尻がむず痒《がゆ》くなってくるよ」

「おれだって、口笛を吹きたくなるような気分じゃないさ」

「こりゃ、まいったな」

「ふふ……」

「話は違うけど、麻衣ちゃんはチーフにぞっこんみたいだね。チーフだって、彼女のことを憎からず想《おも》ってるんだろ？」

「おれのことより、おまえのほうはどうなんだ？　まだファッションモデルの女と暮らしてるのか」

「梨沙《りさ》は、もう出ていったよ。多分、おれが薄気味悪くなったんだろうね。どう見たって、おれは事業家にゃ見えねえもんな」

「新しい女ができたら、もう少しましな嘘をつくんだな」

「同棲《どうせい》なんて、もうこりごりだよ。女と暮らすのは、なんか疲れるからね。女は寝るだけでいいっすよ」

「そんな気障《きざ》な台詞《せりふ》、どこで仕込んできやがったんだ。え？」

「オリジナルっすよ。言うなれば、実体験から生まれた台詞だね」

「ますます気障な野郎だ」

「でもさ、ほんとにそう思うよ。おれって、根っからの根なし草だからね」

「陸自の特技課程《レンジャーコース》を出て、なんで教官にならなかったんだ？」

影丸は訊いた。

「どんなハードな訓練も、所詮はごっこだからね。実戦とは違う」

「戦場に出たくなって、自衛隊を辞めちまったのか？」

「そうだよ」

「米陸軍の特殊作戦部隊《グリーンベレー》が復活したのは、いつだったかな？」

「えーと、一九八二年の十月だよ。ノース・カロライナ州のフォートブラッグ基地に第一特殊作戦部隊が再編されたんだ」

「おまえ、急に生き生きとしてきたな」

「えへへ。特殊作戦部隊は、おれの憧《あこが》れだったからね」

「で、おまえは陸軍に志願したわけか」

「そう。J・F・ケネディ特殊部隊員資格コースに入ったんすよ。だけど、卒業はできなかったんだ」

「どうせ厳しい訓練に音をあげたんだろう？」

「違いますよっ。おれ、同室のゲイ野郎を半殺しにしちゃったんすよ。それで、放校処分になっちゃったんだ」

「おまえらしいな。そのあとは傭兵《ようへい》として、中央アメリカや南米を転々としてたわけか」

「うん、何となくね。最後は、フランス陸軍の外人部隊だったんだ」

「ふうん」

「あの部隊は面白かったなあ。百数十カ国から喰い詰め者が集まってたんだよ。ラオスやベトナムの政治亡命者もいたっけな」

「日本人は、どのくらいいたんだ？」

「おれのほかに、八十人近くいたね」

「けっこう、いるもんだな」

「おれは仏領ギアナに行かされたんっすよ。ブラジルとの国境地帯で、ゲリラ狩りをやってたんだよね。でも、体調を崩しちゃって、仕方なく日本に帰ってきたってわけ」

「そんなとき、ボスに拾われたんだな」

「選ばれたと言ってよ。チーフとこんな話をしたのは初めてだね？」

「そういえば、そうだな。おまえは共産主義者嫌いなのか？」

影丸は問いかけながら、ハンドルを切った。

車は赤坂見附《あかさかみつけ》に差しかかっていた。外堀通りに入ったとき、矢吹が口を開いた。

「おれにゃ、イデオロギーなんてないっすよ。西側の傭兵が多かったけど、中米じゃ、共産ゲリラに加担したこともあるからね」

「おまえの頭の中は、いったいどうなってるんだ」

「どうって？」

「それじゃ、まるっきりポリシーというか、軸のない生き方じゃないか」

「ポリシーなんか邪魔なだけだね」

「おれには、おまえの考えてることが理解できないよ」

「おれだって、チーフたち三十代の気持ちがわからないね」

「たった六つ違いじゃないか」

「六つも年齢が離れてりゃ、もう接点なんかないっすよ」

「おまえ、またおれに突っかかるつもりなのか？」

影丸は助手席に目をやった。

「そんな気はないっすよ」

「なら、静かに会話を愉《たの》しもう」

「チーフは何のためにチームの仕事をしてんだい？」

「退屈しのぎさ」

「気障《きざ》だね。まさかボスみたいに正義感だの、義憤だのなんて言わないでしょうね？

チーフがそんなことを言い出したら、おれ、笑っちまうね」

「おれは、ボスほど純粋な人間じゃない」

「ああいうのは純粋とかじゃなくて、要するに独りよがりなんじゃないの？　ボスは坊ちゃん育ちだから、人間がどっか甘くできてる」

「あの年齢であれだけの情熱があるのは、すごいことだよ」

「そうかな。おれは、無駄なことに情熱を傾けてるって気がするね。いくらおれたちが頑張ったって、この世から悪党はいなくならないっすよ」

　矢吹が断定口調で言った。

「ボスだって、そんなことは百も承知さ。だからって、何もしないんじゃ、あの人の気持ちが許さないんだよ」

「どうもおれには、よくわからねえな。ボスのことより、チーフはどうなの？」

「どうって？」

「退屈しのぎってのは、本音じゃない感じだからさ」

「そりゃ、腐りきった政治屋やビジネス屋をとっちめてやりたいって気持ちも少しはあるさ。しかし、そんなものは多分、こじつけみたいなものだな。要するに、おれは変わり者なんだよ」

「ま、そういうことにしておくか」

「矢吹、おまえのほうはどうなんだ？」

「おれは銭《ぜに》のためにチーム入りしたんすよ。月給三百万円は魅力だったからね」

「本当に金だけなのか？　何か別にもあるんじゃないのか？」

影丸は問いかけた。

「おれにゃ、なんの思い入れもないっすよ。いい金になるから、かっぱらいも殺しもやる。ただ、それだけだね。三億くれりゃ、おれは自分の親兄弟だってシュートしちゃうと思うよ」

「いまの話は、半分冗談なんだろう？」

「でも、半分は本気だね。いまの世の中、銭がなきゃ、どうしようもねえからな」

「銭は銭さ。それ以上のもんでも、それ以下のもんでもない」

「どうも話が嚙み合わないね。やっぱ、世代の違いかな」

「そうかもしれない」

「おれは四十歳になるまでたっぷり稼いで、後は利息で喰っていきたいんすよ。ヨットで気ままに遊んだり、カナダあたりで大鹿とか灰色熊《グリズリー》なんかをハンティングしながら、のんびり余生を愉しむつもりなんだ」

「四十で、あとは余生だって⁉」

「おかしいっすか？」

「いまは人生八十年の時代だぞ」

「長生きすりゃ、いいってもんでもないでしょ？」

「なんで、そんなに金に執着するんだ？」

「おれの親父《おやじ》は自分の弟の連帯保証人になって、全財産をなくしちまったんすよ。叔父貴ってのが山っ気たっぷりの事業家でね。その前にも何度も貸した金を倒されてたんだけど、親父は懲《こ》りなかった」

「そんなことがあったのか。おまえも少しは苦労してるわけだ」

「いやあ、どうってことないっすよ。おふくろがしゃかりきになって働いてくれたから、別に喰うには困らなかったしね」

「そうか」

「ただ、萎《しぼ》んだ風船みたいになっちまった親父が何か惨《みじ》めったらしくてね。別人みたいに卑屈になって、息子としちゃ、たまらない気持ちだったな。貧乏ってやつは、人間をちっぽけにしちゃうからね」

矢吹が、しみじみと言った。

「それは、人にもよるだろうがな」

「親父みたいな人生は、ごめんだね。だから、おれはリッチになりたいんだよ」

「ふうん」

「チーフ、誰か個人的に殺《や》りたい奴がいたら、おれが格安で請け負ってもいいぜ」

「ボスの人選は間違ってなかったようだ」

「え？」

「おまえは、処刑人にうってつけだよ」

影丸は車の速度を上げた。矢吹が嬉《うれ》しそうに笑った。

5

妙に静かだった。

三味線を爪弾《つまび》く音もしない。軒灯は、あらかた消えている。紀尾井町の料亭街だ。

影丸は車を徐行運転していた。

ほどなく左手に、『喜久川』が見えてきた。それほど大きな料亭ではなかった。黒塀に沿って、数台の車が駐《と》められている。どれも高級車だった。

――間もなく午前零時になるな。阿部社長は、もう離れ座敷かどこかにいるにちがいない。

影丸はジャガーを直進させた。『喜久川』の前を通り過ぎ、五十メートルほど先でブレーキを踏んだ。

少し経つと、白いベンツが『喜久川』の前に停まった。

すぐに後部座席のドアが開いた。姿を見せたのは、買い占め屋の番場だった。

いかにも高そうなスリーピースで、押し出しのいい体を包んでいる。まだ四十代の後半のはずだ。髪は不自然なほど黒い。

手ぶらだった。

番場が『喜久川』に入った。ベンツは走りだし、じきに脇道に消えた。

「土居は、まだ来てないみたいだな」

ルームミラーを見ながら、矢吹が呟《つぶや》くように言った。

「ああ」

「下手に動き回らないほうがいいんじゃないっすか？」

「そうだな」

影丸はダンヒルに火を点《つ》けた。矢吹もピースをくわえた。両切りのショートサイズだ。

三本目の喫《す》いさしの火を消したときだった。

ドアミラーに、かすかな光が反射した。ヘッドライトだった。

影丸はルームミラーに目をやった。ブルーメタリックの外車が映っていた。ロールスロイス・ベントレーだった。

ロールスロイスは、『喜久川』の真ん前に停まった。

助手席から、秘書らしい中年男が降りた。男は後部座席のドアを恭《うやうや》しく開けた。

どこか芝居がかった動作だった。

土居が現れた。

七十五過ぎにしては、若々しい。矍鑠《かくしゃく》としている。下足番と秘書に導かれて、土居は料亭の中に入っていった。

ロールスロイスは地を這《は》うような感じで前進し、『喜久川』の勝手口の横に停止した。

初老の運転手は降りようとしなかった。

「最低、小一時間は待たされるだろう」

影丸は言った。

「かなわねえな」

「そのくらい辛抱しろ。たいした苦労もしないで、まとまった金を手に入れられるんだ」

「そうっすね」

矢吹が素直に応じ、野戦服の内懐からベレッタM92SBを摑み出した。ダブルアクションの高性能拳銃《けんじゅう》だ。

複列弾倉には十五発入る。薬室の初弾を加えれば、十六連発だ。

「やたらにぶっ放すなよ。ここは、南米のジャングルじゃないんだから」

「わかってるって」

矢吹は分厚い弾倉《マガジン》をチェックし、すぐにベレッタをホルスターに戻した。『鬼鮖《バラクーダ》』には、十数挺の拳銃がある。どれもボスの宇佐美が知り合いの某国大使館員を使って、日本に持ち込ませたものだ。

「チーフの射撃術も年季が入ってるよな。スポーツピストルで、オリンピックに出られる成績だったんだってね。ボスから聞いたよ」

「もう昔の話さ」

「なんで出場を辞退しちゃったんだい？」

「拳銃ってのは、生身の人間を撃つものさ。遊びで射撃術を競《きそ》い合っても意味ないからな」

「ボスも変わってるけど、チーフも相当な変わり者《もん》だね」

「その台詞は、そっくりおまえに返すよ」

影丸は言い返した。矢吹が声をたてて笑った。

それから間もなくだった。

国会議員の秘書らしい男が、『喜久川』から出てきた。男は段ボール箱を抱えていた。かなり重そうだった。腰がふらつき気味だ。

「おそらく、あれは阿部社長の手土産だろう。万札がぎっしり詰まってる感じだな」

「そうだね。もうじき、あれはこっちのものさ」

矢吹はにんまりした。

すぐに料亭から、二人の男が姿を見せた。

どちらも段ボール箱を抱え込んでいる。いかにも重たげだ。男たちは東邦航業の社員だろう。ともに三十代の後半に見えた。

影丸はバックミラーを注視しつづけた。

運び出された三つの段ボール箱は、ロールスロイスのトランクルームに納められた。

土居大三郎の秘書らしい男が二人の男に深々と頭を下げ、ロールスロイスの助手席に乗り込んだ。

「土居は、いただいた政治献金を私邸か事務所に運ばせる気だな」

影丸は坐り直した。

見送りの男たちが会釈すると、ロールスロイスは動きはじめた。ロールスロイスは、ジャガーの横を走り抜けていった。

数十秒後、影丸はヘッドライトを灯《とも》した。ロールスロイスは早くも七、八メートル離れていた。

影丸は車をスタートさせた。一定の距離を保ちながら、前走車を尾《つ》けていく。

「どこで襲う？」

矢吹が訊いた。

「前の車が民家の少ない通りに入ったら、おれが行く手を阻《はば》む。おまえはベレッタで運転手たちを追っ払って、ロールスロイスに乗り込んでくれ」

「ひとまず車ごとかっぱらうわけか」

「そうだ」

影丸はうなずいた。

そのときだった。ロールスロイスが急停止した。脇道から、いきなりマイクロバスが飛び出してきたからだ。マイクロバスは無灯火だった。

影丸も車を停めた。

ロールスロイスのクラクションが高く鳴った。マイクロバスは道を塞《ふさ》いだまま、動こうとしない。

「妙だぞ」

「あのマイクロバス、おれたちと同じものを狙ってやがるのかな」

影丸の語尾に、矢吹の声が重なった。

数秒後、マイクロバスの中折れ扉が開いた。

四人の男が次々に降り立った。四人とも黒いフェイスキャップで顔を隠していた。着ているものも、地味な色を選んでいる。

「さっきの奴らかもしれないぞ。矢吹、出よう」

Ｓ＆ＷＭ４５９《スミス・アンド・ウエッソン》の銃把《じゅうは》を掴んで、影丸は外に飛び出た。

反対側のドアから、矢吹が現れた。ベレッタを握りしめている。

突然、悲鳴があがった。

動物じみた唸《うな》り声も聞こえた。運転手と秘書らしい男が暴漢に車から引きずり出され、相前後して心臓を刃物で貫かれたのだ。

影丸は地を蹴った。

矢吹も走った。フェイスキャップを被った男たちが二人に気づいた。四人の男は、それぞれハンティングナイフを手にしている。二人の男は、上半身に返り血を浴びていた。

影丸は立ち止まって、自動拳銃を構えた。

「ナイフを捨てろ！」

矢吹もたたずみ、右腕をぬっと前に突き出した。

男たちは少しも怯《ひる》まなかった。それどころか、ひとりがナイフを翳《かざ》して躍りかかってきた。

影丸は数歩前に出た。

ナイフが閃《ひらめ》いた。白っぽい光が揺曳した。空気が裂ける。

影丸は上体を反らせ、ナイフを躱《かわ》した。男の体勢が崩れた。

すかさず影丸は踏み込んで、相手の股間を思いきり蹴り上げた。ヒットした。影丸は右腕を水平に薙《な》いだ。風が湧いた。拳銃のグリップが男の頬骨を潰《つぶ》す。血がしぶいた。男は横に吹っ飛んでいた。

影丸は目で矢吹を探した。矢吹は、足許に二人の男を這わせていた。残った男は立ち竦《すく》んでいる。

影丸はその男に走り寄って、下腹と向こう臑《ずね》を蹴った。男が身を折った。影丸は、回し蹴りで相手を倒した。

その直後だった。

マイクロバスの陰から、大柄な男が現れた。ドラムマガジンのついた軽機関銃を両腕で支えていた。ＲＰＤのようだった。ロシア製だ。

「矢吹、伏せろ」

影丸は高く叫んで、路面に腹這いになった。矢吹が身を伏せた。四人の男も這いつくばった。

軽機関銃が轟然《ごうぜん》と唸りはじめた。

赤い火は切れ目なく噴《ふ》きつづけた。薬莢《やっきょう》が絶え間なく弾《はじ》け飛ぶ。全自動《フルオート》だった。

着弾音が、あちこちで聞こえた。衝撃波が重い。

影丸は腹這いになったまま、両手でM459を構えた。寝撃ちの姿勢《ブローン・ポジション》で、引き金《トリガー》を絞った。

一瞬、銃口炎《マズル・フラッシュ》が手を赤く染めた。

硝煙の匂いが濃い。むせそうになった。火薬の滓《かす》が顔面を撲《う》つ。

放った弾丸は、マイクロバスの車体にめり込んだ。

影丸は撃ちまくった。矢吹も座撃ちで、ベレッタを吼《ほ》えさせた。

だが、軽機関銃を持った男は倒れない。RPDの弾倉には百発装弾できる。影丸と矢吹の放った弾丸は、敵の弾幕に遮られてしまったようだ。

「ひとまず後退だ」

影丸は、矢吹に声をかけた。二人は慎重に後退しはじめた。

四人の男が這いながら、マイクロバスの方に逃げていく。

影丸と矢吹は男たちに銃口を向けなかった。背中を見せた相手を撃つのは、なんとなく後味が悪い。

影丸たちは後退しながらも、軽機関銃の男を狙った。

じきに男が仰向けに倒れた。

どちらの弾が当たったのかは、わからなかった。軽機関銃が沈黙した。

ほとんど同時に、ロールスロイスが炎に包まれた。男のひとりが、流れ出たガソリンに火を放ったらしい。炎が大きく躍り上がった。

男たちが血を噴いている仲間を抱き起こして、マイクロバスの中に運び入れた。

影丸と矢吹は身を起こした。

遠くで、パトカーのサイレンの音がする。

影丸と矢吹は拳銃をホルスターに収め、ジャガーに駆け込んだ。

幸運にも、ジャガーは無傷だった。土居大三郎の大型外車が弾除《たまよ》けになってくれたのだろう。

影丸たちは車に乗り込んだ。

いつの間にか、マイクロバスは掻き消えていた。

影丸は車を急発進させた。タイヤが鳴いた。すぐに車を右折させる。

路地から路地を走り抜け、外苑《がいえん》通りに出た。パトカーが追ってくる様子はなかった。

「ドジを踏んじまったな」

影丸は苦々しい気分で呟いた。初めての失敗だった。

「奴ら、クレージーだよ。深夜といっても、東京のど真ん中で軽機関銃なんか撃ちまくりやがって」

「矢吹、あの軽機関銃はロシア製のＲＰＤだろう？」

「そうっす。日本に東側の軽機関銃が入ってるなんて、おれ、まだ信じられない気持ちだよ。トカレフやマカロフじゃねえんだから」

「パキスタンか、アフガニスタンあたりの武器商人から手に入れたんだろうか？」

「そうじゃないと思うね。東側の機関銃は、そう簡単にゃ手に入らないよ」

「奴らに武器を提供してる人間がいるというのか？」

「うん、多分ね。考えられる人間となると、ロシアの防諜局の関係者だな」

「まさか」

「いや、考えられるぜ。ひょっとしたら、ロシアの防諜局直属の特殊部隊《スペツナズ》が奴らに軽機関銃を与えたのかもしれねえな」

「いくらなんでも、特殊部隊が関与してるとは思えないな」

「チーフ、特殊部隊員の任務は政府高官の暗殺だけじゃないんすよ。西側諸国の軍事基地や核兵器の破壊、それから原子力発電所や燃料貯蔵庫の破壊なんかも任務に入ってるんだ」

　矢吹が付け加えた。

「しかし、それは戦時における任務だろう？」

「うん、まあ。けど、ふだんでも特殊部隊員は他の工作員と同様に西側の国々に潜り込んで、情報収集活動や破壊工作をやってるはずなんだ」

「それは充分考えられるな。しかし……」

「おれは、ロシアの人間が黒覆面グループを煽《あお》ってるんだと思うな」

「そうなんだろうか」

「ほら、及川美穂の家に現れた五人組のひとりもマカロフを持ってたじゃないっすか」

「確かに、あれはマカロフだったが……」

「あの連中といまの奴らは、同じ組織の人間だよ」

「うむ」

「そりゃそうと、ボスに頼んで、こっちも自動小銃や短機関銃《サブマシンガン》を手に入れといたほうがいいんじゃねえかな?」

「一度、ボスに相談してみよう」

影丸はそう言い、ジャガーのアクセルを少しずつ踏み込んだ。矢吹と別れたら、麻衣のマンションを訪ねるつもりだった。

「泊まってくれたのは、ひと月ぶりね」

麻衣が恥じらいを含んだ声で言い、影丸の胸を撫《な》ではじめた。愛《いと》しげな手つきだった。

影丸は、情事の余韻に身を委《ゆだ》ねていた。

麻衣のマンションの寝室である。マンションは自由が丘にあった。ブラインドの隙間から、細い光が射し込んでいる。時刻は正午近かった。

影丸は、麻衣の肩に指を這わせた。

その肌は滑らかだった。色は抜けるように白い。肌の火照りは、まだ冷めていなかった。

「こんなことをしてると、また慎也さんが欲しくなっちゃうわ」

麻衣は何かを断ち切るように呟き、急に跳ね起きた。弾みで、果実を想わせる乳房がゆさりと揺れた。鴇色《ときいろ》の乳首は、まだ硬く張りつめたままだった。

「シャワーか？」

「ええ」

麻衣はいくらか他人行儀な口調で答え、ベッドから滑り降りた。

後ろ向きの裸身は、どこか神々《こうごう》しかった。ヒップは水蜜桃《すいみつとう》のようだ。

麻衣は素肌に光沢のある白いナイトウェアをまとうと、ベッドから離れた。

影丸は腹這いになって、ダンヒルに火を点けた。

ひと口深く喫《す》い、ナイトテーブルの上のリモート・コントローラーを摑み上げた。

テレビの遠隔操作器だ。

スイッチを入れ、チャンネルをＮＨＫに合わせる。ちょうどニュースの時間だった。

影丸は肘枕《ひじまくら》をつくって、大型テレビの画面に目を向けた。

生真面目《きまじめ》そうな男性アナウンサーが、渡欧中の皇族のことを報じていた。その声は一本調子だった。

『フェニックス』の篠原は事情が事情だから、警察には通報しなかったのだろう。煙草をくゆらせながら、影丸はぼんやりと思った。

ほどなく画像が変わった。

画面に映し出されたのは、見覚えのある料亭街だった。紀尾井町だ。

影丸は画面を凝視した。

「きょう未明、東京・紀尾井町の料亭街の路上で殺人事件がありました。殺されたのは民自党の土居大三郎議員の第一秘書、坪井伸晃《つぼいのぶあき》さん、四十五歳と運転手の青柳加津夫《あおやぎかずお》さん、五十七歳の二人です」

アナウンサーはいったん言葉を切り、すぐに抑揚のない声でつづけた。

「二人は車で土居議員の事務所に向かう途中、武装した四、五人の男に襲われました。犯人グループは二人を車から引きずり下ろし、ナイフで胸部を刺した後、車に火を点けて逃走しました」

またもや、アナウンサーは間《ま》を取った。

「犯人グループのひとりは、ロシア製と思われる軽機関銃を乱射し、逆に何者かに撃たれた模様です。現場に拳銃を持った二人の男がいたことから、警察では暴力団同士か過激派間の対立抗争という見方を強めています」

画面が変わった。

短くなった煙草の火をナイトテーブルの上の灰皿で揉み消し、影丸は上体を起こした。

「次のニュースです。今朝《けさ》早く散歩に出たまま行方がわからなくなっていた全経連、全国経営者連合会の畑山泰治《はたやまたいじ》会長は何者かに拉致《らち》された可能性が高まってきました。畑山会長は東都重工業の会長でもあり、財界の重鎮です」

アナウンサーがニュース原稿に目を落とした。

「畑山会長は自宅から二キロほど離れた住宅街の路上で黒いフェイスキャップを被《かぶ》った数人の男たちに襲われ、車で連れ去られた模様です。現場には、畑山会長のサンダルが片方だけ落ちていました。詳しいことは、まだわかっていません。次は交通事故のニュースです」

画像が変わり、アナウンサーの顔が掻き消えた。

――またしても黒覆面集団か。

影丸はテレビのスイッチを切りかけた。

そのとき、アナウンサーの顔が画面に映し出された。何やら緊迫した顔つきだった。

影丸はテレビのスイッチを切らなかった。アナウンサーが喋りはじめた。

「ただいま、事件に関する新しい情報が入りました。ついさきほど、毎朝新聞東京本社に謎のテロリストグループ『ブラックコブラ』の犯行声明文が届きました。それによりますと、神楽坂での殺害事件は彼らの犯行だとのことです。声明文には、土居大三郎氏の殺害に失敗したことがパソコン文字で記されていました。次のニュースです。きょうの午前九時半ごろ、首都高速で玉突き事故がありました」

画像が変わった。

影丸はスイッチを切った。

浴室の方から、湯の弾ける音がかすかに響いてきた。麻衣のハミングも耳に届いた。ナンバーは、ジャズのスタンダードだった。

紀尾井町に現われた黒覆面グループは、本当にあの『ブラックコブラ』なのだろうか。全経連の畑山会長を拉致した犯人たちも黒い目出し帽を被っていたというから、おそらく同一グループだろう。

ふたたび影丸は、ダンヒルに火を点けた。

考えごとをするときは、いつも無意識に煙草をくわえてしまう。この癖はなかなか直らなかった。

——『ブラックコブラ』の犯行だとしたら、急に手口が荒っぽくなったな。いったい、なぜなんだ？　それはともかく、犯人グループもやるな。畑山に目をつけるとは、なかなかのもんだ。全経連なら、金が唸ってるから。

影丸は、なんだか先を越されたような気分に陥った。

全経連は一流企業の経営者で組織されている。毎年、全経連では傘下の企業から二百億円近い巨額を吸い上げていた。その大半は、与党である民自党に政治献金という形で流れている。そんなことから、全経連は政商の集まりと見られていた。

影丸は煙草の火を消した。

その直後、麻衣が寝室に戻ってきた。室内は薄暗かった。

影丸はナイトスタンドの鎖を引いた。

その瞬間、麻衣が小さな声を洩らした。彼女はワインカラーのバスタオルを胸高に巻いているだけだった。肌は、うっすらとピンクに色づいていた。

「慎也さん、シャワーをどうぞ」

「その前に教えておこう」

影丸はそう前置きして、テレビニュースで知ったことを語りはじめた。麻衣はロッキングチェアに浅く腰かけ、じっと耳を傾けていた。

影丸は話し終えた。すぐに麻衣が言った。

「やっぱり、『ブラックコブラ』だったのね」

「女の直感が当たったようだが、おれはちょっと腑《ふ》に落ちない点もあるんだ。いくら何でも、手口が違いすぎる」

「それは言えるわね」

「いままでの『ブラックコブラ』は散弾銃《ショットガン》、それからナイフ、鉄パイプ、木刀といった武器しか使ってない」

「ええ、そうね」

「しかし、篠原正宏の愛人宅や神楽坂の料亭街に現れた黒覆面の一団は本格的な銃器を使ってる。おれは、その違いに引っかかるものを感じるんだ」

「何かからくりがあるのかしら？」

「そんな気がするな」

「『ブラックコブラ』の正体が摑めれば、彼らの犯行かどうかを吐かせることもできるんだけどね」

「そうだな。『ブラックコブラ』のことを少し探《さぐ》ってみよう」

影丸は言って、ベッドの支柱に掛けてある黒いバスローブを摑んだ。それを肩に引っかけ、ベッドを降りた。

影丸は寝室を出て、リビングルームに入った。クリーム色のレザーソファに腰を落とし、警視庁公安第一課に電話する。第一課は、学生運動や過激派の捜査を手がけていた。

電話に出た男に、香取直樹《かとりなおき》を呼んでもらう。香取は警察学校で同期だった男だ。待つほどもなく、香取の声が響いてきた。

「影丸、どうしてるんだ？」

「なんとか生きてるよ」

影丸は言った。

「おまえ、新橋の法律事務所で調査員をやってるとか言ってたけど、あれは嘘だな」

「訪ねたのか？」

「ああ。もう一年以上も前だけどな。おまえが教えてくれた法律事務所なんて、ありゃしなかったぞ」

「そうか」

「警官に嘘をつくなんて、とんでもない奴だ」

香取が笑いながら、そう言った。

「実は、独りで仕事をしてるんだよ」

「何をやってるんだ？」

「まあ、探偵みたいなことだな」

影丸は言い繕《つくろ》った。

「連絡先、教えろよ。いつの間にか、マンションも変わったんだな」

「それより、どっかで会えないか？　久しぶりに飲もうや」

「それがちょっとな」

「忙しいのか？」

「夕方になれば、三十分ぐらいは抜け出せそうだがな」

「それなら、近くまで出向くよ。六時ごろはどうだ？」

「そのころなら、大丈夫だと思うよ。でも、なんか悪いな」

「いいさ。落ち合う場所を決めてくれ」

「それじゃ……」

香取はいくらか間を置いてから、日比谷《ひびや》公園の近くにあるレストランの名を挙げた。影丸も、よく知っている店だった。

受話器を置くと、寝室の方から麻衣がやってきた。

彼女は薄手の紫色のセーターに、プリント柄のスパッツを穿《は》いていた。薄化粧をしたせいか、一段と目鼻立ちがくっきりと見える。息を呑むほど美しい。

「誰に電話したの？」

「本庁の公安一課にいる知り合いだよ。その男が『ブラックコブラ』のことをどのくらい把握してるかどうかわからないが、会ってみようと思うんだ」

「すぐに会いに行くわけ？」

「いや、夕方だよ」

「それなら、もう少しゆっくりしてって。わたし、何かおいしいものをこしらえるわ」

「コーヒーだけでいいよ」

「そんなの、体に毒よ。いますぐ用意するわ。新聞でも読んでて」

麻衣がダイニングキッチンに足を向けた。

影丸はソファから腰を上げ、浴室に向かった。

第二章　女流舞踏家の正体

1

夕闇が濃い。

影丸は足を速《はや》めた。約束の時刻が迫っている。

日比谷のオフィス街だ。

影丸は麻衣の部屋から、ここに直行してきたのではなかった。いったん代々木の自宅マンションに戻り、着替えをしてきたのである。

早めに部屋を出たのだが、あいにく渋滞に巻き込まれてしまった。ジャガーは、近くの地下駐車場に預けてあった。

レストランに着いた。

影丸はレジの前で、店内を眺め渡した。香取の姿はなかった。ひとまず影丸は、ほっとした。

窓側のテーブル席につく。

バドワイザーと生ハムの盛り合わせをオーダーした。客は少なかった。注文したビールとオードブルは、待つほどもなく運ばれてきた。

影丸はアメリカ生まれのビールを飲みはじめた。

二杯目を空けたとき、香取が姿を見せた。

店の従業員が彼を見て、圧倒されたような顔つきになった。香取は巨体だった。学生時代にアメリカンフットボールで鍛え上げた体は、人目を惹《ひ》く。盛り上がった肩は、まるでプロテクターをつけているようだ。

「よう」

影丸は、片手を軽く挙げた。

香取が懐かしげな表情で走り寄ってきて、影丸の正面に腰を下ろした。ツイードのジャケットを着ていたが、ノーネクタイだった。短かった髪は長くなっていた。

「元気そうじゃないか」

影丸は香取に言って、新たにビールと数種のオードブルを注文した。

香取がセブンスターに火を点けてから、いくぶん照れた顔で言った。

「去年の秋、おれ、父親になったんだよ」

「そいつはおめでとう。どっちだ？」

「女の子だよ。結婚して五年も子供ができなかったんで、半分諦めてたんだけどさ」

「よかったな」

「おまえは、まだ独身《シングル》？」

「ああ、相変わらずだよ」

影丸は答えて、ダブルブレストの上着からダンヒルの箱を摑み出した。

そのとき、ビールとコップが運ばれてきた。

影丸は先に香取のコップにバドワイザーを注ぎ、自分のコップにも満たした。

二人は軽くコップを触れ合わせ、それぞれビールを口に運んだ。

「おまえに会って、何となく安心したよ」

手の甲で口許を拭《ぬぐ》いながら、香取が言った。

「安心？　どういう意味なんだ？」

「なんか冴《さ》えない暮らしをしてるんじゃないかと心配してたんだよ。だけど、なんか羽振りがよさそうじゃないか。煙草《たばこ》とスーツ、英国製みたいだし……」

「スーツは国産さ。でも、暮らしのほうは何とかなってるよ。ＣＩＡも最近、気前がよくなったんだ」

影丸は軽口をたたいた。

香取が体を揺すって高く笑った。細い目が糸のようになった。笑いやむと、急に彼は分別臭そうな顔つきになった。

「真面目《まじめ》な話だけど、おまえ、本当に探偵まがいのことをやってるのか？」

「ああ、フリーでな」

「浮気の調査なんかをやってるわけか」

「いや、そういうことはやってないんだ。もっと堅い調査だよ。生命保険会社や法律事務所から回ってくる仕事を細々とな」

「そうか。とにかく頑張れよな」

「ああ」

「いまは、どこに住んでるんだ？」

「代々木だよ。前の下高井戸のマンションよりは少し広いけど、安マンションに変わりはないさ」

「だけど、代々木のあたりなら、何かと便利じゃないか」

「まあな」

「羨《うらや》ましいよ。おれんとこなんか、埼玉の端っこだもんな。通勤が大変だよ」

「その分、空気がいいんだろう？」

「取柄はそれだけだね」

「それはそうと、ここんところ派手な事件《ヤマ》が相次いでるな」

影丸は話題を転じた。誘い水だった。

「そうなんだよ。民自党の土居代議士の秘書と運転手が『ブラックコブラ』の奴らに殺《や》られたし、今朝は今朝で全経連の畑山会長が同じ組織らしい連中に拉致《らち》された」

「畑山会長の件では、まだ『ブラックコブラ』は犯行声明を出してないようだな」

「そうなんだ。だけど、そっちの事件も『ブラックコブラ』の仕業さ」

香取が急に周りを見回した。そばには、客の姿はなかった。

ウェイトレスが近寄ってきた。会話が中断した。ウェイトレスはローストビーフと鰯《いわし》のマリネをテーブルに置くと、すぐに歩み去った。

「マスコミの報道によると、土居代議士の秘書たちを刺殺した連中はロシア製の軽機関銃を乱射したそうじゃないか」

影丸は空とぼけて、そう語りかけた。

「そうなんだ。まだライフルマークの鑑定結果が出てないんだが、どうやらＲＰＤって軽機関銃から弾《はじ》き出されたものみたいだな」

「ロシア製の銃弾の鑑定となると、ちょっと時間がかかりそうだな」

「そうなんだよ。防衛省関係のデータだけじゃ心許ないんで、いまアメリカさんの手をわずらわせているところなんだ」

「ロシア製の軽機関銃が凶器に使用されたケースは、おそらく前例がないんじゃないか？」

「今回が初めてだよ。だから、われわれだけじゃなく、外事課の連中もびっくりしてるんだ」

「だろうな。いったい、どういうルートで国内に流れ込んできたんだろう？」

「それは目下、調査中なんだ」

「そうか。ところで、『ブラックコブラ』のことは、どのセクションが担当してるんだ？右翼の担当の三課かな？」

「三課はもちろん、われわれ公安一課と二課も受け持ってるんだ。奴らの思想背景がはっきりするまで、当分、いまのスタイルで内偵ってことになるだろうな」

「それで、『ブラックコブラ』のことをどの程度、把握してるんだ？」

「それがみっともない話なんだが、あんまりな」

香取は小さく苦笑した。

「無理ないさ。奴らの手際は鮮やかだからな」

「組織のアジトやメンバーの数なんかはまだ摑んでないんだが、リーダーの見当はほぼついてるんだよ」

「何者なんだ？」

「それが、女なんだよ」

「女⁉」

「そうなんだ。影丸、おまえ、前衛舞踏家の中道恵子《なかみちけいこ》って女を知ってるか？」

「その舞踏家のことなら、知ってるよ。短い間だったけど、雑誌ジャーナリズムが派手に取り上げてたからな」

影丸は四、五年前に週刊誌のグラビアページで、その女流舞踏家を見かけたことがあった。

中道恵子は二十代の半ばで、個性的な美人だった。人間の情念をテーマにした前衛的な舞踏で、一部のファンに熱く支持されていた。

恵子は舞踏団の主宰者でもあった。団員は、確か若い男ばかりだった。

中道恵子の奇行ぶりがテレビや週刊誌でしばしば報じられていたが、舞踏団を解散してからはマスコミに登場することもなくなっていた。

「『ブラックコブラ』が引き起こした事件の犯行現場周辺に、何度も中道恵子が出没してるんだよ。目撃者も何人かいるんだ。しかし、それだけで任意同行を求めても、こっちが不利だからな」

「まあ、そうだな。中道恵子は舞踏団を解散した後、どんなことをやってたんだろう？」

「独りでニューヨークに渡って、一年近くロフト暮らしをしてたようだな。それから突然帰国して、京都の能面師に弟子入りしてる」

「外国で暮らすと、日本の伝統や文化を再評価する気になるらしいな。それに似た話は、よく聞くよ」

「おれも聞いたことがあるな。もっとも中道恵子の場合は性格が飽きっぽいのか、すぐに禅寺にこもっちゃったんだ。それも長続きしなかったんだよ。そのあとは、京都や金沢を行ったり来たりしてる」

「何かを模索してたのかもしれないな」

「それはどうかわからんけど、放浪生活をしてるうちに、うっ積するものがあったんだろう。それで、テロ行為に走る気になったんだと思うよ」

香取が決めつけるような口調で言った。

「あの中道恵子が『ブラックコブラ』のボスとは、なんとなく信じられない気もするな」

「彼女は、もともとアウトローの体質をもってたんだろう。だから、かつての舞踏団の仲間を煽《あお》って、とんでもないことをやりだしたのさ」

「中道恵子は、昔の仲間と連絡を取り合ってるのか？」

「仲間たちは音沙汰《おとさた》がないなんて口を揃《そろ》えてるけど、多分、つき合いはあると思うよ」

「そうか。仮に中道恵子が『ブラックコブラ』の女ボスだったとしても、紀尾井町や畑山会長の事件とは、無関係なんじゃないのか？」

「なぜ無関係だと思うんだ？　遠慮なく言ってくれ」

「ああ。『ブラックコブラ』には、一種独特の犯罪哲学があるよな？」

「奴らに、そんな高級なものがあるわけないさ。あいつらの行動には、まるっきり脈絡がないじゃないか。一貫性もない。声明文には世直しとか何とか偉そうなことを書いてるけど、要するに奴らは犯罪遊戯《クライム・ゲーム》を愉《たの》しんでるだけさ」

「その通りかもしれないが、おれは手口が急に荒っぽくなったことがどうも気になって仕方がないんだ」

影丸は言った。

「それは、奴らがはっきりとした目的を持ちはじめたからだよ」

「目的って、どんな？」

「金さ。畑山会長を誘拐したグループが、ほんのちょっと前に身代金を要求してきたんだよ」

「いくら要求してきたんだ？」

「六十億円だよ。全経連がプールしてる金の中から払えと言ってきたそうだ」

香取が言って、ビールを傾けた。

「六十億円の身代金とは、ずいぶんスケールがでっかいな」

「要求を呑《の》まなかった場合は、ただちに人質の畑山会長を殺すと電話で宣告したそうだよ」

「犯人グループからの電話は、全経連本部にかかってきたんだろう？」

「ああ、捜査員が詰めてたんだが、逆探知はできなかったそうだ」

「そりゃ、残念だったな。それはそうと、いまになって『ブラックコブラ』はどうして急に金を狙《ねら》う気になったんだろう？　その気になれば、いくらでもチャンスはあったはずだ」

「何か企《たくら》んでるのさ」

「なあ、香取。紀尾井町の殺害事件と誘拐事件は、『ブラックコブラ』を装った別の集団の犯罪とは考えられないか？」

「それはないと思うよ。ただ、『ブラックコブラ』にバックがいると睨んではいるがね。奴らが民自党の土居大三郎や全経連の畑山会長を狙ったところをみると、何か政治的な動きがあるような気がするんだ」

「たとえば、極左グループあたりか？」

影丸は探りを入れた。

「もっと大きなバックだろうね。はっきり言えば、アメリカとロシアのどちらかとか」

「どうもリアリティーに欠けるな。話が荒唐無稽《こうとうむけい》すぎるよ。だいたい『ブラックコブラ』は、政治的なイデオロギーで動いてきた組織じゃないんだぜ」

「無思想だからこそ、どんなバックとも手を組めるんじゃないのか。おれは、そう思うね」

「しかし、いくらなんでも……」

「『ブラックコブラ』の奴らは、世の中を引っ掻き回すことに生き甲斐を感じてるんだよ。そのためには、どんな組織や国家とも手を結ぶさ」

「それは、おまえの妄想なんじゃないのかね？」

「妄想かどうか、そのうちにわかるよ」

香取は自信ありげだった。

「もう中道恵子に張りつきはじめてるんだな？」

「いや、あの女は数カ月前から地下に潜ってるんだ。こっちの動きを察知したんだと思うよ」

「逃げ出したところをみると、中道恵子はおまえが言うように、『ブラックコブラ』の女ボスなんだろうか」

「おい、影丸。おまえらしくないぜ。刑事時代のあの冴えはどうしちゃったんだよ？まだそんなことを言ってるようじゃ、元捜査一課の肩書が泣くぜ」

「おれは、そんなに的外れなことを言ってるか？」

「はっきり言って、かなりピントがずれてるよ」

「言ってくれるな」

影丸は苦く笑いながら、香取にビールを勧《すす》めた。

香取が軽く頭を下げて、低い声で喋《しゃべ》りだした。

「確かな情報を摑んだわけじゃないんだけど、おれたちは中道恵子が東京周辺のどこかに潜んでると考えてるんだ」

「確信ありそうだな」

「ちょっとね」

香取は曖昧《あいまい》な返事をして、ローストビーフを頰張《ほおば》った。

影丸はビールを飲みながら、香取が喋る気になるのを待った。どちらかというと、香取は口の軽いタイプだった。

「中道恵子の父親が、もう余命いくばくもないんだよ。癌《がん》があっちこっちに転移しちゃってな」

「ふうん」

「恵子は、お父さんっ子らしいんだ。自由に育ててもらったとかで、感謝もしてるみたいだな。これは、聞き込みで仕込んだ情報なんだけどね」

「読めたぜ、香取。おまえは、中道恵子が病床の父親を見舞うはずだと睨んでるんだな。どうだ、図星だろう?」

「あっさり読まれちゃったか。おれの勘だと、中道恵子は間違いなく父親のいる病院をこっそり訪ねるね」

「病院はどこなんだ？」

「影丸、どうしたんだよ。やけに首を突っ込んでくるじゃないか」

香取は警戒しはじめたようだった。影丸は内心の狼狽《ろうばい》を隠して、言い繕《つくろ》った。

「別に深い意味はないんだ。習性で何となくな」

「退職しても、刑事の習性はなかなか抜けないって言うよな。それかい？」

「そうみたいだな」

「おまえなら、かまわんだろう。千駄木《せんだぎ》の東日本医科大学病院だよ」

「ふうん」

「実を言うとな、もうひと月ぐらい前から、うちの課の若いのが交代で病院を張ってるんだよ。横浜にある恵子の実家や友人宅にも定期的に探りを入れてる」

「そうか。いろいろと大変だな」

「まあね。でも、仕事だから、やるっきゃないよ」

「病院で、中道恵子を押さえるつもりなのか？」

「いや、もう少し泳がせて『ブラックコブラ』のアジトを突きとめてから、別件で逮《パ》捕《ク》る段取りをつけてるんだ」

「なるほどね」

影丸はダンヒルをくわえた。

二人の間に沈黙が落ちた。先に口を開いたのは、香取のほうだった。

「おまえだから話すんだけど、実はわれわれはロシアの防諜局が『ブラックコブラ』をバックアップしてると考えてる。マカロフやＡＫ47小銃なら、闇ルートで入手可能だろうが、犯行に使われたのは軽機関銃だからな」

「しかし、それだけじゃ、裏付けが甘いんじゃないか。下手すると、国際問題になりかねないぜ」

「そのへんは、うまくやるよ」

「そうか」

「だいたいロシアって国は、日本を軽く見てるんだよ。北方領土のことでもわかるだろっ」

香取は忿懣《ふんまん》やるかたないといった口ぶりだった。影丸は控え目に苦笑した。

「かつてロシアの潜水艦が津軽海峡をわがもの顔で通過してたこと自体、日本を軽く見てる証拠だよ。そう思わんか？」

「それについては、〝無害通航権〟があるからな。文句は言えないいんじゃないのか？」

「おまえまで、そんなことを言ってるのか。影丸、ちょっと勉強不足だぞ」

「勉強不足？」

「ああ。国際海洋法条約によって、他国の領海内では潜水艦は海面を浮上航行しなければならないことになってんだ。もちろん、国旗を掲げることも義務づけられてる。なのにいまだって、ロシアの潜水艦が平気で海峡海面下を航行してる」

「それが事実だとすれば、ルール違反だな」

「それだけじゃないんだよ。軍艦には〝無害通航権〟なんかありゃしないのに、津軽海峡を通過するロシアの軍艦が後を絶たないんだ」

「そんなに多いとは知らなかったよ」

「北海道なんか、ひでえもんさ。オホーツクや宗谷海峡には、ロシアの情報収集艦《AGI》がうじゃうじゃいるんだ。海軍の船だけじゃなく、トロール船なんかも無線を傍受して、自衛隊基地の能力を探ってやがる」

「そのことは、おれも知ってるよ」

「それにロシアの海洋調査船が味方の潜水艦のため、海底の地形や潜水艦探知用の固定聴音機器《ソーサス》の有無を調べてるんだ。去年は第一管区海上保安庁だけでも、四十八隻のロシア調査船を発見してるんだぞ。実数は数倍になるはずだよ」

「そうか」

「旧ソ連時代に偵察機がちょくちょく異常接近してたんだって、この国をなめきってるからだよ」

「確か稚内《わっかない》基地にはアメリカ国家安全保障局の職員が十数名駐留してるはずだし、米艦船の動きも活発になってきたらしいじゃないか」

「まあね」

「道内の陸自だって、最新鋭のミサイル、重火器、戦車、コンピュータを駆使した自走射撃統制車なんかで守りを固めてるし、空は世界最強の戦闘機を操る迎撃部隊が目を光らせてるじゃないか。奥尻島《おくしりとう》には、航空自衛隊の電子情報《エリント》収集の基地があったよな？　北海道の守りに問題はないと思うがね」

「影丸、おまえは甘いよ。ロシアの軍事力は、いまでも凄いんだぞ。アメリカの国防総省が集めてるデータなんか、おれは古いと思うね」

「おい、あんまり興奮するなよ。別に、おれは論争しに来たわけじゃないんだからさ」

「すまん、つい力んじゃって」

香取がきまり悪げに笑い、残りのビールを飲み干した。影丸は問いかけた。

「外事一課の連中は、どう動いてるんだ？」

「ロシアの駐日武官や大使館員の監視を強化したよ」

「そうか。おれはもう部外者だから、何も力になれないが、早く畑山会長を救出してやってくれ」

「会長が監禁されてる場所も、もうじきわかると思うよ。そうなれば、あとは苦もないさ。おっと、もうこんな時間か」

香取が腕時計に視線を落として、慌《あわ》てて腰を上げた。

影丸は、札入れを出しかけた香取を手で制した。

「おれが呼び出したんだから、素直に奢《おご》られろよ」

「それじゃ、きょうはご馳走《ちそう》になるか。またな！」

香取が遠ざかっていった。

影丸は立ち上がらなかった。飲みさしのビールに手を伸ばした。

香取が言ったように、前衛舞踏家が本当に『ブラックコブラ』のリーダーなのか。もしそうだとしても、紀尾井町の殺害事件と畑山会長の誘拐には『ブラックコブラ』は関わっていない気がする。黒覆面グループが『ブラックコブラ』の名を騙《かた》って犯行に及んだのだとしたら、いったい何者なのか。

ビールは生温《なまぬる》かった。スモークド・サーモンを口に入れて、さらに影丸は考えつづけた。

――もっと手がかりがあればいいんだが、これじゃ、中道恵子に接触するしか手がなさそうだ。差し当たって、東日本医科大学病院の前で何日か張り込みをしてみるか。その前に、ボスの意見も聞いといたほうがよさそうだな。

影丸は卓上の伝票を摑み、勢いよく立ち上がった。

2

声をかけたが、応答はなかった。

影丸は靴を脱いで、勝手に玄関ホールに上がった。柿の木坂の宇佐美邸だ。

建物は古いが、なかなか凝《こ》った造りだった。間数は二十室近くある。

敷地も広大だった。約五百坪と聞いている。庭の一隅は、雑木林になっていた。

ボスの宇佐美は三年半前に妻を亡くし、この屋敷で独りで暮らしている。子供はいなかった。

影丸は、玄関ホールに接した広い応接間を覗《のぞ》いた。

誰もいなかった。食堂に足を向ける。

少し行くと、いい匂《にお》いが漂ってきた。食堂のドアは、完全には閉まっていなかった。

「ボス、わたしです」

影丸は食堂のドアを押した。

宇佐美がエプロンをつけて、調理台に向かっていた。黒いセーターを着ていた。下は、ベージュのスラックスだ。

「よう」

宇佐美が首だけを捩《ねじ》った。弾みで銀髪が波打つ。オリーブ色を基調にしたアスコット・タイが粋《いき》だった。

影丸は訊いた。

「夕食の支度ですか？」

「ああ。まだまだ寒いんで、今夜は寄《よ》せ鍋《なべ》にしたんだ」

「何か手伝いましょう」

「おい、おい。わたしの楽しみを奪わんでくれよ。影丸君、一緒に鍋をつつこう。ちょっと待っててくれ」

宇佐美が白菜を刻みだした。庖丁捌《ほうちょうさば》きは鮮やかだった。

影丸は、楕円形《だえんけい》のテーブルについた。

マホガニーだった。充分に使い込まれ、なんとも言えない光沢を放っている。卓上コンロの土鍋は、湯気を立ち昇らせていた。

「ボス、きのうはとんだ失敗《ドジ》を踏んでしまいまして……」

影丸は、宇佐美の背中に話しかけた。

「気にすることはないよ。完璧《かんぺき》に事が運びすぎても、つまらんもんさ」

「そう言ってもらえると、気持ちが楽になります」

「怪我《けが》がなくて、何よりだった。さて、用意ができたぞ」

宇佐美が寄せ鍋の具を運んできた。魚介類と野菜は、きちんと盛り分けられていた。たいしたものだ。影丸は、もう何年も自炊などしていなかった。いつも出前か外食だった。

宇佐美は魚の切り身や蟹《かに》などを鍋に入れると、すぐに燗《かん》の準備に取りかかった。実に手際《てぎわ》がいい。見ていて、気持ちがいいほどだった。

やがて、鍋が煮上がった。酒も整った。

二人は向かい合って、箸《はし》を使いはじめた。鍋ものも酒もうまい。酒は辛口だった。

影丸は盃《さかずき》を傾けながら、昨夜の出来事を詳《くわ》しく話した。さらに、知り合いの公安刑事に会ったことも語った。

「『ブラックコブラ』と名乗ってる連中が引き起こした二つの事件に、ロシアの特殊部隊《スペツナズ》が関与してるという説には、どうもうなずけないね」

宇佐美が言った。

「わたしも同感です。冷戦時代には完全にピリオドが打たれました」

「こういう時期に、ロシアが妙なことをするとは考えにくい。おそらく犯人グループのＲＰＤは別のルートから入ったんだろう」

「ええ、多分」

「少し『ブラックコブラ』のことを調べてみるか？」

「そうですね。とりあえず、前衛舞踏家の中道恵子にアプローチしてみるつもりです」

「そうしてくれたまえ。『ブラックコブラ』をつつけば、例の黒覆面集団が本当にメンバーなのかどうかわかるだろう」

「ええ」

「それはそうと、紀尾井町で軽機関銃をぶっ放し、全経連の畑山会長をさらった男たちを捜し出したら、きみはどうするつもりなんだね？」

「仕事の邪魔をされたわけですから、それなりの仕置きをしてやるつもりです」

「それだけじゃ、物足りなくはないかね。え？」

「ボスは身代金の六十億を横奪《よこど》りしろとおっしゃるわけですね？」

影丸は、すぐに思い当たった。

宇佐美が満足げにうなずいて、小さく拍手した。

「さすがに察しがいいねえ。ところで、ふた通りの作戦が考えられると思うんだが……」

「そうですね。ひとつは全経連本部の動きをマークして、身代金が犯人グループに渡る前に頂戴《ちょうだい》する。もうひとつは、グループに渡った身代金を強奪する」

「前者のほうはアプローチは簡単だが、警察の網に引っかかりやすいな。むろん、警察は身代金と人質を交換した後も犯人グループを追跡するはずだ。しかし、そのときは第三者には気を留《と》めないと思うよ」

「ええ。当然、捜査の目は逃げる誘拐犯グループに注がれますからね」

「その盲点を衝《つ》いたら、どうだろうか」

「じっくり作戦を練ってみます」

「頼むよ。身代金が六十億円となると、大型トラックが必要になりそうだね。それは、わたしが手配しておこう」

「お願いします。それはそうと、ご相談があるんです」

「何だね？」

「武器の強化を図りたいんですよ。拳銃や手榴弾《しゅりゅうだん》だけでは、いささか心許なくなってきたんです。今回の敵は軽機関銃まで持ってましたからね」

「いずれこういうときがくるだろうと思って、密かにロドリゲスに大型銃器を調達させといたんだ」

「さすがですね」

「見せよう。一緒に来てくれ」

宇佐美が先に立ち上がった。影丸も、すぐに食堂テーブルから離れた。

導かれたのは、半地下の部屋だった。宇佐美が頑丈そうなロッカーに歩み寄り、両開きの扉を開けた。

影丸は目を瞠《みは》った。

上段には、三挺《ちょう》のM16A2《ツウ》が無造作に立てかけられていた。アメリカ陸軍の最新型自動小銃だ。

「これはM16の改良型で、長射程射撃が可能なんだよ」

宇佐美が説明した。

影丸はM16A2を手に取ってみた。M16A1《ワン》小銃とは、銃身や照準器が異なる。

「M203擲弾発射器《グレネード・ランチャー》も一挺買っておいたよ」

「M203というと、小銃と擲弾発射器のコンビネーション銃でしたね？」

「ああ。M16小銃の銃身下部に四十ミリの擲弾発射器を装備したものだ」

「発射器は単発ですね？」

「そう。装弾や排莢《はいきょう》は手動だそうだ」

「自動小銃《ライフル》やこういうコンビネーション銃があれば、とても心強いですよ」

「もっとすごいやつがあるんだ」

宇佐美が片目をつぶって、銃架《ガン・スタンド》の脇《わき》に視線を向けた。そこには、油紙に覆われた小さな山があった。

「ボス、何なんです？」

「短機関銃《サブマシンガン》だよ」

「ほんとですか⁉」

影丸はM16A2を棚に戻し、油紙を取り除いた。二挺あった。

まず、イスラエル製のUZI《ウージー》が目に入った。

そのすぐ横には、イングラムM11《マック・イレブン》が見える。ミニSMGだ。接近戦では、大いに威力を発揮するだろう。

その奥には、銃の三脚に載ったM60があった。米国製の多用途機関銃だ。固定撃ちだけではなく、もちろん携行もできる。

「M60があれば、RPDも怖くありませんよ」

影丸は言った。

「弾薬類は下の段に入ってるんだ。手榴弾も、少し買い足しておいたよ」

「これだけの武器が揃ってれば、もう言うことなしだな」

「ロドリゲスは必要なら、アメリカ陸軍の対戦車ミサイルでも調達してみせると言ってるよ。M47ドラゴンはちょっと時間がかかるそうだが、M72なら、すぐにも手に入れることができるそうだ」

「M72というのは、個人携行用の対戦車兵器でしたね？」

「ああ。複合装甲装備の戦車には通用しないらしいが、並の装甲車なら撃破できるという話だったよ」

「そうですか。考えてみれば、ロドリゲス氏もとんでもない外交官だな。治外法権を悪用して、武器や美術品を日本に持ち込んで売り捌《さば》いてるんですからね」

「しかし、ロドリゲスは私腹を肥やしてるわけじゃないんだ」

「そうなんですか。わたしはてっきり彼が……」

「いや、そうじゃないんだ。彼の母国は貧しいから、外交官が密輸ブローカーめいたことをしなければ、政権を維持できないんだよ。哀《かな》しいことさ」

宇佐美は複雑な笑い方をした。

そのとき、背後で足音が響いた。影丸は反射的に振り返った。矢吹がドアの前に立っていた。

「矢吹、おまえが欲しがってた物が揃ってるぜ」

影丸はロッカーを見やった。

矢吹が目を輝かせ、駆け込んできた。自動小銃や短機関銃を次々に手に取り、彼は口笛を長く吹いた。頬ずりせんばかりの喜びようだった。

少し経ってから、三人は食堂に戻った。

「おっ、寄せ鍋ですね。おれも、ご馳走《ちそう》になろう」

「その前に仕事だ」

影丸は、椅子に坐りかけた矢吹に言った。

「チーフ、待ってよ。おれ、腹ペコなんだ」

「もう時間がないんだよ。これから、千駄木の東日本医科大学病院の前で張り込みだ」

「なぜ、そんな所に？　おれ、何も聞いてないっすよ」

「詳しい話はあとだ。おまえ、車は何に乗ってきた？」

「きょうはレンジローバーだけど」

「じゃあ、トランシーバーを二台用意しておけ。おれは張り込み用の車の調子をみてくる」

影丸は言いおいて、食堂を出た。

後ろで矢吹が何か罵《ののし》ったが、相手にしなかった。玄関から、影丸は庭に出た。

ジャガーを広いガレージに納め、彼はうっすらと埃《ほこり》を被《かぶ》っている大型国産車に乗り込んだ。黒塗りのセルシオだ。

影丸は、イグニッションキーを回した。

エンジンが機嫌よく唸《うな》りはじめた。アイドリング音も快調だった。

3

いくらか腰が痛い。

背筋も強張《こわば》っていた。坐りっぱなしのせいだろう。

影丸は、ドライバーズ・シートの角度を変えた。

張り込みをはじめて、すでに三時間が経つ。あと数分で、午後十一時になる。

東日本医科大学病院の近くの路上だった。

病院の夜間通用門の前には、くすんだ色の乗用車が二台駐《と》まっていた。二台とも警察車だった。

矢吹のレンジローバーは、正門のそばに駐まっているはずだ。

退屈だった。ぼんやりしていると、瞼《まぶた》が重くなってくる。

影丸はカーラジオのスイッチを押しかけた。そのとき、助手席の上のトランシーバーが雑音《ノイズ》を発した。影丸はトランシーバーを摑み上げた。

「チーフ、もう引き揚げない？　中道恵子は今夜は来ないっすよ」

矢吹が欠伸《あくび》混《ま》じりに言った。

「そっちにいる公安刑事たちの車は？」

「まだ消えてないけど」

「おそらく中道恵子は、この近くに潜んでて、張り込みが解かれるのを待ってるんだろう」

「甘いな、チーフは。張り込みの初日で、そんなラッキーなことがあるわけないっすよ」

「いや、そういうこともあるんだ。刑事時代に、おれは何度か体験してる。あと一時間だけ粘ろう」

影丸は一方的に言って、送信スイッチを切った。

そのすぐ後だった。セルシオの横を人影が掠《かす》めた。

ベージュのトレンチコートを着た女だった。頭髪が大きく膨らんでいる。流行遅れのロングソバージュだ。

影丸は、女の後ろ姿を目で追った。

どことなく歩き方がぎこちない。ハイヒールを履《は》き馴《な》れていないようだ。

また、車の脇を人影が過《よぎ》った。

今度は男だった。

釣竿《つりざお》ケースを手にして、肩から小型の青いクーラーを提《さ》げている。体つきから察して、まだ若い。二十六、七歳だろうか。

トレンチコートの女が立ち止まった。

通用口の数十メートル手前だった。女は踵《きびす》を返し、急ぎ足で引き返してくる。

釣竿を持った男が路上にたたずんだ。

男は煙草に火を点けながら、しきりに警察車の方を気にしている。いかにも素振りが落ち着かない。

中道恵子と護衛役かもしれない。

影丸はトランシーバーを持ち上げた。低い声で、彼は矢吹に言った。

「ククションを鳴らしっぱなしにして、刑事たちの注意を惹《ひ》いてくれ」

「前衛舞踏家が現れたんすね？」

「ああ。多分、間違いないだろう。すぐ近くにいるんだ。親衛隊みたいな男が一緒だよ。おれはこれから、中道恵子に揺さぶりをかけてみる」

「了解《ラジャー》！　あとで、そっちに回るよ」

矢吹の声が沈黙した。影丸は、トランシーバーを助手席に放り投げた。

ほとんど同時に、正門の方でクラクションが高く鳴った。警笛は鳴り熄《や》まない。

警察車のドアが開いた。私服警官があたふたと降りる。彼らはひと塊になって、病院の正門の方に走り去った。

影丸はドアを開け、外に出た。

トレンチコートの女と釣竿を持った男は、肩を並べて歩いていた。十メートルほど先だった。

影丸は横向きになって、車のドアをロックする振りをした。

「イヌを片づけましょうよ」

「駄目よ。そんなことをしたら、父の顔を見られなくなるわ。きょうは帰りましょう」

男と女の遣り取りが耳に届いた。

――やっぱり、思った通りだ。

影丸は二人を遣り過ごしてから、ゆっくりと尾《つ》けはじめた。

二人は最初の四つ角を左に曲がった。影丸は小走りに追った。

やや長めの前髪が逆立《さかだ》つ。路《みち》を折れたとき、二人連れが歩みを止めた。

影丸は、二人の前に回り込んだ。

女の顔を見た。厚化粧で素顔を隠しているが、紛《まぎ》れもなく中道恵子だった。

「中道恵子だな？　サインをねだるのが礼儀かな？」

影丸は言った。

「違うわ。人違いよ」

「安心しろ。おれは刑事じゃない」

「何者なの？」

恵子が言いながら、後ずさった。

男が前に出てきた。肩の青いクーラーを振り落とし、素早く釣竿ケースのファスナーを引いた。中身は金属バットだった。

「救急車に乗りたくなかったら、やめとけ」

影丸は男を忠告した。無駄だった。男が金属バットを振りかぶった。

影丸は踏み込むと見せかけて、ステップバックした。

金属バットが振り下ろされた。風切り音が鋭い。

影丸は前に出た。

腕刀《わんとう》で押し切るように、相手の腕を受け止める。骨と骨がぶつかって、硬い音をたてた。男の手から、金属バットが零れた。

路面で乾いた落下音がした。男がたじろいだ。

影丸は、相手の顔面に右の順突《じゅんつ》きを浴びせた。ボクシングでいうストレートに当たる突き技だ。

男の鼻柱が鈍く鳴った。すぐに彼は両手を拡げ、大きくのけ反った。

影丸は一歩踏み込んで、足を飛ばした。

スラックスの裾《すそ》がはためく。差し込み蹴《げ》りは、男の胸板にめり込んだ。肉がたわんだ。肋骨《ろっこつ》が折れたにちがいない。

男は声を放って、路上に転がった。

仰向けだった。すぐに四肢《しし》を縮めた。剝《む》き出しになった歯の間から、獣じみた唸り声が洩《も》れはじめた。

「もうやめて！」

中道恵子が叫んだ。影丸は恵子に顔を向けた。

恵子が先に口を切った。

「あなたは何者なの？」

「名乗るほどの者じゃないんで、自己紹介は省《はぶ》かせてもらう」

「どうせ国家権力の回し者なんでしょ！」

「おれは、ただのはぐれ者さ」

影丸は喋りながらも、背後に複数の人間が迫ったことを察知していた。

後ろの足音が高くなった。体ごと振り向く。すぐそばに、二人の男がいた。男たちは全身に敵意を漲《みなぎ》らせていた。

影丸は、まず左側にいる男に足刀《そくとう》蹴《げ》りを見舞った。

蹴りは相手の肩に命中した。男は後ろに引きずられるような感じで吹っ飛び、尻《しり》から落ちた。

「この野郎っ」

右側の男が怒声を放って、殴りかかってきた。

隙だらけだった。すべての急所を晒《さら》している。

影丸は回し蹴りをくれた。男の体が浮き上がった。蹴り足は、相手の脇腹を捉《とら》えていた。男が宙を泳ぎ、民家のコンクリート塀にぶち当たった。

反動で、弾き返された。顔が血で汚れていた。

二人の男は、どちらも起き上がろうとしない。金属バットを振り翳《かざ》した男も、路上に倒れたままだった。

急に高い靴音が響いた。背後だ。

影丸は振り返った。

恵子が逃げていく。影丸は追った。

少し先で中道恵子が立ち止まった。彼女の行く手には矢吹が立ちはだかっていた。

影丸は走ることをやめた。

立ち竦んだまま、恵子が振り向いた。

絶望的な表情だった。それでも彼女は、声をあげなかった。付近の住民に救いを求める気はないらしい。

影丸は足を速めた。そのとき、恵子がコートのポケットから何かを抓《つま》み出した。

アイスピックだった。恵子が身構えた。

矢吹は意に介さない。ゆっくりと恵子に近づいていく。恵子が気合とともに、右腕を突き出した。

矢吹はやすやすと恵子の腕を払いのけ、相手の鳩尾《みぞおち》に当て身を喰らわせた。電光のような早技だった。アイスピックが飛んだ。

恵子が呻《うめ》いて、背を丸めた。

頽《くずお》れる前に、矢吹は彼女を抱きとめた。恵子はぐったりとしている。もう気を失ってしまったらしい。

矢吹が恵子を軽々と肩に担《かつ》ぎ上げた。影丸は走り寄って、矢吹に言った。

「この女をホテルに連れ込んで、締め上げよう」

「それじゃ、ひとまずこの女をチーフの車に乗せるよ」

矢吹が足を踏みだした。

影丸はかぶりを巡らせた。中道恵子の親衛隊らしい三人は、道端でもがき苦しんでいた。

——頼りない番犬どもだ。

影丸は嘲《あざけ》って車に戻った。

恵子は後部座席に寝かされていた。矢吹は、自分のレンジローバーの中にいた。

影丸はセルシオに乗り込み、すぐに発進させた。

レンジローバーが従《つ》いてくる。裏通りを選びながら、湯島のラブホテル街に向かった。

十数分で、湯島に着いた。

トランシーバーで矢吹と交信しながら、坂の途中にあるホテルの地下駐車場に入った。影丸は車を停め、気絶している恵子を肩に担ぎ上げた。

そのとき、矢吹が四輪駆動車から飛び出してきた。

影丸はロビーに回った。

フロントはなかった。パネルボックスがあるきりだ。宿泊・休憩料金が明示されている。パネルには、各室のカラー写真が並んでいた。使用中の部屋は灯《ひ》が点いていない。

矢吹が適当にボタンを押した。パネルボックスから、部屋の鍵が吐き出された。

そのすぐあとだった。どこからともなく、初老の女従業員が現れた。モニターで、客の出入りをチェックしているのだろう。

「お三人さんは困るんですよね」

「連れの女が酔っぱらっちまったんだ。ちょっと休むだけだよ」

矢吹は、何枚かの千円札を相手に摑ませた。女が小狡《こずる》そうに笑い、奥に消えた。

影丸は苦笑して、エレベーターホールに向かった。

三階の部屋に入る。ありきたりの造りだった。天井の一部は鏡張《かがみば》りになっていた。

影丸は部屋の中央まで歩き、恵子を巨大なベッドの上に投げ下ろした。

柔らかそうな体が弾み、ウィッグが外れた。恵子の地毛は短かった。影丸は鬘《かつら》を剝《は》ぎ取って、矢吹に命じた。

「素っ裸にしてくれ」

「おやすいご用だ」

矢吹が好色そうな笑みを浮かべ、すぐに恵子の衣服を脱がせはじめた。馴れた手つきだった。

丸太のように転がされても、恵子は目を開けなかった。彼女はたちまち丸裸にされた。意外にも、肢体は肉感的だった。

どうやら着痩《きや》せするタイプらしい。白い肌は瑞々《みずみず》しかった。とても二十八歳には見えない。

「いい体してやがるなあ」

矢吹が恵子の上に馬乗りになって、二つの乳房を乱暴に揉《も》み立てた。砲弾型の膨らみが、さまざまに形を変える。

恵子が細く唸って、身じろぎをした。

だが、目覚めなかった。矢吹は恵子の足許まで下がった。ほどよく肉のついた両脚を大きく押し拡げ、彼は秘めやかな部分に視線を這わせた。

影丸は口を出さなかった。

矢吹が右の掌《てのひら》で、恵子の恥毛を掻《か》き上げた。

繁みは濃くなかった。はざまが露《あらわ》になった。珊瑚色《さんごいろ》の花弁は捩《よじ》れている。

矢吹がクリトリスを指で弄《もてあそ》びはじめた。

数秒後だった。だしぬけに恵子が、矢吹の肩口を蹴った。不意を衝《つ》かれて、矢吹は体を反《の》けぞらせた。

恵子が跳ね起きた。

矢吹も立ち上がった。腰を捻って、バックハンドで恵子の頬を殴りつける。恵子はベッドに倒れた。横向きだった。

矢吹は恵子の両足首を摑んだ。引き寄せ、彼女の股《また》を大きく割る。膝《ひざ》で固定して、矢吹はホルスターからベレッタM92SBを引き抜いた。影丸は口を開いた。

「おい、冷静になれ」

「ちょっと懲《こ》らしめてやるだけっすよ」

矢吹はそう言うと、ベレッタの銃口を恵子の秘部に突きつけた。恵子が腰を引いて、悲鳴をあげた。

「暴《あば》れやがったら、ぶっ放すからな」

「撃ちたければ、撃ちなさいよ！」

恵子が高く叫んだ。凜《りん》とした声だった。

「けっ、無理しやがって。おまえがどう突っ張ったって、所詮女は女さ。なんなら、強姦《レイプ》してやろうか？」

「やれるものなら、やればいいわっ」

「そうかい。なら、別のピストルをぶち込んでやらあ」

矢吹が喚《わめ》いて、太い革ベルトに手を掛けた。恵子は表情を変えなかったが、さすがに影丸は黙っていられなくなった。

「そのくらいにしておけ」

「おれは本気だぜ」

「いいから、ベレッタを離してやれっ」

影丸はいくぶん強く言った。矢吹が銃口を荒っぽく浮かせた。

その瞬間、恵子が顔を歪めた。しかし、彼女は弱気にはならなかった。あくまでも毅然《きぜん》とした態度だった。

ベレッタの銃身には、血が付着していた。照星《フロント・サイト》が柔らかな襞《ひだ》を傷つけたのだろう。とはいえ、出血量はさほど多くなかった。

「あんまり男をなめんじゃねえぞ」

矢吹が悪態をついて、ベッドから降りた。

恵子は矢吹を睨《ね》めつけたが、何も言わなかった。影丸はベッドに近寄った。恵子が顔を向けてきた。裸の恵子に毛布をかけてやり、影丸は穏やかに言った。

「血が止まるまで、じっとしてたほうがいいな」

返事の代わりに、恵子は唾《つば》を吐きかけてきた。だが、それはシーツに染《し》みをつくっただけだった。

「おれの質問に正直に答えてくれ」

「何者なのよ、あんたたちはっ」

「きみは、質問に答えるだけにしろ。きみは、『ブラックコブラ』のリーダーなのか？」

「それ、ロックバンド名か何かなの？」

恵子の顔には、動揺の色がありありと浮かんでいた。香取の話は、ただのあてずっぽうではなさそうだ。

空とぼける気らしい。

影丸は腕を伸ばして、テレビのスイッチを入れた。音量を高める。歌番組だった。

「二、三発ぶん殴りゃ、すぐに吐くさ」

矢吹が声をかけてきた。

影丸は黙したまま、インサイドホルスターからデトニクスを抜き取った。予備のポケットピストルだ。

「この拳銃は小型ながら、四十五口径なんだよ。数秒後には、きみの顔は肉のミンチになる」

「そんな脅しなんか、ちっとも怖くないわ。殺しなさいよ！」

「望みを叶《かな》えてやろう」

影丸はスライドを引いて、恵子の眉間《みけん》に狙いを定めた。恵子が奥二重の目を攣《つ》り上げ、鋭く睨み返してきた。

影丸はわずかに狙いを外し、引き金を絞り込んだ。

銃声が轟《とどろ》き、右手首に衝撃《キック》がきた。

衝撃波が恵子のショートヘアを震わせ、頰の肉を圧した。放った弾は寝具とベッドを穿《うが》ち、床の上で跳ねた。

恵子は声ひとつあげなかった。

顔色も変わっていない。

強《したた》かな女だ。作戦を変えてみるか。

影丸はたなびく硝煙を息で吹きとばし、デトニクスをスラックスの内側の革製ホルスターに戻した。恵子が蔑《さげす》むような眼差《まなざし》を向けてきた。

4

「服を着ろ」

影丸は命じた。

「急にどういうことなの？」

「親父《おやじ》さんに会わせてやるよ」

「チーフ！」

恵子が口を開く前に、矢吹が驚きの声をあげた。

「おまえは黙ってろ」

影丸は叱《しか》りつけた。

矢吹が口を結ぶ。不満顔だった。

「父親に会いたくて、病院にこっそり入ろうとしたんだろう？　わかってるんだ」

影丸は恵子に言った。

「あなたは敵なの？　それとも味方なの？」

「どう解釈するかは、きみの自由だ」

「あの病院は四六時ちゅうお巡りの目が光ってるのよ。どうやって、わたしを父の病室に？」

「何とかする」

「あなた、何か企んでるのね。そうなんでしょ？」

「どうする？」

「あなたを信じることにするわ。そっちの男は、信用できないけどね」

恵子はそう言い、矢吹を指さした。その瞳《ひとみ》は憎悪に燃えていた。矢吹が鼻を鳴らして、そっぽを向いた。

「早く服を着るんだ」

「その前に、シャワーを使わせて」

「いいだろう」

「それじゃ……」

恵子が起き上がって、ベッドから出た。

もう血は止まっていた。内腿《うちもも》が少し赤く汚れているだけだった。

恵子は、胸も股間も隠そうとしない。堂々としていた。

その潔《いさぎよ》さに、影丸はある種の爽《さわ》やかさを感じた。

恵子は床に散乱している衣服やランジェリーを拾い集めると、浴室に足を向けた。

浴室のドアが閉まったとき、矢吹が抗議口調で詰め寄ってきた。

「チーフ、説明してくれよ。いったい、どういうことなんだっ」

「あの女は正攻法じゃ、何も喋らないよ。まず彼女に恩を売って、気持ちをほぐすんだ」

「そういうことだったのか。でも、あの女を父親のところまで案内できるのかい？　きっと病室の前にも公安の刑事《デカ》がいるぜ」

「麻薬ダーツを使おう」

「オーケー！　中道恵子を父親に会わせた後は、どうするんだい？　予《あらかじ》め段取りを決めておかないと、また妙なことになっちまうからな」

「彼女を泳がせて、住まいを突きとめるんだよ」

「でも、当然、あの女は尾行を警戒すると思うよ」

「麻衣を呼び出して、彼女に恵子を尾けさせるつもりだ」

「そういうシナリオか」

「浴室を見張っててくれ」

影丸は矢吹に言って、麻衣のスマートフォンを鳴らした。スリーコールで、通話状態になった。

「さっき、伯父に電話したのよ。話は聞いたわ。それで、中道恵子は現れたの？」

「いま、彼女は浴室にいる。ここは湯島のラブホテルなんだ」

「えっ。慎也さん、無神経すぎるわ！」

「早合点するな。きみが想像しているようなことをしてたわけじゃない」

影丸は、事情をかいつまんで話した。

「わかったわ。すぐに行きます」

「車を通用口のそばにつけといてくれ。レクサスより、フィアットのほうがいいな。

小回りが利くからな」

「了解《ラジャー》！」

電話が切れた。

影丸は受話器をフックに戻した。

それから間もなく、恵子が浴室から出てきた。煉瓦色《れんがいろ》のスーツをきちんと着ていた。

恵子はベッドのそばに転がっている黒いハイヒールを履くと、頭にウィッグを被せた。確かに、だいぶ印象が変わる。

ほどなく三人は部屋を出た。

地下駐車場に降りると、影丸は恵子を助手席に坐らせた。二台の車は千駄木をめざした。

「さっきの男たちは、『ブラックコブラ』のメンバーだな？　仲間はどのぐらいいるんだ？」

影丸はステアリングを捌《さば》きながら、恵子に訊《き》いた。

「答えたくないわ」

「仲間を裏切りたくないってわけか？」

「……………」

「オウムだって、返事ぐらいするぜ」

「これじゃ、話が違うじゃないの！　車を停めてよっ」

「そうはいかない。『ブラックコブラ』のことを話してくれ」

「汚いやり方ね。これ以上、もう何も喋りたくないわ」

中道恵子は硬い声で言い、それきり黙り込んだ。

影丸は肩を竦めて、運転に専念した。

やがて、前方に病院の白い建物が見えてきた。通用門に面した道路に車を停め、影丸はグローブボックスから暗視双眼鏡を摑み出した。

それに目を当てると、闇が透けて見えた。

二台の警察車は消えていた。念のため、影丸は矢吹を正門に回らせた。

待つほどもなく、トランシーバーの受信ランプが灯《とも》った。

「こっちも、張り込みの車は見当たらないね」

「そうか。ひと回りして、おれの車の後ろにつけてくれ」

影丸は矢吹に言って、トランシーバーを足許に転がした。

暗視双眼鏡をグローブボックスに仕舞《しま》い、奥から麻酔ダーツ弾の入ったケースを取り出す。一ダース入りだった。

「それ、何なの？」

恵子が訊いた。

「簡単に言うと、麻酔注射みたいなものだよ。ダーツ針に直結してるアンプルの中には、キシラジンという麻酔液が入ってるんだ」

「それで守衛や詰所にいる当直の看護師たちを眠らせるの？」

「ああ、そうだ。気が進まないが、仕方がない。騒がれると、面倒だからな」

「そうね」

会話が中断したとき、真後ろでクラクションが短く鳴った。

矢吹の車だった。影丸は恵子を促《うなが》し、先に外に出た。レンジローバーから矢吹が現れた。

影丸は、矢吹に麻酔ダーツを六つ渡した。

「おれが先に行く。おまえは中道恵子を連れてきてくれ」

「おれ、あの女の顔を見るとむかつくんだ。チーフ、おれが先に行くよ」

「わがままを言うな」

矢吹を窘《たしな》め、影丸は東日本医科大学病院の通用口に駆け込んだ。

守衛室には、六十絡みの男がいるだけだった。男は窓口で居眠りをしていた。

影丸は守衛室のドアを引いた。

男がはっとして、背筋を伸ばした。上瞼を手で擦り、金壺眼《かなつぼまなこ》を大きく見開いた。

その瞬間、影丸は男の首筋に手刀《しゅとう》を叩《たた》き込んだ。手加減したつもりだったが、男は椅子から転がり落ちた。

影丸は屈《かが》み込んで、相手の首筋に麻酔ダーツの針を刺し入れた。

アンプルの中の液体が、見る間に男の体内に吸い込まれていく。

麻酔液の濃度はかなり高い。ライオンでも、数分後には昏倒《こんとう》するという話だった。

男が意識を失った。

影丸は守衛室のドアをぴったり閉め、矢吹たちを小声で呼んだ。

三人はエレベーターに乗り込むまで、誰にも見咎《みとが》められなかった。恵子の父親は五階の病室にいるらしかった。

その階でエレベーターを降りると、斜め前にナースステーションがあった。

ガラス張りだった。詰所には三人の看護婦がいた。

「おれにやらせてよ。女を寝かせつけるのは得意なんだ」

矢吹は吹き矢《ブロウガン》をちらつかせ、中腰で詰所に近づいていった。靴音は、まったく聞こえなかった。

影丸と恵子はエレベーターホールから動かなかった。

矢吹が山猫のように敏捷《びんしょう》に動き回り、瞬《また》く間に看護師たちを眠らせた。

影丸たち三人は抜き足で廊下を進んだ。

少し行くと、左側に喫煙所があった。二人の男が低い声で話し込んでいる。

刑事だろう。

影丸は壁づたいに歩き、物陰から喫煙所をうかがった。ソファに坐った男たちのひとりは、なんと香取だった。情報を提供してくれた香取を眠らせるのは少し気の毒だが、やむを得ない。

影丸は矢吹のいる場所に戻り、二人の刑事がいることを知らせた。

矢吹が吹き矢にダーツを込めた。

影丸は、恵子を近くの給湯室に押し込んだ。ふとシンクの下を見ると、赤い消火器があった。

ある考えが閃《ひらめ》いた。

影丸は消火器を抱えて、廊下に走り出た。

矢吹が吹き矢のマウスピースに唇を押し当てた。それを見届け、影丸は消火器の黒いホースをフックから外した。

安全栓《せん》を抜く。

ノズルから、白い液状の噴霧《ふんむ》が勢いよく迸りはじめた。それは、廊下いっぱいに拡《ひろ》がった。視界が狭まった。

「なんだ、なんだ」

「火事なのか？」

喫煙所から、二人の刑事が飛び出してきた。

矢吹の吹き矢が鞴《ふいご》に似た音をたてた。放たれた麻酔ダーツは、香取の首に命中した。香取がうずくまった。

影丸は消火器を投げ捨て、大きく跳躍した。

四十年配の私服警官がやや腰を落とし、両拳《りょうこぶし》を固めた。影丸は、相手の顎《あご》と喉《のど》を左右の足で連続して蹴った。

的《まと》は外さなかった。

公安刑事が後方に倒れた。まるで朽木《くちき》のようだった。男の両脚が高く跳ね上がり、靴の底が見えた。靴の底は擦《す》り減っていた。

影丸は着地すると、素早くダーツ針を相手の鎖骨の上に沈めた。

相手が右腕を伸ばしてきた。かまわず影丸は、男の水月《すいげつ》に掌拳《しょうけん》を落とした。鳩尾《みぞおち》のあたりだ。

公安刑事は、じきに意識を失った。影丸は香取を見た。俯《うつぶ》せに倒れていた。やはり、もう気を失っていた。給湯室から、恵子が走り出てきた。

「この男たちは公安のイヌなんでしょ？」

「そんなことより、早く病室に行け」

影丸は急き立てた。

恵子が廊下を走りだした。影丸と矢吹は、二人の刑事を喫煙所の陰まで引っ張っていった。どちらも軽い鼾《いびき》をかいていた。

「おまえはここにいてくれ」

影丸は矢吹に言いおき、廊下の奥まで歩いた。

中道という名札の掛かった病室は、右側の端にあった。特別室だった。

赤茶の木製ドアに近づくと、父と娘の嗚咽《おえつ》が聞こえた。二人は手を取り合って、泣きむせんでいるらしかった。

しばらく二人だけにしてやろう。

影丸は喫煙所に引き返した。

矢吹はソファに腰かけて、煙草を吹かしていた。影丸は彼の横に坐り、ダンヒルに火を点けた。

恵子が父親の病室から出てきたのは、およそ四十分後だった。

泣き腫《は》らした目が痛々しい。影丸と矢吹は同時に腰を上げた。公安刑事や看護師たちは、まだ麻酔から醒《さ》めなかった。

影丸たち三人は、無言でエレベーターに乗った。通用口を出ると、恵子が足を止めた。

「これから、わたしをどうするつもり？」

「もう解放してやろう。お望みなら、家まで車で送ってやるよ」

「タクシーで帰るわ」

「そうか」

「父にあなたのことを話したら、よろしく伝えてくれと言ってたわ。でも、わたしはお礼なんか言わないわよ。だって、ひどいことをされたんだから」

「親父さんの容態はどうなんだ？」

「……………」

「かなり悪いのか？」

「父がかわいそうだから、楽にしてあげたわ」

「殺したって意味か⁉」

「ええ、そう。父に頼まれたのよ」

「親思いの娘だな」

「皮肉を言わないで。辛かったけど、わたし、骨と皮だけになった父の細い首を両手で力いっぱい……」

「そうか」

「それじゃ、これで」

「ちょっと待てよ。また、汚いやり方と言われそうだが、もう一度訊く。きみは『ブラックコブラ』のリーダーなんだな？」

「否定はしないわ」

「やっと認めたな。メンバーは舞踏団のときの仲間なのか？」

「仲間のことは言えないわ」

「わかった。それじゃ、質問を変えよう」

影丸はいったん言葉を切り、すぐに訊いた。

「『フェニックス』前会長の篠原正宏の愛人宅を襲撃させたことはあるか？」

「篠原の自宅に散弾をぶち込ませたことはあるけど、愛人の家なんか襲わせてないわ」

「じゃあ、神楽坂の殺害事件や全経連の畑山会長誘拐のほうは？」

「わたしたちは今月、まだ何もやってないわ」

「しかし、きみらは新聞社に犯行声明文を届けてるじゃないか」

「そんなものは出してないわ」

「それじゃ、何者かが『ブラックコブラ』の名を悪用しただけだというのか？」

「わたしたちは何もしてないんだから、そういうことになるわね」

「きみらを陥《おとしい》れた組織に心当たりは？」

「別にないわ。もういいでしょ？」

「もうひとつだけ教えてくれ」

「しつこい男ね」

「きみら『ブラックコブラ』の最終的な狙いは何なんだ？」

「そんなものはないわ。赦《ゆる》せない奴をやっつけたいだけよ。それじゃ、もう行くわ」

恵子はコートを小脇に抱え、足早に歩きだした。

「あの女、アナーキーだな。ハンパじゃねえぜ。ちょっぴり見直したよ」

矢吹が低く呟いた。

——恵子の話が事実なら、やっぱり黒覆面集団はニセモノだ。いや、彼女の話をすぐに信じるのは甘すぎるな。もう少し調べてみよう。

影丸は自分に言って、右手の暗がりに視線を走らせた。レンジローバーの後ろに、赤いフィアットが待機していた。麻衣のマイカーだ。

影丸は手で合図した。

フィアットが無灯火のまま、緩やかに動きだした。

中道恵子は、すでに闇に呑まれていた。赤い小型車が目の前を走り過ぎていった。

——うまくアジトを突きとめてくれよ。

イタリア車の尾灯を見つめながら、影丸は胸の奥で祈った。

5

ついにボトルが空になった。

逆さまに振っても、一滴も垂れてこない。ブッカーズだった。

影丸は舌打ちして、空《あ》き壜《びん》を長椅子に投げ放った。代々木の自宅だ。

もう朝だった。

昨夜から影丸は居間のソファに腰かけ、バーボンのオン・ザロックを呷《あお》りつづけていた。室内には、煙草の煙が澱《よど》んでいる。

――中道恵子は麻衣の尾行に気づいたんだろうか。これだけ待っても麻衣から連絡がないのは、おそらく……。

不安が募《つの》った。じっと坐っていると、ついつい禍々《まがまが》しいことばかり考えてしまう。

影丸は立ち上がって、ベランダ側のガラス戸に近づいた。

レースとドレープのカーテンを左右に払った。棘《とげ》のある陽光が瞳孔《どうこう》を射る。

影丸は目を細めて、サッシ戸を開けた。

清々《すがすが》しい空気が肺を満たす。ベランダに出て、眼下に拡がる森を眺め下ろした。代々木森林公園だ。

ジョギングをする人々の姿が、ちらほら見えた。

豆粒のように小さい。影丸の部屋は十一階にあった。

影丸は右手に視線を転じた。井の頭通りは、早くも渋滞気味だった。八時半を回っていた。

部屋の空気を充分に入れ換えてから、影丸は居間に戻った。

まっすぐ玄関口に歩き、ドア・ポストから朝刊を抜き取った。立ったまま、社会面を拡げる。中道恵子の父親が入院先で何者かに絞殺されたという記事が載っていた。

——中道恵子が言ってたことは、嘘じゃなかったんだな。

影丸は居間に入った。

長椅子に腰を沈めたとき、モバイルフォンが着信音を奏《かな》ではじめた。

「わたしよ」

麻衣の声が流れてきた。

「無事だったか。連絡がないんで、心配してたんだ」

「遅くなって、ごめんなさい。中道恵子のことを少しでも多く調べようと思ったもんだから……」

「それで、どうなんだ?」

影丸は先を促《うなが》した。

「アパートを突きとめたわ。それが幡《はた》ヶ谷《がや》なの」

「幡ヶ谷なら、ここは目と鼻の先だ。恵子は、どうせ偽名で部屋を借りてるんだろう？」

「ええ。高瀬《たかせ》まゆみという名前を使ってるわ。さっき、管理人のおじさんを捕《つか》まえて、それとなく探《さぐ》りを入れてみたの」

「で、どんなことがわかったんだ？」

「彼女は、二カ月ほど前に引っ越してきたそうよ。独りで暮らしてるらしいわ。フリーのアートディレクターだと称してるそうよ。家賃は、きちんと払ってるって」

「そうか。人の出入りなんかはどうなんだ？」

「他人《ひと》が訪ねてきたことはないそうよ。出かける時間や帰宅時間は、まちまちらしいわ」

「彼女はいま、部屋にいるんだな？」

「ええ。雨戸が閉まってるから、まだ寝てるんだと思うわ」

「ご苦労さん。張り込みを交代しよう」

「でも、慎也さんは中道恵子に顔を知られてるんでしょ？」

「フルフェイスのヘルメットを被って、単車で行くよ」

「ああ、それなら……」

麻衣がアパートのある場所を詳しく説明しはじめた。

影丸はそれを聞いてから、電話を切った。

手早くオートバイジャンパーを着込み、玄関に急いだ。フルフェイスのヘルメットは、いつも造りつけの下駄箱《げたばこ》の上に置いてある。

影丸はヘルメットを摑んで、自分の部屋を出た。

エレベーターで地下駐車場に降り、大急ぎで単車に打ち跨《またが》る。

ドゥカティ７５０Ｆ１ラグナセカだ。車体は、やや沈んだ赤色である。エンジンカバーのあたりは渋い銀灰色だった。

影丸はドゥカティを発進させた。

裏道を走り抜け、山手通りに出た。初台まで行き、交差点を左に折れる。スロットルを大きく開くと、ほどなく幡ヶ谷に着いた。

目的のアパートは、甲州街道から少し奥に入った場所にあった。

そのアパートの数十メートル手前に、赤いフィアットが駐《と》まっていた。影丸はドゥカティを麻衣の車の横に停めた。

パワーウインドーを下げ、麻衣が笑いかけてきた。目許に疲労の色がにじんでいる。

「恵子の部屋は？」

影丸はヘルメットを脱ぎ、『ハウス幡ヶ谷』に目を向けた。軽量鉄骨のアパートだ。

「二階の手前の角部屋よ」

「まだ雨戸が閉まってるな」

「ええ」

「きみは、ひと眠りしたほうがいい。自由が丘に帰るより、おれの部屋のほうが近いな。おれのベッドを使ってくれ」

影丸は、麻衣にスペアキーを渡した。

「慎也さんのベッドで独り寝だなんて、残酷だな」

「公私を混同するな。いまは仕事中なんだ」

「いじわるね」

麻衣は眉間に皺《しわ》を刻むと、赤いイタリア車を発進させた。

影丸はヘルメットをミラーに掛け、ドゥカティを道端に寄せた。足でスタンドを蹴り起こし、単車から降りる。

影丸はサングラスで目許を覆って、ドゥカティに軽く凭《もた》れかかった。煙草を喫《す》いながら、前衛舞踏家の部屋を監視しはじめる。

雨戸は、いっこうに開かない。

もどかしかった。影丸は部屋に押し込みたい衝動を幾度も覚えた。しかし、相手は並の女ではない。痛めつけたところで、何も喋らないだろう。

恵子が動きだすのを待つほかなかった。

時間の流れがひどくのろい。まるで粘りついてしまったようだ。

雨戸を繰《く》る音が響いてきたのは、正午ごろだった。

影丸は、二階の角部屋を振り仰いだ。

恵子の横顔が見えた。化粧っ気はなかったが、端麗な顔は美しく輝いていた。

開け放たれたサッシ窓は、十分ほどで閉ざされた。そのときは恵子の顔は見えなかった。

長い時間が虚《むな》しく過ぎていった。

影丸は近くのコンビニエンスストアで買ったサンドイッチと缶コーヒーで空腹を満たしながら、辛抱強く張り込みをつづけた。

根気のいる作業だった。まさに、自分との闘いだ。

恵子がアパートの鉄骨階段を駆け降りてきたのは、夜の九時過ぎだった。

彼女はボストン型の眼鏡をかけていた。変装用の伊達《だて》眼鏡だろう。軽装だった。

柿色のトレーナーの上に、若草色のフライトジャンパーを羽織っていた。下はほどよく色の褪《あ》せたブルージーンズだった。黒のデイパックを背負っている。

影丸はサングラスを外し、素早くヘルメットを被った。

ドゥカティに跨ったとき、恵子が路上に現れた。こちらに歩いてくる。

影丸は、こころもち顔を伏せた。

擦れ違っても、恵子は彼に気づかないようだった。影丸は単車をUターンさせた。

甲州街道に出ると、恵子はタクシーを拾った。

影丸はタクシーを尾行しはじめた。

タクシーの中の恵子は、振り向きもしなかった。前走車は新宿を抜けて、港区方面に向かっていた。

影丸は車間距離を調整しながら、尾けつづけた。

タクシーが停まったのは、竹芝桟橋《たけしばさんばし》だった。東京湾に面した小さな埠頭《ふとう》だ。

恵子は車を降りると、東海汽船の建物の中に入っていった。

伊豆《いず》七島のどこかに船で出かけるのか。それとも、島から誰かがやってくるのだろうか。

影丸は暗がりにドゥカティを停めた。

すぐに降りて、脱いだヘルメットをミラーに引っ掛ける。影丸はサングラスをかけ、船会社の建物に走り入った。

恵子は受付カウンターで、乗船手続きをしていた。

それが済むと、彼女は待合室に向かった。夏とは違って、観光客の姿は多くない。

あまり近寄らないほうがよさそうだ。

影丸は待合室には入らなかった。壁のポスターを眺めたり、煙草を喫《す》ったりして、時間を遣り過ごす。

だいぶ経ってから、乗船案内のアナウンスが響いてきた。午後十一時に、新島《にいじま》行きの船が出るようだ。

ようやく恵子がベンチから立ち上がった。連れらしい人物は見当たらない。ひとりで新島に行くようだ。無駄足を踏むことになるかもしれないが、このまま尾行をつづけよう。

影丸は受付カウンターに走り寄った。

新島までの二等乗船券を求め、乗船客名簿に氏名と住所を記した。カウンターを離れかけたとき、待合室から乗船客が現れた。

影丸は物陰に隠れた。

中道恵子は最後に姿を見せた。やはり、独りだった。

数十秒経ってから、影丸は外に出た。

四、五十メートル先を乗船客がひと塊になって歩いている。美しい前衛舞踏家は、その中に溶け込んでいた。

影丸はうつむき加減に竹芝桟橋に向かった。

風が強かった。衣服が体にへばりついて離れない。風は、かすかに潮の香《か》を含んでいた。

影丸は乱れた前髪を掻き上げ、さりげなく顔を上げた。

桟橋には、白っぽい客船が横づけされていた。思っていたよりも大きい。新島行きの定期船だ。舷灯《げんとう》が弱々しい光を放っている。

隣の日の出桟橋の岸壁にも、幾隻かの船が碇泊《ていはく》していた。そちらには乗船客らしい姿はなかった。

影丸は急ぎ足になった。

新島行きの直行便は、すでにタラップを下ろしていた。タラップの昇り口には、乗務員らしい男たちが立っていた。

乗船がはじまった。

客は三十人そこそこだった。新島に関わりの深い人たちが多いようだ。いかにも観光客に見える者は数えるほどしかいない。

——これなら、まず中道恵子を見失うことはないだろう。しかし、逆に考えると、尾行に気づかれる恐れもあるわけだな。ちょっと注意しよう。

歩きながら、影丸は胸中で呟いた。

桟橋の人影が疎《まば》らになった。見送りの者は、たったの数人だった。

『ブラックコブラ』の女リーダーがタラップを昇りはじめた。

影丸は立ち止まって、船に背を向けた。

ダンヒルに火を点ける。時間稼ぎだった。

一服し終えると、影丸はタラップを駆け上がった。彼が最後の乗船客だった。

――恵子は、船内で仲間と落ち合うことになってるのかもしれない。そうだと、いいんだが……。

影丸は二等船室に入った。

通路の両側に、カーペット敷きの小上がりがあった。簡易寝具などが用意されている。十数人の男女が思い思いに寛《くつろ》いでいたが、その中に恵子の姿はなかった。

影丸は隣のサロン室に移った。

そこにも、前衛舞踏家はいなかった。一等船室は個室だった。やたらにドアを開けるわけにはいかない。

デッキにいるのだろうか。

影丸は甲板に出た。桟橋よりも、一段と風が重い。風圧で息が詰まる。

デッキを歩き巡っていると、不意に出航の銅鑼《どら》が鳴った。

そのとき、影丸の中に厭《いや》な予感が湧《わ》いた。大急ぎで、岸壁側の甲板に回った。タラップは船に収納されていた。

影丸は小手を翳《かざ》して、桟橋を見下ろした。やはり、中道恵子が岸壁にたたずんでいた。

——やられたな。まんまと裏をかかれちまった。

影丸は拳で白い手摺《てすり》を叩《たた》いた。

恵子が影丸に気がついた。すぐに彼女は何か叫んだ。その声は影丸には届かなかった。

どういうつもりか、恵子が右手を大きく振った。一度ではなく、数度だった。

影丸は、自分がひどく間抜けに思えた。情けなかった。

船が霧笛を響かせながら、ゆっくりと岸壁を離れた。

これから長い船旅をしなければならないと思うと、影丸は気が滅入った。いっそ泳いで桟橋まで戻りたかった。むろん、そう思っただけだ。

中道恵子が踊るような足取りで歩きはじめた。その顔はおぼろだったが、嘲笑《ちようしよう》をにじませているにちがいない。

影丸は肩を竦《すく》め、サロン室に足を向けた。

第三章　身代金強奪作戦

1

「本庁の元刑事も形なしだね」

矢吹が茶化《ちゃか》した。

影丸は癪《しゃく》だったが、何も言い返せなかった。高田馬場の宇佐美法律事務所だ。時刻は午後四時近い。

彼は、矢吹と応接ソファに腰かけていた。斜めに向かい合う形だった。

影丸がトンボ帰りで新島から戻ったのは、きょうの昼過ぎだった。

ひとまず彼は帰宅し、つい先ほど事務所に顔を出したのだ。オフィスにいたのは、矢吹だけだった。

「チーフは尾行のプロでしょうが」

「何とでも言え」

「だいたいチーフはさ、女や子供に甘すぎるんだ。あんまり油断してると、そのうちひどい目に遭《あ》うぜ」

「誰にだって、失敗はあるさ」

影丸は反論した。

「それにしても、素人《トウシロ》の女に撒《ま》かれちまうなんて」

「中道恵子は素人とは言えないよ。『ブラックコブラ』の女ボスなんだからな」

「苦しい言い訳だね。チーフ、十万でいいっすよ」

矢吹がそう言って、急に武骨な手を差し出した。

「何なんだ、その手は？」

「口止め料っすよ。ボスには内緒にしとくからさ」

「ばかやろう。ボスには電話でちゃんと報告したよ」

「なんでえ、つまんねえの。十万、儲《もう》け損なったな」

矢吹がぼやいた。

「世の中、そんなに甘くないって」

「麻衣ちゃんにも話したの？」

「ああ、話したよ。いま、彼女に中道恵子の交友関係を調べてもらってるとこなんだ」

「そう。別にチーフのやり方にケチをつけるつもりはないけどさ、おれは中道恵子をマークしつづけても無駄だと思うね。こないだも言ったけど、黒覆面の奴らは『ブラックコブラ』じゃないっすよ。あいつらはてめえらの正体がバレるのを恐れて『ブラックコブラ』だなんて名乗ってんだよ」

「おれもそう思ってるんだが、中道恵子の話を鵜呑《うの》みにしてもいいのかどうか迷ってるんだ。もし彼女が嘘をついてるとしたら、みすみす手がかりを逃すことになるからな」

「中道恵子を追うより、極左組織を洗うべきだよ」

「おれは、その線じゃないと思うがな」

「じゃあ、黒覆面グループは何者なんだい？」

「暴力団関係の人間か、プロの犯罪者組織なんだろう」

「そうかな」

「おまえはもう少しここにいてくれ。おれは、ちょっと出かけてくる」

影丸はソファから腰を上げた。

矢吹が問いかけてきた。

「どこに行くんだい？」

「桜田門だ。畑山会長が、その後どうなったか探りを入れてくる」

「そいつは助かるね。新聞やテレビは報道を控えてるから、情報不足だからな」

「今夜、本部で落ち合おう」

影丸は言いおいて、事務所を出た。

エレベーターで地下駐車場まで降り、ジャガーXJエグゼクティブに乗り込んだ。

警視庁に着いたのは、およそ三十分後だった。

車を地下の大駐車場に駐《と》め、エレベーターホールに足を向ける。かつての職場を訪れたのは久しぶりだった。しかし、格別な懐かしさは感じなかった。情報を集める必要がなければ、あまり近づきたくない場所だった。

エレベーターがきた。

影丸は乗り込み、六階で降りた。この階《フロア》には、捜査一課と組織犯罪対策部第四課がある。馴染《なじ》み深い階だった。隅々まで知っていた。

――さて、誰に当たるかな。

影丸は広い廊下を歩きだした。

廊下は清潔だった。紙屑《かみくず》はおろか、塵《ちり》ひとつ落ちていない。ワックスで、てかてかに磨き上げられている。綺麗すぎて、かえって気分が落ち着かない感じだ。

影丸の足は、ひとりでに古巣の捜査一課に向かっていた。

出入口から、室内を覗《のぞ》く。荻須《おぎす》課長と目が合ってしまった。苦手な相手だった。

荻須はエリート意識が強く、影丸とは万事に反りが合わない。

影丸は課長に会釈しただけで、目で赤星満寿夫《あかぼしますお》を探した。赤星は叩き上げの刑事だ。

とうに五十歳を過ぎているが、階級はまだ巡査部長だった。

赤星は自席で、何かメモを執《と》っていた。

影丸は、その席に近づいていった。立ち止まろうとしたとき、赤星がつと顔を上げた。

「よう、影丸警部補！」

「おやっさん、おれはもう刑事じゃないんだがな」

「元気かい？」

「ご覧の通りですよ。おやっさんも元気そうだね」

「こちとら、体力だけが取柄だからな。ところで、きょうは何だい？」

「ちょっと取材に協力してもらえませんかね」

「取材だって⁉」

「ええ。おれ、ノンフィクション・ライターの真似《まね》ごとをしてるんですよ」

影丸は言った。とっさに思いついた嘘だった。

「へえ。きみがノンフィクション・ライターか。で、どの事件《ヤマ》を追っかけてるんだい？」

「全経連の畑山会長のことを調べはじめてるんですが、情報不足でね」

「ふうん。ここじゃ、ゆっくり話もできねえな」

赤星刑事は立ち上がった。

ずんぐりした体軀《たいく》で、顔がいかつい。職人刈りの頭髪は半白だった。

影丸は赤星と一緒に廊下に出た。

二人はエレベーターで、十七階に上がった。赤星刑事は映写室に入っていった。人気《ひとけ》はなかった。

赤星が電灯のスイッチを入れ、最後列の席に坐った。通路側だった。影丸は、横の列の端に腰かけた。

「協力してやりてえとこだけど、その事件は警察も極秘捜査をやってんだよな。人命に関わることだから、マスコミも報道を差し控えてんだ」

「新聞社やテレビ局を出し抜こうなんて考えてるわけじゃないんだ。もちろん、畑山会長が救出されるまで、原稿はどこにも売りませんよ」

「弱っちまったなあ。おれが取材に応じるってスタイルは、やっぱり塩梅《あんばい》悪いからな」

「おやっさんの名前は最後まで出しません」

「そうだ、こうするわ。いまから、おれはここで独り言を喋《しゃべ》る。そんなら、何も問題はねえはずだ」

「おやっさん……」

「とんでもねえ悪党がいるもんだよなあ、まったく」

赤星刑事はにんまり笑って、勝手に呟《つぶや》きはじめた。影丸は目顔で礼を述べ、耳に全神経を集めた。

「ありゃ、今朝の十一時ごろだったかな。うん、間違いない。その時間に、大手町の全経連本部に『ブラックコブラ』から電話があったんだな」

「………」

「奴ら、ふざけた要求をしやがって。身代金六十億の運び役に、現職の国務大臣を指定しやがった。それもパンツ一枚だけでトラックを運転しろなんて、言いたい放題だ」

「………」

「SPはもちろん、機動隊の特殊警備部隊の護衛も認めないだなんて、べらぼうな要求だぜ。ひとりでも警官を発見したら、畑山会長と国務大臣の飯坂良盛《いいざかよしもり》をその場で射殺するだと？」

「………」

「警察もなめられたもんだよな。こんなに情けねえ話はないよ。要求を呑むかどうか、今夜九時までに回答しろだって？　そりゃ、人命は尊いさ。けど、そこまで彼らの好きにさせたら、ますます奴らはつけあがる」

「………」

「奴らの言いなりになっちまったら、今度は飯坂国務大臣が人質に取られることになる。こりゃ、うっかり『ブラックコブラ』の要求を呑んだら、えらいことになるぜ」

「…………」

「こんなことになっちまったのは、所轄署と機動捜査隊の初動捜査がまずかったからだ。だから、一課にお鉢が回ってきたわけだよな。こういういただきものは、ちっともありがたくねえな」

「…………」

「政府のお偉いさんは、差し当たって今夜の回答を引き延ばすことを考えるだろう。その間に捜査の手を拡げるってことになるんだろうが、なんせ手がかりがねえからな。お手上げさ」

「…………」

「ええい、もどかしいや。独り言はもうやめだ。おい、なんでも訊《き》いてくれ」

赤星が言った。影丸は笑顔で赤星に問いかけた。

「畑山会長は、まだ生きてるんでしょうね？」

「少なくとも、きょうの十一時までは生きてたよ。犯人グループが七、八秒、畑山会長を電話口に出したんだ」

「犯人たちは、どこに潜んでるんですかね？」

「おそらく、東京からそう遠くない場所にいるんだろうな。そう、そう、関東全域に非常線が張られたよ」

「そうですか。全経連は身代金の六十億をもう用意したんですかね？」

「取引銀行から現金を掻《か》き集めて、さっき用意ができたらしいぜ」

「六十億円となると、かなりの量になるんだろうな」

「大型トラックに、やっと納まるって話だったよ。なにしろ、一億五千万円入りの大型ジュラルミンケースが四十個だっていうからな」

「拝ませてもらいたいもんだ」

「ほんとだな」

赤星が相槌を打った。

「一味の隠れ家を突きとめたら、当然、SAT《サット》の狙撃《そげき》班を密かに送り込む作戦なんでしょう？」

「そういう計画だけど、果たしてうまく動けるかどうか。敵は多分、警察無線を傍受してるだろうしな」

「おやっさんは犯人グループをどう見てるんです？　おれは、畑山会長をさらった奴らは『ブラックコブラ』のニセモノじゃないかと考えてるんだが……」

「実は、おれもそう思ってるんだ。この犯罪《ヤマ》はプロの仕事だよ。ただ、犯人どもの目的がはっきり見えてこねえんだよな。政財界人の命を狙《ねら》ってるのか、それとも金なのか」

「確かに目的がはっきりしないですね」

「そうなんだ」

「公安や外事の連中は政治的なキナ臭さを感じてるようだね。この前、公安の香取に会ったんですよ」

「あいつらは何かっていうと、すぐにロシアの防諜局に目を向けるからな」

「しかし、犯人グループがロシア製の軽機関銃を持ってたとなると、そういう見方をする者が出てきても不思議じゃないんじゃないかな。おれは何かからくりがあると考えてるんですよ」

「国家体制がどうでも、人間は誰も同じさ。銭欲《ぜに》しさに銃器を横流しする奴はいるんじゃねえのか？」

「いるでしょうね」

影丸は低く呟いた。赤星刑事の言葉には、妙に説得力があった。

「だいぶ油を売っちまったな」

「おやっさん、恩に着ます」

「別におれは、貸しをつくった覚えなんかないぜ。まあ、しっかりやってくれ」

赤星は掛け声とともに立ち上がった。影丸も腰を浮かせた。

二人は映写室を出て、エレベーターに乗り込んだ。赤星は六階で降りた。

影丸は、そのまま地階の車庫まで下った。

エレベーターを降りると、ホールに背広姿の香取が立っていた。影丸は顔を合わせたくなかった。しかし、逃げようにも逃げ途《みち》がなかった。

「よう、いつ復職したんだよ?」

香取が影丸を目敏《めざと》く見つけて、からかいの言葉を投げてきた。

影丸は立ち止まり、もっともらしく言った。

「ある弁護士に頼まれた仕事で、九階の少年一課に来たんだよ」

「そうか。影丸、ちょっと……」

香取が小声で言って、車庫の隅まで進んだ。影丸は後を追った。向き合うと、香取が思いがけないことを口にした。

「例の中道恵子が能登金剛《のとこんごう》の断崖《だんがい》から投身自殺したよ」

「それ、いつのことだ?」

「今朝の明け方らしいよ。能登金剛の最南端にある福浦港《ふくらこう》に中道恵子の衣類が流れついてるし、巌門《がんもん》と呼ばれてる自殺の名所の崖《がけ》っぷちで彼女のバッグが発見されてるんだ」

「遺書は?」

「それはなかったらしいよ。身を投げる瞬間は誰も見てないそうだが、崖の近くでは複数の者が中道恵子を見かけてるんだ。彼女は暗い顔で、海をじっと見つめてたらしいよ。覚悟の自殺だろうな」

「で、遺体はもう収容されたのか？」

「いや、まだ捜索中だってさ。あのあたりの海は、ものすごく荒いんだそうだ」

「しかし、衣服の一部は発見されてるんだろう？」

「ああ」

「それなのに、なぜ、肝心の遺体が上がらないのかね？」

「おれも、そのことに疑問に感じたんだよ。それで、所轄署に問い合わせてみたんだ。そうしたら、そういうことは珍しくないという話だったよ」

「どうしてかな？」

影丸は反問した。

「荒波《はら》に揉《も》まれてるうちに、衣服なんか簡単に脱げちゃうんだそうだ。時には下着まで剝がされることもあるらしい」

「なるほどな」

「溺死《できし》すると、死体はいったん海の底に引きずり込まれてから、潮に流されるんだってさ。だから、とんでもない場所に運ばれる場合もあるらしいんだ」

「そうなのか」

「おれは中道恵子が『ブラックコブラ』のボスと睨んでたんだが、どうやら見当違いだったようだよ」

「どうなんだろうな」

影丸は曖昧《あいまい》な答え方をした。

「少なくとも、あの女はボスなんかじゃなかったんだよ。身代金を要求しておきながら、ボスが急に自殺するなんて、常識じゃ考えられないからな」

「香取。おれがこんなことを言うのはなんだが、全経連の畑山会長を誘拐した黒覆面の連中は、ほんとうに『ブラックコブラ』のメンバーなのかね？」

「犯人グループは『ブラックコブラ』の名を騙《かた》っただけだというのか？」

「別に根拠があるわけじゃないんだが、おれは何となくそんな気がするんだよ」

「仮にそうだとしたら、われわれは大失態を演じたことになるな」

「おれが言ったことは、ただの勘だよ。気にすることはないさ」

「いや、しかし……」

「なんかつまらんことを言っちまったようだな」

「そんなことないさ。参考になったよ。確かにロシアの防諜局のバックアップがあったとしても、『ブラックコブラ』にしては手口が素人離れしてるところがあるよな」

「うん、まあ」

「おれたちはつい先入観に捉われちゃったけど、犯人グループは別の組織の連中なのかもしれないな」

香取は片手を挙げ、エレベーターホールに駆けていった。

——余計なことを言ったかな。でも、あいつには情報を貰ってるから、ヒントぐらいやらないとなあ。それはそうと、中道恵子が自殺なんかするだろうか。何か裏がありそうだな。

影丸は車に駆け込んだ。

2

長電話だった。

ボスは、もう二十分以上も受話器を握っている。宇佐美邸の応接間だ。夜の八時過ぎだった。

影丸は脚を組み替えて、新しいダンヒルに火を点けた。

斜め前のソファには、矢吹が所在なげに坐っている。

麻衣は隣の無線室にいた。彼女は、警視庁の通信指令センターからパトカーに飛ぶ指令を傍受しているはずだ。

ようやく宇佐美が電話を切った。

ボスは、公安調査庁にいる知人に探《さぐ》りの電話をかけていたのである。

公安調査庁は法務省の外局だが、実質は検察庁の下部機関だった。テロリストや破壊活動集団の動向を調査している。

宇佐美が正面の椅子に坐った。

「ボス、どうでした？」

影丸は声をかけた。

「収穫らしいものは何もないね。約二千人の職員を抱えながら、畑山会長を誘拐した犯人どもの正体も摑めんとは怠慢すぎる」

「あそこは強制捜査権がないですからね」

「しかし、情報提供者たちにかなりの〝協力費〟を与えてる」

「ロシアの動きはどうなんです？」

矢吹が口を挟んだ。

「別に変わった動きはないそうだ」

「内閣調査室にも探りを入れてみたほうがいいんじゃないっすか？」

「それは、もうやったよ。しかし、ロシアの特殊部隊《スペッナズ》が動いてる気配はないそうだ」

「そうっすか」

「内調にいる知り合いの話によると、マスコミ各社もまだ犯人グループのことは何も摑んでないらしいよ」

　宇佐美はそう言い、溜息《ためいき》をついた。影丸は、ふたたび口を開いた。

「身代金運搬車にＧＰＳと特殊電波発信器を装着させて、尾行するしか手がなさそうですね」

「そうだな。尾行作戦は警察の目につきやすいが、やむを得んね」

「ええ」

「警察だって、派手な動きはできないだろう」

「そうですね。われわれを不審に思っても、動きだしたら、犯人グループに覚《さと》られることになりますからね」

「そうだな。犯人たちを刺激したら、人質を殺されることになる」

「ええ」

「影丸君、そのあとのシナリオを少し聞かせてくれないか」

「とりあえずグループのアジトを突きとめ、チャンスをみて身代金をそっくりいただくつもりです」

「そうか。全経連本部に忍び込むついでに、盗聴器を仕掛けてみたら、どうだろう？」

　宇佐美が提案した。

「犯人グループからの連絡をキャッチするわけですね？」

「そうだ」

「それでは、電話外線に盗聴器をセットしましょう。電話機に仕掛けると、相手に覚《さと》られやすいですからね」

「いよいよ車輌追跡装置を使うときがきたね」

「ええ。あれがあれば、尾行された車はもう逃げも隠れもできませんよ。仮にGPS装置が車から落ちても、現在位置はわかります」

「従来の受信器がカバーできるのは、せいぜい一、二キロだったね？」

「そんなもんです。しかし、われわれが特別注文した追跡装置は二十五キロ圏内を完全にカバーできます」

「高い買い物だったんだから、大いに役立ててもらいたいね」

「そうします」

影丸は大きくうなずいた。

そのとき、無線室にいる麻衣が切迫した声をあげた。

「みんな、こっちに来て！」

「どうした？」

影丸は真っ先に立ち上がって、無線室に駆け込んだ。麻衣が振り返った。

「例の黒覆面の武装軍団が銀座で通行人を無差別に撃ち殺してるらしいの」

「なんだって⁉」

影丸は大型無線機の音量を上げた。通信指令センターの声がはっきり耳に届いた。

「全パトカーに告ぐ。ただちに銀座に急行せよ。和光前及びソニービル前の路上で、『ブラックコブラ』のメンバーと思われる者たちが軽機関銃や突撃銃を乱射中。死傷者が続出している模様です」

指令は二度繰り返された。

影丸がボリュームを絞ったとき、宇佐美が近くで呟いた。

「政府の意向で、全経連が回答を引き延ばしたな。これは犯人たちのみせしめだろう」

「わたしも、そう思います」

「一般市民に無差別に銃弾を浴びせるとは、正気の沙汰《さた》じゃないね」

「ええ。絶対に赦《ゆる》せないことです」

「みせしめは、これだけで済むだろうか？」

「わたしは、そうは思いません」

影丸は低く言って、無線機の横にある大型テレビのスイッチを入れた。

すぐに画面が像を結んだ。男性アナウンサーの顔がアップで映し出された。

「ここで、臨時ニュースをお伝えします。ついさきほど、東京・銀座の路上で黒い目出し帽で顔を覆った七、八人の男が軽機関銃や突撃銃を乱射しました。買い物客や通行人が多数撃たれ、銀座四丁目交差点やソニービル前付近は大変な惨状です。死傷者の数などは、まだわかっていません。現在、警察が晴海通り、中央通り、外堀通り、昭和通りをそれぞれ封鎖中です」

アナウンサーが横を向いた。

ディレクターらしい男の手が、ちらりと画面に映った。

「ただいま、新たな情報が入りました。札幌、名古屋、大阪、福岡のオフィス街や盛り場でも、ほぼ同時刻に乱射事件が発生したことがわかりました。これは単なる偶然とは思えません。いったい何のために、このような残酷な行動を起こしたのでしょうか。ただいま、局の中継車が銀座の現場に向かっています」

アナウンサーはそう言って、札幌での乱射事件の詳報を伝えはじめた。

──やっぱり、みせしめは一度じゃなかったな。

自分の予感が的中したことを、影丸は哀《かな》しく思った。

「犯行に使われた軽機関銃や突撃銃がロシア製だったら、これは特殊部隊《スペツナズ》の撹乱《かくらん》工作だよ」

矢吹が誰にともなく言った。すると、宇佐美が口を切った。

「殺戮《さつりく》にロシア製の武器が使われたからといって、すぐにロシアの防諜局を疑うのはどうかね」

「まさか、これは米国防総省の陰謀だなんて言い出すんじゃないでしょうね？」

「そんなことを言うつもりはないさ。ただ、妙に作為的《さくいてき》な感じがしないか」

「具体的に言ってもらえますか？」

「いいとも。フェイスキャップの連中は、ことさらロシア製の銃器をちらつかせてるようには感じないかね？　わたしは、そこに作為的なものを感じるんだ」

「つまり、裏がありそうだってことっすね？」

「そうだ。仮に彼らの背後に特殊部隊がいるとしたら、もっと巧みな戦術を選ぶんじゃないかい？」

「そう言われると……」

　矢吹が下を向いた。

「腹いせから、一般市民を狙うなんてことは優れた戦術とは言えない。そもそも特殊部隊の主要任務は西側の政府高官の暗殺、防衛施設の破壊、燃料貯蔵庫の破壊、それから上・着陸地点の確保だ。そうだったね？」

「ええ、そうっす」

「北大西洋条約機構《NATO》領域侵攻作戦にしては、あまりにもピントがずれてる。そうは思わんかね？」

「特殊部隊はそのうち、『ブラックコブラ』と称してる連中に各地の自衛隊基地や政治家の私邸を襲撃させるつもりなんじゃねえのかな」

「なぜ、すぐにやらせないい？　誘拐や乱射に何か意味があるかい？」

「一種の陽動作戦なんじゃないっすか？」

「わたしは、そうは思わんね。影丸君、きみの意見は？」

宇佐美が問いかけてきた。

「基本的にはボスと同じ考えです」

「そうか」

宇佐美が口を結んだ。

影丸は矢吹に目をやった。矢吹は不服そうな表情だったが、何も言わなかった。

「銀座の現場が映し出されました」

麻衣が声をあげた。

影丸は画面を見た。和光前に、マイクを持った男の放送記者が立っている。

「現場には、血と硝煙の臭《にお》いが濃くたちこめています。わたしの足許は血の海です。夥《おびただ》しい血糊の中に、飛び散った頭髪や肉片が落ちています。目を覆いたくなるような凄惨《せいさん》な光景です」

テレビカメラが舗道を捉《とら》えた。

血塗れの男女が倒れ、ハンドバッグ、紙袋、靴などが散乱している。すっぽりと毛布でくるみ込まれている塊は死体だろう。半狂乱の状態で泣き叫ぶ人々の間を、担架を持った救急隊員が駆けずり回っている。警官たちも走っていた。

車道には、銃弾で穴だらけにされた車が何台も放置されている。接触や追突事故を起こした車も少なくなかった。

硝煙で、街全体が白く霞んでいた。

「ここだけでも確認された死者は十三人、重軽傷者は九十人近くになると思われます。犯人たちは逃亡中です。なお、犯行に使用された銃器は、いずれもロシア製のようです。ＡＫ47小銃、ＲＰＤと呼ばれる軽機関銃、それから短機関銃のＰＰＳ42の三種で発砲した模様です」

画面が変わり、今度はソニービルの前が映し出された。

「体が震えて止まりません。まさに生き地獄です。なぜ、こんな無意味なテロが……」

若い女性レポーターは言葉を詰まらせ、泣きだしてしまった。

すぐに画面が変わり、カメラが札幌のススキノをゆっくりと舐めていく。銀座と同じ光景が映っていた。

さらにテレビ画面には名古屋、大阪、福岡の現場が映し出され、やがて東京のキー局の男性アナウンサーの顔が現れた。

「たったいま、毎朝新聞東京本社に『ブラックコブラ』と名乗る組織が電話をかけ、札幌、東京、名古屋、大阪、福岡で犯行に及んだことを声明しました。公安当局は、同グループの実体をまだ把握していません。五大都市で起こった乱射事件の死傷者数は現在、集計中です」

アナウンサーの顔が消え、またもや銀座の犯行現場が映し出された。

影丸はテレビのスイッチを切った。そのとき、矢吹が言った。

「チーフ、黒覆面の連中はＰＰＳ42も持ってたんだぜ。奴らのバックに東側の人間がいることは間違いないっすよ」

「まだ、そんなことを言ってるのか」

「だって、こんだけの材料が揃《そろ》ってるんだっ」

矢吹が興奮気味に言った。

影丸は反論しかけた。と、麻衣が静かに口を開いた。

「チーフ、テロリストたちのバックに東側の人間がいるかどうかより、いまは彼らの正体を突きとめることが先なんじゃありません？」

「きみの言う通りだ。差し当たって、おれたちがやらなければならないのは全経連本部ビルに忍び込んで、身代金運搬車にＧＰＳと電波発信器を取りつけることだよ」

影丸はそう言って、矢吹に顔を向けた。矢吹が無言でうなずく。

「敵がこれだけ派手なみせしめをやったわけだから、政府筋や全経連のお偉いさんももう回答を引き延ばすことはできなくなるだろう」

宇佐美が言った。

「そうですね」

「影丸君、さっそく作戦会議をはじめてくれないか」

「わかりました」

影丸は矢吹と麻衣に目配せして、応接間に移った。

3

検問所はなかった。

覆面パトカーも見当たらない。

影丸はジャガーを低速で走らせていた。大手町のオフィス街だ。新聞社の社屋だけが明るい。ほかのビルは、どこも灯《ひ》が消えている。午前二時過ぎだった。

さすがに人っ子ひとり通らない。

影丸は車を停めた。高速道路のコンクリート橋脚のそばだった。
七、八十メートル先に、全経連本部ビルがある。古めかしいビルだ。九階建てだった。

影丸はグローブボックスを開いた。

暗視双眼鏡を摑み出し、レンズに目を当てる。全経連本部の表玄関の前に、二人のガードマンが立っていた。青い制服が何となく体に馴染んでいない。

男たちは、おそらく私服警官だろう。

影丸はそう思いながら、暗視双眼鏡で各階を眺めていった。

地下に通じる駐車場のシャッターは下《お》りている。電灯が点いているのは、一、二階だけだった。

助手席のトランシーバーがかすかな空電音を発した。影丸は双眼鏡を左手に持ち替えて、右手でトランシーバーを摑み上げた。

「いま、所定の場所に達したぜ」

矢吹の声が流れてきた。

「早かったな。もう少し時間がかかるかと思ってたよ」

「忍《ストーキング》びと家屋への突入は、グリーンベレーのゲリラ訓練で徹底的に教え込まれたからね」

いくらか矢吹は得意そうだった。

彼は、全経連本部のすぐ隣の高層ビルの屋上にいるはずだ。そこから特殊パラグライダーで、全経連本部ビルの屋上に舞い降りる段取りになっていた。

「矢吹、拳銃《ハンドガン》は極力、使わないようにしろ。不審な者が本部ビルに侵入したことがわかったら、身代金運搬車は徹底的に調べられるだろうからな」

影丸は言った。

「了解《ラジャー》！　だけど、チーフ。本当に地下駐車場に、六十億円を積んだトラックがあるんだろうね？」

「あるはずだ。さっき電話で、赤星刑事にもう一度確かめたから。東京通運の十トン車に積んであるらしいよ」

「そうっすか。計画に変更はないっすね？」

「ああ。予定通りに二時三十分には麻衣が派手な合図を送ってくれるだろう。警備の目はおれたちがひきつけておくから、おまえは落ち着いてトラックにＧＰＳと電波発信器を取りつけてくれ」

「合点だ」

矢吹が送信を打ち切った。

影丸は通話スイッチを入れたまま、トランシーバーを助手席に置いた。それから、後部座席のフットマットの上に置いてある細長い木箱の蓋《ふた》をずらした。箱の中には、十個の手榴弾《しゅりゅうだん》が入っている。

「チーフ、応答願います」

トランシーバーから、麻衣の声が響いてきた。影丸は携帯無線を持ち上げ、低く問いかけた。

「起爆装置のリモコンの調子でもおかしくなったのか？」

「いいえ。ちょっとチーフの声を聴きたくなっただけよ」

「呑気だな、きみは。拳銃の弾倉《マガジン》はちゃんと調べたか？」

「二挺とも点検済みです。予備のマガジンクリップも、ブルゾンのポケットに入ってます」

麻衣が答えた。彼女は、ヘッケラー＆コッホＰ７とモーゼルＨＳｃスーパーを持っている。どちらもドイツ製だ。

モーゼルのほうが装弾数は多いが、その分、銃把《グリップ》が大きい。女性には少々扱いにくい拳銃だ。そのため、麻衣はだいたいＰ７を使っている。

「立派なもんだ。おれがきみをロスの射撃場《シューティング・レンジ》に初めて引っ張っていったときとは、大違いだな。あのときは拳銃にオートマチックとリボルバーがあることさえ知らなかったものな」

「ええ、そうでした。でも、チーフの仕込みがいいから、わたしも何とか銃器を扱えるようになりました」

「男と同じで、馴れたころが危ないんだ。充分に気をつけてくれ」

「チーフ、いまのはただのジョーク？」

「深い意味はないよ。それじゃ、予定通りに動いてくれ」

影丸は交信を切って、煙草に火を点けた。

そうこうしているうちに、二時三十分になった。

遠くで、とてつもなく大きな爆発音がした。麻衣が起爆ボタンを押し込んだにちがいない。全経連本部ビルの周囲に、四カ所ほど高性能爆薬が仕掛けてあった。

二人のガードマンが走りだした。

ともに、拳銃を握っていた。やはり、刑事だった。ふたたび爆発音が夜のしじまを劈《つんざ》いた。拳銃を持った男たちは、本部ビルの横に回り込んだ。

影丸はジャガーを走らせはじめた。

本部ビルの裏手に回る。暗い道に、人影はない。路上駐車をしている車もなかった。

影丸は車を停めた。

全経連本部の電話ケーブルの埋まった場所は、予《あらかじ》め調べてあった。影丸はヘッドライトを消し、すぐに外に出た。

マンホールの蓋を開け、鉄の梯子段《はしごだん》を降りる。

影丸は電話ケーブルの束をペンシルライトで照らしながら、全経連本部の外線を探し出した。時間はかからなかった。

影丸は、ペンシルライトの端を口にくわえた。

手許を照らしながら、ケーブルに盗聴器を直結させる。これで音声電流は電波化され、ＦＭラジオで受信できるだろう。

電話が通話状態になると、盗聴器が作動して電波を送ってくる。電波リレー式のラジオ・カセットレコーダーを使えば、無人録音も可能だ。

影丸は車に戻った。ギアをＲ《リヴァース》レンジに入れる。

百数十メートル後退して、車をいったん停止させた。すぐに影丸は手榴弾を摑み上げた。右手で安全レバーごと握り、左手で安全ピンを抜く。

ピンを抜いただけでは、信管にはまだ点火されない。

影丸は車の窓から、手榴弾を後方に投げた。間を置かずに、アクセルを踏み込んだ。

手榴弾から手が離れた瞬間に、安全レバーは撃鉄で弾き跳ばされる。同時に、撃鉄は信管の中の雷管をぶっ叩く。導火管《ヒューズ》の中を火が走ったら、四、五秒で手榴弾は炸裂《さくれつ》する仕組みになっていた。

はるか後方で、閃光《せんこう》が走った。

爆風が大気を揺るがせる。ビルの強化ガラスが打ち震えた。

影丸は何度か右左折をし、同じ要領で手榴弾を投げた。投擲《とうてき》するなり、すぐさま車を疾駆《しっく》させた。

遠くで爆発音が轟いた。

麻衣が起爆スイッチを押したらしい。これだけやれば、もう本部ビルの中にいる捜査員や職員たちは外の爆発音に気を取られたはずだ。

影丸は高速道路の下の暗がりに車を滑り込ませ、トランシーバーを取り上げた。

「麻衣、そっちはどうだ？」

「狙い通り、本部ビルから何人も人が飛び出してきました」

「そうか。こっちの首尾も上々だ。きみは少し遠ざかったほうがいいな。それで頃合《ころあい》を計って、残りのやつを爆破させるんだ」

「わかりました」

麻衣の声が途切れた。

影丸は腕時計に視線を落とした。二時五十一分過ぎだった。

矢吹は身代金運搬車にＧＰＳと電波発信器を装着させたら、すぐに二階の男子トイレの窓からロープで脱出する手筈《てはず》になっていた。

さらに五分が過ぎ、十分が流れた。

それでも、矢吹から連絡がない。ガードが固くて、地下駐車場に近づけないのだろうか。

影丸は心配になってきた。様子を見に行く気になった。

車のドアを開けようとしたとき、トランシーバーから矢吹の声が聞こえた。

「チーフ、おれだよ」

「遅かったな」

「警察の発信器を探し出すのに、ちょっと手間取っちまったんだ。助手席の下にあると思ったんだけど、リア・バンパーの裏にセットされてたんすよ」

「外してくれたな？」

「いや、外さなかった。でも、ちょっと細工をしといたから、作動しないっすよ。発信器を外したりしたら、かえって警察の連中が警戒するからね」

「矢吹、いいことに気づいてくれたな。それで、こっちのＧＰＳと発信器はどこにセットした？」

「荷台の下っす。ちょっとやそっとじゃ、見つからない所にね」

「よくやってくれた。追っ手の姿はないいな？」

「ああ」

「それじゃ、包囲網を張られる前に脱出しよう。計画通りに、三人はばらばらに本部に戻る。いいな？」

「ちょっとタイム！　悪いけど、おれ、ちょっと寄りたいとこがあるんだ」

「どうせ女のとこだろ？」

「鋭いね、チーフは。仕事をした後は、なぜか女を抱きたくなるんすよ。こういうのって、一種の病気かね？」

「だろうな。ボスには、適当にうまく言っといてやろう」

「ありがてえ。それじゃ、よろしく！」

交信が切れた。

影丸はジャガーを発進させた。

日比谷通りに出ると、前方にレクサスが見えた。麻衣の車だ。

影丸は加速して、レクサスを抜き去った。

レクサスが猛然と追ってくる。そんなとき、携帯電話が鳴った。発信者は宇佐美だった。

「どうかね？」

「たったいま、完了しました。矢吹は腹の具合が悪いというもんですから、自宅に帰らせました」

「そうか。いいシャンパンがあるんだ。きみらが戻るころには、ほどよく冷えてると思うよ。三人で前祝いとしゃれこもうじゃないか」

「いいですね。それじゃ、なるべく早く戻ります」

影丸は終了キーを押した。

すると、すぐにトランシーバーから麻衣の声が流れてきた。

「わたし、なんだか喉《のど》が渇いちゃったわ。チーフ、どこかで何か飲んでいきません？　そのくらいの道草はいいんじゃない？」

「もう酒の準備は整ってるよ」

「慎也さんのお部屋？」

「バー『鬼鮖《おにかます》』だよ。いま、ボスから電話があったんだ。いいシャンパンがあるから、三人で前祝いをしようって誘われたんだよ」

影丸は、トランシーバーを助手席に落とした。

4

朝刊を読み終えた。

影丸は新聞を折り畳んだ。全身が熱い。憤《いきどお》りのせいだった。

昨夜の乱射事件で、七十数人の死者が出たと書かれていた。重軽傷者は五つの都市で三百余人にのぼるらしい。

——武装軍団の正体を暴《あば》いて、制裁を加えてやる。

影丸は、胸の底で吼《ほ》えた。

影丸の車はダッジの八人乗りのバンだった。マキシーB250だ。改造車だった。後部の座席は取り払われている。そこには高性能の車輌追跡装置をはじめ、無線機、短波受信器、周波測定器、充電用バッテリー、各種の銃器などが積んである。

麻衣はレシーバーで、全経連本部の電話を盗聴中だった。

車は日比谷の帝劇のそばに駐《と》めてあった。

矢吹のコンテナトラックは、桜田門のあたりにいるはずだ。彼は、警察の動きを探っていた。

影丸が革のハンチングを被《かぶ》り直したときだった。

カーステレオに見せかけた小型無線機が低く鳴った。

「チーフ、応答願います」

矢吹だ。きびきびとした声だった。

「どうした?」

「国務大臣の飯坂良盛が自宅で心臓発作を起こして、信濃町《しなのまち》の京陽大学病院に担ぎ込まれたってさ」

「飯坂は人質になりたくなくて、仮病を使ったのかもしれないな」

「ああ、多分ね。飯坂が六十億の身代金を運べなくなったら、『ブラックコブラ』のニセモノらしい奴らは次に誰を指名するのかな？」

「おそらく、飯坂クラスの大臣を選ぶだろう」

「でしょうね。だけど、勇んで身代金の運び役を引き受けるような政治家はいないいんじゃねえかな」

「しかし、これ以上、政府や全経連は引き延ばし戦法はとれないだろう。巻き添えを喰《く》う人間がさらに増えれば、国民は黙っちゃいないだろうからな」

「そうっすね」

「そのまま、監視をつづけてくれ」

影丸は、送信マイクを無線機のフックに戻した。

それから数分経ったころ、アコーディオン・カーテンの向こうで、麻衣が緊張した声で告げた。

「チーフ、全経連本部に犯人グループの一員らしい男から電話が入りました」

「えっ」

影丸は腰を上げ、車の後部に回った。

麻衣が電波リレー式のレコーダーから、イヤフォンを引き抜いた。男同士の会話が流れてきた。影丸は椅子に浅く腰かけて、耳を傾けた。

——おまえは誰だ？

——事務局長の浦上《うらがみ》です。会長代理として、わたしがお話をうかがいます。

——国務大臣の飯坂は、すぐに身代金を積んだトラックに乗れる状態になってるんだろうなっ。

——そ、それがですね、飯坂先生はさきほど自宅で心臓発作で倒れられて、大学病院に入院されたんですよ。現在、昏睡《こんすい》状態です。

——われわれを甘くみるなっ。そんな子供騙《だま》しは通用しないぞ！

——決して嘘ではありません。お金は、このわたくしがお届けいたします。もちろん、警察には協力を仰ぎません。

——また、電話する。

電話が切られた。

レコーダーの録音テープが自動的に停まった。男は逆探知されることを警戒したのだろう。

影丸は密かに思った。

「事務局長の話は、本当なのかしら？」

「嘘じゃないらしいよ、入院したことは。さっき矢吹から無線連絡が入ったんだ。もっとも、飯坂は仮病を使ったのかもしれないがね」

「飯坂の代役として、誰が指名されるんでしょう？」

「わからない」

「誰にしても、大物でしょうね？」

「そうだろうな」

会話が途切れた。
五、六分すると、録音テープが自動的に回転しはじめた。全経連本部に電話がかかってきたのだ。さきほどとは、別の男の声が響いてきた。

――事務局長の浦上はいるか？

――わたくしが浦上です。

――飯坂のことは、仲間から聞いたよ。

――さようですか。

――身代金の運搬人に、民自党の土居大三郎を指名する。

――待ってください。土居先生はご高齢ですし、それに確か車の運転はされなかったと思います。

――秘書の同行を許してやる。そいつに車を運転させるんだ。ただし、土居も秘書もズボンの着用は認めないぞ。

――ですが、土居先生がどうおっしゃるか。

――何がなんでも、土居に協力させるんだ。いいな！　これから、すぐに土居に連絡しろ。

――は、はい。

――土居がこちらの言う通りにしなかった場合は、総理大臣以下全閣僚を殺す。さらに、稼働中の原子力発電所にロケット砲弾を撃ち込む。

――そ、そんな！

――いま言ったことは威《おど》しじゃないぞ。そのことも土居に言っとけ。身代金の受け渡し場所は、あとで指定する。

受話器を置く音がして、通話は熄《や》んだ。録音テープも停止した。

「土居代議士のような老人を選ばなくてもいいのに」

麻衣が呟いた。同情を含んだ声だった。

「土居は実力者だからな。人質に取れば、警察も下手には手を出せない。そのへんのことを計算に入れた人選だよ」

「そうでしょうね。チーフ、コーヒーはいかが？　わたし、ポットに入れてきたの」

「貰おう。しかし、まるでピクニックだな。きみは、どうしてそんなに明るいんだろう？」

「それはそうだがね」

「わたし、人生を愉《たの》しむ主義なの。だって、たった一度の人生でしょ？」

「わたしって、そんなに変わってるかしら？」

「まあ、変わってるほうだろうな。普通の女性なら、おとなしくキャビンアテンダントをやってたはずだ」

「ああいう生活って、案外、刺激がないのよ。だから、退屈なだけだったわ」

「しかし、キャビンアテンダントをつづけてたら、サウジアラビアあたりの大富豪に見初《みそ》められてたかもしれないぞ」

「大金持ちの奥さんなんて、全然、魅力がないわ。冒険や刺激のない生活なんて、まっぴらよ」

「男みたいなことを言うんだな」

　影丸は微苦笑した。

「そうね。わたしは男性のように自由に生きたいのよ。女という枠を取っ払って、男性と同じことをやってみたいの」

「何かの反動かな？」

「そうかもしれないわね。母が典型的な良妻賢母で、躾《しつけ》とか身だしなみとかにとってもうるさかったの。中学生のときなんか、母に殺意を抱いたこともあったわ」

「その話は初めて聞くな」

「そうだった？　そういう家庭に育ったから、逆にいまみたいになっちゃったんだと思うわ」

「それにしても、女処刑人を志願するとはな」

「この仕事は、いつも死と背中合わせでしょ？　その緊迫感がたまらないのよ」

「死に対する恐怖心はないのか？」

「少しはあるわ。でも、それより処刑の快感のほうがはるかに強いから……」

「確かに尊大な悪党をやっつけるときの快感は強烈だよな」

「ええ。ほんの少し前まで威張り腐ってた奴がオシッコなんか洩《も》らして、命乞《いのちご》いしたりするでしょ？」

「ああ」

「そんなときはわたし、心の中でいつもいい気味だわなんて思ってるの。相手に、女だって捨て身になったらなんだってできるんだぞ、って怒鳴ってやりたいこともあるわ」

「きみは、新しいタイプの女性なんだな」

「ことさら新しがってるつもりはないのよ。自分の人生なんだから、好きなように生きてみたいだけ」

麻衣が言って、二つのマグカップに熱いコーヒーを注いだ。砂糖とミルクが用意されていたが、影丸はブラックのままで啜《すす》った。

「お味はいかが？」

「うまいよ」

影丸は答えた。

麻衣がにっこり笑って、ミルク入りのコーヒーをひと口飲んだ。

「さっきの話のつづきだが、ボスがよくきみのチーム入りを許してくれたな」

「それはね、わたしが伯父を脅したからなの」

「ボスを脅した⁉」

「そう。『鬼師《バラクーダ》』結成の動きをキャッチして、わたし、伯父にメンバーに入れて欲しいって頼んだのよ。もちろん、オーケーしてくれなかったわ。だから、わたし、処刑人チームのことを警察に密告してやるって脅したの」

「それで、ボスはしぶしぶ……」

「そういうわけなの」

「鎌倉のご両親は、きみの裏稼業のことは知らないんだろう？」

「ええ。裏稼業のことを知ったら、二人ともショック死しちゃうんじゃないかしら？」

「きみは男に生まれるべきだったんだろう」

影丸は言った。

「女に生まれてよかったのよ。だって、慎也さんと出会えたんですもの。これでも、女を意識するときがあるのよ」

「どんなときに意識するんだ？」

「あなたと二人っきりのときはもろに女性になりきってるつもりなんだけど、まだ何かご不満がおありかしら？」

麻衣がいたずらっぽく言って、小さくほほえんだ。釣り込まれ、影丸は頰《ほお》を緩《ゆる》めた。

ややあって、麻衣が思い出したような口調で言った。

「中道恵子の遺体、まだ収容されてないわね」

「そうだな」

「潮に押し流されて、遠くに持ってかれちゃったのかしら？」

「あるいは……」

「あるいは何なの？」

「おれは、中道恵子が自殺したように偽装したんじゃないかと思いはじめてるんだ」

「警察の捜査から逃れるために？」

「多分、そうなんだろう。遺書がないのが妙に引っかかるんだ」

「折をみて、わたし、また中道恵子のアパートや立ち回りそうな所を調べてみるわ」

「そうだな、そうしてもらおうか」

「わかったわ」

「コーヒー、うまかったよ」

影丸は空になったマグカップを麻衣に返し、椅子から立ち上がった。

そのとき、急に録音テープが回りはじめた。全経連本部の電話が通話状態になったのだ。

影丸は立ったまま、耳を澄ました。


——土居に連絡はついたか？

——ええ、さきほど。ありがたいことに、土居先生はわたしどもの無理なお願いを聞き入れてくださいました。

——それじゃ、午後三時にそこを出発するんだ。運転は、土居の秘書にやらせるんだぞ。ＳＰが秘書になりすましたりしたら、畑山も土居も殺すからなっ。

——約束は守ります。ですから、畑山会長と土居先生のお命はどうか……。

――そこを出たら、すぐ高速四号新宿線に乗れ。そして、そのまま中央高速を突っ走り、談合坂《だんごうざか》サービスエリアに入るんだ。

――そこが受け渡し場所ですね？

――とにかく、サービスエリアで待ってればいい。あとは、こっちの車が誘導する。わかったな？

――はい。あのう、念のために復誦《ふくしょう》いたします。

――その手にゃ、乗らない。

――はあ？

――電話が長くなると、逆探知されるからな。あばよ！

電話が切られた。

ややあって、事務局長が受話器を置く音がした。同時に、録音テープが停まった。

「いよいよ追跡だ」

影丸は運転席に戻った。

矢吹に連絡しなければならない。影丸は、小型無線の黒いマイクを掴み上げた。

5

車の流れは速かった。

中央高速道路は意外に空《す》いていた。

平日のせいだろう。身代金を積んだトラックは、三キロあまり先を走行中だ。

影丸の運転するダッジのマキシーM250は、調布ＩＣ《インターチエンジ》を通過したところだった。

矢吹の車は一キロほど先を走っている。

「車輌追跡装置の調子はどうだ？」

影丸はギアを変えながら、後ろの麻衣に訊いた。

「良好です」

「ＧＰＳと発信器の電波は？」

「ずっと一定してます」

「そうか。八王子を越えると、山が多くなる。発信電波が弱くなったら、すぐにアンテナを出してくれ。いいな？」

「はい」

麻衣が歯切れよく応じた。

車輛追跡装置には、三百六十度回転する指向性アンテナが設置されている。興信所などで使っている小型追跡装置のアンテナは、百八十度程度しか回らない。

当然のことながら、電波が乱反射する都心や山間部では受信力が著《いちじる》しく落ちる。そのため、しばしば尾行に失敗してしまう。それに、FM発信器の磁石は弱いものが少なくない。道が悪かったりすると、発信器が被尾行車から転げ落ちることもある。

その点でも、特別に作らせた装置は工夫が施されていた。五百万円以上もする本格的な追跡装置だった。

「警察の人たち、焦《あせ》ってるでしょうね。自分たちの受信器に電波が届いてないんだから」

麻衣が言った。

「そうだな」

「捜査員たちはどのへんにいると思います？」

「多分、身代金運搬車の前後にいるだろう」

影丸はそう答え、無線で矢吹を呼んだ。

矢吹が即座に応答した。

「チーフ、何だい？」

「警察の動きはどうだ？」

「運搬車の前と後ろに、覆面パトカーらしいのが一台ずつ走ってるよ。それから、民間車を装ったワゴン車や乗用車がトラックの前に出たり、後ろに下がったりしてるな」

「ヘリは？」

「さっきから時々、空を見上げてるんだけど、いまのところ、ヘリの機影は見えないね」

「そうか。矢吹、少し速度を落とせ。今度は、おれが前に出る」

影丸はマイクを離し、バックミラーとドアミラーを交互に見た。後続車は、はるか後方を走っている。

影丸は速度をあげて、追い越しレーンに入った。左右のウインカーを幾度も点滅させながら、前走車を次々に追い抜いた。
五、六分後だった。
前方の上空を一機のヘリコプターが通過していった。警視庁航空隊の大型ヘリコプターだった。機影は、すぐに見えなくなった。

第六機動隊の特殊部隊と第七機動隊のレンジャー小隊は先回りして、談合坂サービスエリアにいるのだろう。

影丸はアクセルを深く踏みつづけた。

国立府中ＩＣを通過し、たちまち多摩川を越えた。

左手に矢吹の運転するコンテナトラックが見えてきたのは、八王子ＩＣに差しかかったころだった。コンテナトラックを抜き去り、さらに影丸は加速した。

しばらく走ると、捜査員たちの乗り込んだ乗用車やワゴン車が目につきはじめた。知った顔がいくつかあった。

「そっちの大型無線機で、警察無線を傍受してくれ」

影丸は麻衣に怒鳴って、ダッジのバンを左の車線に入れた。

数分が流れたころ、警視庁通信指令センターからの指令がはっきりと聞こえてきた。パトカーの応答も鮮明だった。麻衣が言った。

「談合坂のほうには、すでに数十人の捜査員が待ち構えてるようですよ」

「当然、そうするだろう」

「山梨県警も動いてるようです」

「だろうな」

影丸は短く応じた。

「チーフ、犯人グループは六十億を手に入れられるんでしょうか？」

「いったんは身代金を掴むだろう。畑山と土居を救出するまでは、警察も奴らに手は出せないからな」

「そうですね」

「このままの速度で、少し走ろう。きみは受信レーダーから目を離さないでくれ」

「わかりました」

麻衣は最後まで、くだけた喋り方をしなかった。仕事に熱が入っている証拠だ。

車は多摩御陵を過ぎた。

影丸は、追い越し車線に入った。スピードを上げて、小仏《こぼとけ》トンネルを一気に潜《くぐ》り抜ける。相模《さがみ》湖の脇あたりで、東京通運のトラックが見えた。

影丸は加速した。車が並んだ。

追い抜きざまに、影丸はトラックの運転手をちらりと見た。

ハンドルを握っているのは、逞《たくま》しい体つきの男だった。三十五、六歳か。秘書には見えない。ＳＰだろう。

助手席に坐った土居大三郎は腕を組み、目をつぶっていた。その二人のほかには、誰も乗っていなかった。

少し行くと、前方に覆面パトカーが走っていた。

黒いプリウスだった。その後部座席には、荻須捜査一課長の姿があった。

覆面パトカーの斜め前をマイクロバスが走っている。

十数人の男が乗っていた。いずれも屈強そうだ。

男のひとりに、見覚えがあった。第六機動隊員だった。

赤星刑事や公安の香取も、どこかにいるにちがいない。

影丸は流れに沿って、高速道路を直進した。

時折、周囲に目をやった。犯人グループの車らしきものはどこにも見当たらない。

おおかた彼らは、サービスエリアのどこかに身を潜めているのだろう。

無線機がノイズを発した。すぐに矢吹の声が流れてきた。

「チーフ、前の様子はどう？」

「おまえは、だいぶお供を見落としたようだな。捜査員の車は十台じゃきかないぜ」

「そんなに⁉」

「談合坂には、山梨県警の連中が百人ぐらいいるかもしれない」

「また、おれが前に出ようか？」

「いや、このままのポジションでサービスエリアまで走ろう」

「了解《ラジャー》！」

「何かあったら、すぐに連絡してくれ」

影丸は交信を打ち切った。

ほとんど同時に、麻衣が後ろで言った。

「チーフ！　いま、無線の周波数を山梨県警の通信指令室に合わせたんですけど、パトカーを県下のＩＣに続々と結集させてますよ」

「インターの出口を固めて、誘拐犯の一味を封じ込めようという作戦だな」

「そうみたいね」

「しかし、そうたやすく犯人たちを逮捕《パク》れるとは思えない。きっと奴らはどんな手段を使ってでも、高速から降りるにちがいない」

「ええ、多分。逃げきる自信がなければ、わざわざ危険な高速道路を選ぶはずないものね」

「ああ」

影丸は、マキシーB250を追い越し車線に移した。

やがて、左手にサービスエリアが見えてきた。談合坂だ。

影丸は車をエリアの広い駐車場に乗り入れた。駐車場は半分ほどしか埋まっていない。あたりは薄暗くなっていた。

影丸は、さりげなく周りを眺め回した。

駐車中の車の陰に、私服警官たちの姿がいくつも見える。売店や休憩所などにも、それらしい人影があった。

彼らの目の配り方で、影丸はあっさり見抜いた。少なくとも、捜査員は六、七十人はいそうだ。

犯人どもは、どんな方法で逃走する気なのか。ここは、お手並み拝見といくか。

影丸は煙草をくわえて、オイルライターで火を点けた。

一服し終えたときだった。土居代議士と身代金を乗せた十トン車がゆっくりと駐車場に入ってきた。少し遅れて、警察関係の車が次々にやってくる。

捜査員たちの車は巧みに十トン車を取り囲んだ。

相前後して、ドアが開く。刑事たちは売店や休憩所に向かった。その後ろ姿は、一様に強張《こわば》っていた。

矢吹のコンテナトラックが到着した。

彼は目敏《めざと》くダッジを見つけると、ごく自然に横に滑り込んできた。矢吹がトラックのエンジンを切った。

ちょうどそのときだった。

売店の横のトイレから、黒いフェイスキャップで顔面を覆った男たちが現れた。

四人だった。揃《そろ》って体つきは若々しい。

男のひとりは、全経連の畑山会長の片腕をしっかと摑んでいた。その右手には、拳銃が握られている。銃口は人質の側頭部に向けられていた。

ほかの三人は、おのおの軽機関銃を手にしていた。三挺《ちょう》ともＲＰＤだった。

影丸は視線を動かした。

あちこちに散っている機動隊の特殊隊員の表情に、緊張の色が漲《みなぎ》った。彼らは一斉にドイツ製の自動小銃を構えた。どの隊員も引き金《トリガー》に指を掛けている。だが、発砲する者はいなかった。

　犯人グループの四人が畑山を楯《たて》にしながら、身代金を積んだトラックに近づいていく。悠然とした足取りだった。薄笑いを浮かべている者さえいた。

　ほどなく四人はトラックに達した。

　男のひとりが車の運転席に近づいた。そのとき、窓から両腕が突き出された。ＳＰらしい男が両手保持で自動拳銃を構えている。

　ＲＰＤが唸《うな》った。

　放たれた銃弾が、トラックのドアを激しく鳴らす。

　ＳＰらしい男は引き金を絞る前に撃ち倒されていた。軽機関銃が鳴り熄《や》んだ。

　男のひとりが十トン車のドアを開け、銃弾に倒れた男を運転台から引きずり下ろした。血達磨《ちだるま》だった。スラックスは穿《は》いていなかった。

　微動だにしない。即死だったのだろう。

　特殊隊員たちが十トン車に近づく気配を見せた。

　そのとたん、三挺の軽機関銃が赤い火を吐きはじめた。銃声が重なって、耳を聾《ろう》する。

　扇撃《ファンニング》ちだった。ほうぼうで金属音が響いた。

本能的に影丸は、S&W《スミス・アンド・ウエッソン》M459に手を伸ばしていた。

警視庁の特殊隊員たちが身を伏せた。

誰も撃ち返そうとはしない。犯人グループのRPDが沈黙した。

SPらしい男を射殺した者が、十トン車の運転席に乗り込んだ。

別の男が素早く助手席に入った。その男は、すぐに土居大三郎の首筋にナイフを押し当てた。土居は瞼《まぶた》を閉じたまま、じっと動かなかった。

畑山会長の腕を捉《とら》えている男と残りのひとりが、駐車場の中ほどまで歩いていった。

そこには、コンテナトラックと国産のジープが駐まっていた。

どちらの運転席にも、サングラスをかけた男が坐っている。仲間だろう。

――出迎えに出てくれたのは全部で六人か。それとも、まだ、どこかにいるのか。

影丸は、あたりを見回した。

怪しい人影はどこからも湧《わ》いてこない。

拳銃を持った男が畑山会長をコンテナトラックの助手席に押し込み、自分も乗り込んだ。残りの軽機関銃の男はジープの助手席に腰を沈めた。

「畑山会長はすぐに解放すると思ってたけど、そうじゃないのね」

麻衣が言った。

「安全な場所に逃げるまで、奴らは畑山も土居も放さないつもりさ」

「なかなか抜け目がないわね」

「奴らも命懸《が》けだろうからな」

影丸は言った。その直後、ジープが走りだした。

その後に、コンテナトラックがつづいた。十トン車も動きはじめた。

広い走路に出ると、三台の車は縦に並んだ。コンテナトラック、十トン車、ジープの順だった。犯人グループの車が駐車場を走り抜け、サービスエリアの出口に向かう。

捜査員たちが、慌《あわ》ただしく車に乗り込んだ。

数秒後だった。

サービスエリアの背後の山で、重い砲声が轟《とどろ》いた。何秒かして、駐車中の乗用車が数台爆破された。

金属片やシールドの欠片が高く舞い上がった。白煙と炎も見えた。

悲鳴と怒号が交錯した。

それに、泣き声が混じった。駐車場は、たちまちパニック状態に陥《おちい》った。人々が右往左往しはじめ、次々に車のエンジンが吼《ほ》えた。

閃光《せんこう》や爆風からして、いまのはロケット砲弾にちがいない。

砲弾はたてつづけに三発飛んできた。

爆風が走り、火柱が立った。人々は身を伏せたまま、誰も動かなくなった。

少し経つと、向かいの山の中腹に火の塊《かたまり》が落下するのが見えた。

それは、撃ち砕かれたヘリコプターの残骸《ざんがい》だった。警視庁航空隊のものだろう。

「矢吹、奴らの車を追うぞ」

影丸は窓越しに言って、ダッジを急発進させた。タイヤが軋《きし》み、すぐに矢吹のコンテナトラックが追ってくる。

「身代金を積んだ車の位置を教えてくれ」

影丸は麻衣に声をかけた。

「大月方向に走ってるわ。約三キロ先です」

「わかった。レーダーをしっかり見ててくれ」

「はい」

麻衣が応じた。

高速道路の下り車線に乗り入れると、影丸はアクセルを深く踏んだ。スピードメーターの針が、みるみる上がっていく。

高速で走りつづけた。だが、犯人グループの車はまだ見えてこない。敵もフルスピードで走っているようだ。

やがて、大月ＪＣＴ《ジャンクション》に差しかかった。

まっすぐ進めば、勝沼《かつぬま》方面だ。左に折れれば、河口湖ＩＣにたどり着く。

「犯人グループは本道を逸《そ》れて、都留《つる》・河口湖方面に進んでます」

麻衣が叫んだ。

影丸は車を左折させ、さらに加速した。矢吹のトラックも、かなりの速度で従いてくる。

都留ＩＣを通過して間もなくだった。

後部で、麻衣が大声をあげた。

「警察無線が河口湖ＩＣの料金所付近に黒覆面の男たちが現れ、道路公団の職員や警備中の警官を射殺したと言ってます」

「奴らは高原か山の中に逃げ込むつもりだな。このまま、どこまでも追尾していこう」

「はい。あっ、犯人たちの車は河口湖ＩＣを出て、国道一三九号線に入ったわ」

「どっちに向かってる？　山中湖方面か、富士河口湖町の方か？」

「河口湖町の方よ」

「わかった。しっかり摑まってろ。料金所を突っ切るぞ」

影丸はアクセルを床いっぱいまで踏みつけた。

しばらく走ると、料金所が見えてきた。

河口湖ＩＣだ。トールゲートを出ると、警察の検問所があった。クラクションを鳴らしながら、影丸は車を疾走させた。

制服警官たちが焦って跳《と》びのく。装甲車やパトカーが避難しはじめた。

検問所を突破した。

矢吹のトラックがつづく。数台のパトカーが追ってきた。

「小粒のパイナップルを二、三個差し入れてやれよ」

影丸は無線で矢吹に言った。

ややあって、矢吹の車の後ろで手榴弾の炸裂音がした。バックミラーに、橙色《だいだいいろ》の閃光が映った。稲妻のようだった。パトカーのブレーキ音が聞こえた。

ダッジとコンテナトラックは、じきに一三九号線に出た。

車道の両側に、ひしゃげたパトカーや装甲車が見える。どれも銃弾を浴びていた。

路面には、夥《おびただ》しい数の薬莢《やっきょう》と血が散っていた。犯人グループの影はなかった。

「被尾行車は鳴沢村《なるさわむら》を過ぎて、青木ヶ原樹海に向かってるわ。あ、脇道に入りました！」

麻衣が高く言った。

影丸は、ダッジをがむしゃらに走らせた。

脇道に入ると、両側に針葉樹林が連《つら》なっていた。民家はおろか、別荘らしい建物もない。

「チーフ、身代金を積んだ車が停まったわ」

麻衣が報告した。

影丸は車の速度を落とした。ゆっくりと山道を登っていく。濃霧がたちこめ、視界が悪い。赤松や落葉松《からまつ》はすっかり葉を落とし、裸木に近かった。新芽はまだ出ていない。

――このへんから歩いていこう。

影丸はブレーキを踏んだ。後ろで、矢吹の車が停まる。

「きみは車の中で待っててくれ」

影丸は麻衣に言って、後ろのシートから短機関銃《サブマシンガン》を掴み上げた。UZI《ウージー》だ。すでに、三十二発入りの細長い弾倉を叩き込んである。予備のマガジンも、たっぷり携帯していた。

影丸は車を降りた。すぐに矢吹がコンテナトラックから姿を見せた。M16A2を抱えていた。カモフラージュスーツの上に、ポンチョ・ライナーを着込んでいる。

「行こう」

影丸は先に歩きだした。数メートルの間隔を保ちながら、矢吹が従いてくる。

二人は山道を進んだ。

四、五百メートル歩くと、東京通運の名の入った十トン車が目に留《と》まった。栂林《つがばやし》の中に車首を突っ込む恰好《かっこう》で放置されている。ジープとトラックは見当たらない。人の気配もなかった。

影丸は十トン車に走り寄った。

荷台の扉は開いていた。中は空っぽだった。

「くそっ。奴ら、身代金を別の車に積み替えて逃げやがったんだ」

矢吹が歯嚙《はが》みして、荷台の下からＧＰＳと強力磁石付きの電波発信器を引き剝《は》がした。

「少々、敵を侮《あなど》りすぎたようだな」

「すぐに追えば、追いつくんじゃねえかな」

「そうだな。車に戻ろう」

影丸は促《うなが》した。そのとき、十トン車の運転台で男の低い呻《うめ》き声がした。矢吹が低い声で言った。

「チーフ、土居が置き去りにされたんじゃないっすか？」

「行ってみよう」

影丸は運転台に回り込み、ドアを開けた。

すると、黒いフェイスキャップを被った男が転げ落ちてきた。矢吹が懐中電灯で、仰向けになった男の顔を照らした。手早く覆面を剝ぎ取る。

頰の肉が深く抉《えぐ》れていた。

銃創だった。見るからに痛々しい。

顔の半分が血に染まっていた。肩、胸、腹部の三カ所から、ポスターカラーのような血糊《ちのり》がどくどくと湧出《ゆうしゅつ》している。

「仲間はどっちに逃げた？」

影丸は片膝《かたひざ》をついて、男の肩を揺さぶった。男が瞼を開け、たどたどしい日本語で言った。

「富士宮《ふじのみや》の方だ。わたし、ポリスに撃たれた。動けない。た、助けてくれ」

「おまえたちは香港マフィアだったのか⁉」

「それ、違う。わたしたち、台湾人だ」

「嘘じゃないな！」

「本当の話よ。わたしたち、台北《タイペイ》にいられなくなった。それで、漁船で日本に来た」

「密入国だな？」

「そう、最初は与那国島《よなぐにじま》に上陸した。三十九人の仲間、一緒だったね。わたし、張《テイユン》といいます」

男はそう言うと、激しくむせた。影丸は、張と名乗った男の顔を横に向けてやった。

「チーフ、こいつはロシアの特殊部隊の東洋人工作員かもしれねえぜ」

「いや、ただの台湾マフィアだろう」

影丸は矢吹に言い、張に問いかけた。

「おまえたちのリーダーは誰なんだ？」

「わからない。わたしたち、楊《ヤン》に言われたことをやっただけ。これ、ほんとよ」

「楊というのが、おまえたちのボスなのか？」

「そう。楊が、わたしたちみんなを日本に連れてきてくれた」

「楊は何者なんだ？」

「楊明賜《ヤンミンスー》、台北の黒組織の親分だったよ。だけど、ほかのボスと仲悪くなった」

「黒組織っていうのは、暴力団のことだな？」

「そう。それで、わたしたち、日本の友達の世話になることになったわけよ」

「友達って、誰なんだ？」

「新宿の仁友連合会鬼頭組の組長さんね。鬼頭さんとボスの楊は、昔から友達だったよ。わたしたち、鬼頭さんに覚醒剤《かくせいざい》あげた。それ、お礼よ」

「おまえたちは、どこで寝泊まりしてるんだ？」

「それ、言えない。仲間、裏切れないよ」

「おまえは足手まといになるからって、仲間に置き去りにされたんだろ？」

「そう。けど、言えない」

張は喘《あえ》いで、また激しくむせた。むせるたびに、口から血反吐《ちへど》が出た。

やがて目をつぶり、喘ぐだけになった。何を訊いても、返事はなかった。

——こいつは、もう助からないな。楽にさせてやろう。

影丸はホルスターから自動拳銃《オートマチック》を抜き、少し後退した。

息を詰めて、心臓に一発ぶち込む。張は一瞬、体をのけ反らせた。そのまま息絶えた。

「チーフが殺《や》らなきゃ、おれが止《とど》めを刺してやろうと思ってたんだ」

「そうか。急ごう」

影丸は矢吹の肩を叩き、山道を駆け降りはじめた。

少し進むと、白い闇の向こうで麻衣の声がした。

「チーフと矢吹ちゃん？」

「そうだ。やっぱり、犯人たちは『ブラックコブラ』の名を騙《かた》ってたようだ」

「そう。銃声が聞こえたんで、わたし、心配になって……」

「死にかけてる男を撃ったんだよ。楽にさせてやったんだ」

影丸はそう言いながら、麻衣に走り寄った。麻衣はヘッケラー＆コッホＰ７を握りしめていた。

影丸は立ち止まった。

手短に経過を話す。口を結ぶと、麻衣が言った。

「畑山会長と土居代議士が富士ヶ嶺《みね》の別荘地の管理事務所に駆け込んで、助けを求めたようよ。いま、警察無線で知ったの」

「そうか。犯人グループの目的は、金だけだったようだな」

「どうもそうみたいね」

「もう間に合わないかもしれないが、また奴らを追跡しよう」

影丸は部下たちに言い、ダッジに向かって走りはじめた。

第四章　陰謀のアラベスク

1

額に汗がにじんだ。

ひどく蒸し暑い。人いきれが充満していた。

全経連本部ビルの大会議室である。七階だった。

影丸は、ネクタイの結び目を緩《ゆる》めた。

大勢の報道陣でごった返していた。立錐《りっすい》の余地もない。影丸は新聞記者になりすまして、記者会見場に入り込んだのだ。

「影丸さんがノンフィクション・ライターになってたなんて、ちっとも知りませんでしたよ」

かたわらに立った永沼が小声で言った。彼は東西新報の社会部記者だ。

「きみのおかげで、ここにうまく潜り込めたよ。感謝するぜ」

「どういたしまして。影丸さんには昔、よくいい情報《ネタ》をもらったから、これくらいのことはしなくっちゃ」

　永沼が急に口を閉ざした。

　畑山会長が白布の掛かった長いテーブルについたからだ。畑山は七十二、三歳のはずだが、十歳は若く見える。黒々とした髪も豊かだ。小肥りで、血色もいい。

　畑山の隣に、初老の男が坐った。事務局長の浦上だった。

　影丸は、記者会見場をそっと眺め回した。怪しげな人物は紛《まぎ》れ込んではいないようだった。

　ストロボが焚《た》かれ、カメラのシャッターが響きはじめた。

　畑山は緊張していた。カメラマンの注文に応じて何度か笑ってみせたが、どれも不自然な笑顔だった。カメラマンたちが退《しりぞ》くと、事務局長が短い挨拶《あいさつ》をした。

　そのあと、畑山会長が口を開いた。

「わざわざお運びいただいて、恐縮しております。まず初めに、世間を騒がせたことをお詫《わ》びいたします」

　畑山はいちど言葉を切って、すぐに言い継《つ》いだ。

「みなさまのおかげで、こうして無事に生還できました。ことに民自党の土居大三郎先生には、深く感謝しております。きのう、先生が身代金の運び役を引き受けてくださらなかったら、わたくしはいまごろはもうこの世にいなかったことでしょう。そしてまた、命懸けで救出に当たってくださった捜査員の方々にも厚くお礼申し上げます。本当にありがとうございました」

畑山は目を潤《うる》ませて、深々と頭を垂れた。

全国紙の記者がマイクの前に立ち、代表質問をはじめた。

「畑山会長、まず事件当日のことをうかがわせてください」

「はい。あの朝、わたくしはいつもの散歩コースをのんびりと歩いておりました。そうすると、黒覆面の男たちが数人、いきなり襲いかかってきました」

「そのとき、犯人たちは何か言いましたか？」

「いいえ。終始、無言でした。男たちはわたくしを羽交《はが》いじめにすると、クロロホルムを……」

「意識を取り戻されたのは？」

「走る車の中でした。時間はどのくらい後だったのかはわかりません。我に返ったときは、粘着テープで目隠しをされていました」

「手足はどうです？　縛られていたんですか？」

「ロープで手だけ縛られていました」

「そのあとも、ずっと目隠しをされてたんですね？」

「そうです。食事のときはロープを解いてくれましたが、目隠しはずっと……」

「食事のとき、目隠しを外そうとはされなかったんですか？」

「一度、ガムテープを剝《は》がそうとしました。ですが、すぐに犯人のひとりに気づかれて何か固い物で右のこめかみを殴打されました。あれは、拳銃の握りの部分だと思います」

　畑山が言って、記者たちに青黒い痣《あざ》を見せた。

「そういう状態ですと、犯人たちのアジトの様子などはわかりませんね？」

「静かな場所でした。小鳥のさえずりが何度か聞こえましたから、山荘のようなところに監禁されていたのだと思います」

「犯人たちは、どんな話をしていました？」

「彼らは、わたくしの前では会話を交わすことを避けているようでした。話らしい話は、まったく聞こえてきませんでしたから」

「そうしますと、犯人グループの人数もわかりませんね？」

「はい、正確な数は。ただ、六、七人はいたような気配でした」

「全員、男でしたか？」

「ええ、多分。女性の体臭は、なんとなくわかりますからね」

「畑山会長、犯人グループに心当たりは？」

　記者が畳みかけた。

「あなた、いまごろ、何を言ってるんですっ。犯人グループは、世間を騒がせている『ブラックコブラ』でしょうが！」

「それが警察の調べによると、どうもニセモノらしいんですよ。つまり、犯人たちは『ブラックコブラ』の犯行に見せかけたわけですね」

「それが事実だとしたら、極左の新セクトに狙《ねら》われたのかもしれません」

「そういえば二十年ほど前、あなたが会長をされている東都重工業の本社ビルの玄関ロビーに時限爆弾が仕掛けられたことがありましたね？」

「ええ。あのころは、新左翼の各派が競い合うような感じで暴れ回っていましたから」

「あのときは東都重工業が防衛産業の最大手だということで、過激派に狙われたんでしたね？」

「はい、まあ。しかし、その後、当社は防衛部門を大幅に縮小しました。シェアは年々低くなっています。新内閣になってからは、わが社はトップの座を関東重工さんに譲り渡しております。そのことは、みなさん方もよくご存じでしょ？」

「しかし、巨大な総合防衛産業であることには変わりはないわけですよね？　現にいまも、護衛艦、戦闘機、戦車、ミサイル、軽火器なんかを製造されてるわけですから」

「総合防衛産業という言葉は正確ではないと思います。当社では、潜水艦、ヘリ、輸送機などは造っておりませんので」

「認識不足でした」

「世間の一部には誤解があるようですが、兵器の生産は決して儲《もう》かりません。はっきり申し上げて、一種の奉仕ですね」

畑山が力説した。記者席がざわつき、失笑がひろがった。

――なにを言ってやがる。兵器部門だけで年商一兆円をキープしてるくせに。

影丸も鼻先で笑った。

そのとき、事務局長が発言した。

「記者さん、少しばかり質問が本題から逸《そ》れはじめているんではありませんか？」

「わたしは、そうは思いませんね」

代表質問者が言下《げんか》に否定した。

それに同調する声が、記者席で次々にあがった。事務局長は黙り込んだ。その表情は硬かった。

気まずい空気を和らげるように、畑山会長が代表質問者に声をかけた。

「どうぞ何でもお訊《き》きください」

「ええ。犯人側から事前に予告めいたものは、まったくなかったんですか？」

「はい、ありませんでした」

「犯人たちの目的は身代金だけだったとお考えですか？」

「多分、そうだと思います」

「犯人グループのひとりと思われる人物が昨夕、山梨県下の山中で射殺体で発見されましたが、仲間割れがあったんでしょうか？」

「わたくしは気づきませんでしたが、わたくしは気づきませんでした。彼らは警官たちと河口湖ＩＣの近くで撃ち合いをしましたから、そのときに射殺されたのかもしれませんね」

「犯人たちは山の中で身代金を別の車に移し替え、あなたと土居議員を放置して逃げ去ったんですね？」

「ええ、そうです」

「それでは、そのときに畑山会長は犯人たちの車を見ていますね？」

「いいえ」

「なぜです？」

「二人とも、すぐには目隠しを剝がさなかったのです。どこかに犯人たちがいるような気がしたものですから」

「土居氏も目隠しをされてたんですか？」

「はい。わたくしが目隠しを剝がしたときは、まだ先生は……。先生のガムテープは、わたくしが取って差し上げました」

「それからお二人で山の中をさまよい歩いて、別荘地の管理事務所に駆け込んだんですね？」

「そうです」

「犯人グループは身代金とともに忽然《こつぜん》と消えてしまったわけですが、逃亡先について、彼らは何か喋《しゃべ》っていませんでしたか？」

「何も聞いておりません」

「そうですか。奪われた六十億円は全経連のもので、もちろん会長ご自身の個人財産ではありませんよね？」

「はい。身代金がこのまま戻ってこない場合は、わたくし個人が弁済するつもりでおります。しかし、なにぶんにも多額ですので、きょう、明日というわけにはいかないと思いますが……」

「全経連の傘下企業のトップたちの多くは畑山会長に同情して、それぞれ〝協力金〟を供出しはじめてるようですが、どうされるおつもりなんでしょう？」

「大変ありがたいお話ですが、みなさまのお気持ちだけをいただくつもりでございます」

「最後に、犯人たちに何か言いたいことは？」

「金持ちになりたいなら、まず額に汗して働けと言いたいですね」

「いかにも会長らしいお言葉ですね。これで代表質問を終わります」

中年の記者は軽く会釈して、マイクから離れた。

各社の記者が個々に取材しはじめた。

ちょうどそのとき、東西新報の若い記者が走り寄ってきた。彼は永沼に何か耳打ちした。永沼が目礼して、若い同僚記者と廊下に飛び出していった。

――何か事件が起きたんだな。

影丸は二人を追った。

永沼たちはエレベーターホールにいた。影丸は駆け寄って、永沼に低く話しかけた。

「何があったんだい？」

「いや、別に」

「隠すなよ。おれは、新聞記者《ブンヤ》さんと張り合おうなんて思っちゃいないんだからさ」

「いいでしょう、話します。例の黒覆面集団が陸上自衛隊の朝霞《あさか》駐屯地《ちゅうとんち》と陸上自衛隊の横須賀基地にロケット砲弾を数発ずつぶち込んで、ジープで逃げ去ったらしいんですよ」

「こんな真っ昼間に⁉」

「ええ。どちらのグループも、指揮官は白人だったそうです」

「なんだって⁉」

「急ぎますんで、これで」

永沼が言って、連れとエレベーターに乗り込んだ。

何か国際的な陰謀があるのか。

影丸は少し経ってから、エレベーターで一階に降りた。もう永沼たちの姿はなかった。

玄関ロビーを出ると、前方から赤星刑事がやってきた。

影丸は笑いかけた。二人は向かい合った。

先に口を切ったのは、赤星だった。

「スーツをきちんと着てるとこを見ると、ここには取材にきたんだな？」

「畑山会長の記者会見にちょっとね」

「よく入れたな」

「東西新報の永沼君に表で会ったんで、一緒に会見場に潜り込んだんですよ」

「そういうことか。こう派手に事件が起こると、書く材料にゃ困らねえやな」

「まあね。きのうは、中央高速の談合坂サービスエリアで、活劇もどきの事件があったんでしょ？」

「影丸君、もう少しうまく変装しろや。キャンピングカーみてえな車も、ちょいと目立ちすぎる。ほかの連中はともかく、おれの目はごまかせねえぜ」

「おやっさん！」

「安心しろ。おれは何も喋らねえよ。きみはきみの信念で、何かをやってるんだろうからな」

「………」

「でも、おれは現役の刑事だ。目をつぶれねえことだってあるさ。きみに手錠《ワッパ》なんかぶち込みたくねえんだよ。それだけはわかってくれ」

「手錠ぶち込まれる前に、おやっさんを撃《ハジ》くさ」

影丸は、指鉄砲で撃つ真似《まね》をした。

赤星が笑顔で言った。

「そりゃ、いい。影丸君の射撃術なら、おれは一発で地獄行きだ」

「それはそうと、桜田門も黒星つづきですね」

「頭でっかちの警察官僚どもが作戦練ったって、うまくいくわけねえさ」

「そうですね。で、きょうは？」

「課長の命令で、畑山会長の警備みてえなもんだな。いまごろ、こんな所に犯人グループの一味がのこのこ現れるわけねえのに。そのうち、酒でも飲もうや」

「ぜひ飲《や》りましょう」

影丸は、赤星に背を向けた。内心、穏やかではなかった。鳴りを潜めるべきか。

ジャガーは内神田の有料駐車場に預けてあった。影丸はそこまで大股《おおまた》で歩いた。

車に乗り込むと、携帯電話が鳴った。影丸は懐を探った。モバイルフォンを耳に当てると、宇佐美の声が流れてきた。

「記者会見はどうだった？　何か収穫があったかね？」

「残念ながら、これといったものは……」

「そうかね。敵もなかなかやるじゃないか」

「ええ」

「そうだ、さっき麻衣から連絡があったよ。中道恵子はアパートはもちろん、実家や友人宅にも現れてないそうだ」

「そうですか。しかし、わたしは彼女が生きてるような気がするんですよ」

「いまだに遺体が発見されないいんだから、そう考えるのが自然だろうね」

「ええ」

「中道恵子の自殺が偽装だとしたら、その目的は警察の目を欺《あざむ》くことだけだろうか？」

「わたしは、それだけじゃないと思います。彼女は何か企《たくら》んでるんじゃないでしょうか？」

　影丸は言った。

「たとえば、どんなことを？」

「考えられることは、『ブラックコブラ』の名を汚した黒覆面グループへの報復ですね」

「なるほど、考えられなくはないな」

「ええ」

「ところで、きみは張《テイユン》という台湾人の言葉をどう思うかね？」

宇佐美が訊いた。

「真実を言ったと思います」

「それじゃ、台湾マフィアに揺さぶりをかけてみるか？」

「ええ、そうするつもりでした。そこから糸を手繰《たぐ》っていけば、黒幕が浮かび上がってくると思います。今夜、歌舞伎町《かぶきちよう》に行ってみますよ」

影丸は電話を切った。

2

奥から女が走ってきた。
二十六、七歳だった。瑠璃色《るりいろ》のチャイナドレスをまとっている。ラメ入りだった。ドレスの切れ込み《スリット》が深い。むっちりした白い太腿《ふともも》が眩《まばゆ》かった。
「いらっしゃいませ」

女は立ち止まるなり、影丸の体にまとわりついた。香水の匂《にお》いがきつい。プワゾンだろうか。

台湾パブ『秀麗』だ。

歌舞伎町の花道通りに面した雑居ビルの地下一階にあった。ミュージックテープが回り、甘ったるい女の歌声が流れていた。台湾の流行歌のようだ。

影丸は、狭い店内を眺め回した。

客の姿はなかった。カウンターの向こうで、若いバーテンダーがグラスを磨いていた。どことなく残忍そうな顔つきだった。ボックス席は二つしかなかった。

「パティです。どうぞこちらに」

女が流暢《りゅうちょう》な日本語で言い、奥の方のボックス席に影丸を導いた。影丸は腰を下ろし、ビールとつまみを注文した。

オーダーしたものは、待つほどもなく運ばれてきた。パティが影丸の横に坐り、コップにビールを満たした。

「きみがママかい？」

影丸は訊《たず》ねた。

「違います。わたしは、ただのホステスです」

「そう。きょうは暇そうだな」

「暇なのはわたしだけ。ほかの女の子たちは、みんな、ホテルで仕事中よ」

パティが意味ありげに笑った。攣《つ》り上がり気味の目にやや険《けん》があるが、美人は美人だった。

「そういうことか」

「お客さん、ビールを飲んだら、わたしをホテルに連れてってくれます？」

「レスリング、、、は次回にするよ。きょうは楊明賜《ヤンミンスー》に会いにきたんだ」

影丸はビールを飲み干し、低く言った。パティの顔がにわかに強張《こわば》った。

「どこに行けば、楊に会える？」

「そんな男、知りません」

「見当違いだったのかな」

影丸は言いざま、パティの乳房を鷲摑《わしづか》みにした。

パティはノーブラだった。肉の感触がもろに伝わってきた。弾みのある隆起を大きく捩《ねじ》ると、パティは苦痛に顔を歪めた。

「楊が、ここを仕切ってるんだろう？」

「この店は日本人が経営してるのよ」

「仁友連台会の鬼頭組が仕切ってるわけか」

「そこまでは知らないわ」

パティが身を捩《よじ》って、逃れようとする。

影丸は、彼女の首に手刀を叩《たた》き込んだ。パティがソファに横倒れになった。

次の瞬間、カウンターからバーテンダーが飛び出してきた。

牛刀を手にしていた。刃渡りは、かなり長かった。優に四十数センチはありそうだ。

「楊はどこにいる？」

影丸は残ったビールを足許にぶちまけ、空壜《あきびん》を逆手に持った。

男が牛刀を振り下ろした。テーブルがまっ二つに断ち割られた。

影丸は、ビール壜の底でバーテンダーの顎《あご》を下から突き上げた。バーテンダーは背伸びをするような感じで、大きく伸び上がった。

影丸は立ち上がるなり、右腕を泳がせた。ビール壜はバーテンダーの側頭部を砕いた。ガラスの破片が飛び散った。

バーテンダーは母国語で叫び、フロアに転がった。耳の上がぱっくり裂け、血が噴《ふ》き出している。

影丸は、一段低くなっている床に降りた。

次の瞬間、バーテンダーが牛刀を閃《ひらめ》かせた。倒れたままだった。空気が唸《うな》ったが、掠《かす》りもしなかった。

影丸は男の脇腹を蹴《け》り込んだ。

ローファーの先が深く埋まった。相手が呻《うめ》いて、手脚《てあし》を縮めた。それでも、牛刀を放そうとはしない。

ふたたび影丸は足を飛ばした。

狙ったのは喉《のど》だった。軟骨の潰《つぶ》れる音が聞こえた。

バーテンダーは雄叫《おたけ》びに似た声をあげ、床を転げ回った。もう牛刀は握っていなかった。

影丸は割れたビール壜をカウンターの内側に投げ込み、素早く牛刀を拾い上げた。

その直後だった。後ろから、パティが組みついてきた。

影丸は肘《ひじ》で弾いた。パティの腰が沈んだ。影丸は回し蹴りをくれた。

パティが吹っ飛び、仰向けに倒れる。彼女はパンティーをつけていなかった。暗い光をたたえた股間《こかん》が丸見えだ。

バーテンダーが跳ね起きた。

その手には、シグ／ザウエルＰ２２０が光っていた。スイスのシグ社とドイツのザウエル＆ゾーン社が共同開発した自動拳銃《オートマチック》だ。性能は悪くない。

男が右腕を前に突き出した。

影丸は息を詰め、牛刀を一閃《いっせん》させた。

血煙とともに、相手の右手首が宙《ちゅう》を舞った。拳銃《ハンドガン》を握ったままだった。それはカウンターを越え、酒棚まで跳んだ。

バーテンダーは右腕をだらりと下げ、その場に頽《くずお》れた。傷口から、赤い雫《しずく》が雨垂れのように滴《したた》っている。血臭が店内に拡がった。

「そろそろ喋る気になったか？」

影丸は声をかけた。

バーテンダーは白目を剝《む》いていた。黒いスラックスの股ぐらから、湯気が立ち昇りはじめた。恐怖のあまり、失禁してしまったのだ。

やがて、小便の音が熄《や》んだ。

バーテンダーは完全に気絶していた。床には、血溜《ちだ》まりができている。

影丸は振り返った。

パティが床に寝そべったまま、チャイナドレスの前を拡げていた。盲腸の手術痕《しゅじゅつこん》が、なにやら哀《かな》しみを誘った。

「わたしを抱いてもいいから、乱暴なことはしないで」

「おれは楊の居所を知りたいだけだ」

影丸は屈《かが》み込んで、パティの下腹に血みどろの牛刀を軽く押し当てた。

「楊さんは、職安通りの先にある『カーサ大久保』ってマンションに住んでるわ」

「何号室だ？」

「五〇五号室よ。楊さんにどんな恨みがあるのか知らないけど、行かないほうがいいわ」

「なぜだ？」

「ボスは全世界中のチャイナコネクションと深い繋がりがあるのよ」

パティが言った。

「楊は、台北《タイペイ》で何をやらかしたんだ？」

「よく知らないけど、香港《ホンコン》の『14K《サツ・セイ・ケイ》』の命令で、台湾の『竹連幣《ツーレンバン》』のビッグボスを消したらしいわ。それで、こっちに逃げてきたって話よ」

「楊はいくつなんだ？」

「五十歳前後よ。赤ら顔で、極端に眉毛が薄いの。会えば、すぐにわかるわ」

「乱暴して済まなかった」

影丸は牛刀を遠くに投げ、上着の内ポケットから札入れを抓《つま》み出した。数枚の一万円札を抜き、それをパティの腹の上に置く。

「お金、いらないわ」

「飲み逃げなんてけちなことはしたくないんだよ」

影丸は立ち上がって、店を出た。

夜は深まっていた。十時半だった。

影丸は近くの有料駐車場に急いだ。ジャガーに乗り、すぐに発進させた。

風林会館の角を左折する。区役所通りだ。

少し走ると、職安通りにぶつかった。『カーサ大久保』は、その通りから数百メートル奥に入った場所にあった。九階建てだった。

影丸は車を『カーサ大久保』の裏側に駐《と》め、エントランスに回った。オートロック式の出入口ではなかった。管理人室もない。エレベーターで、五階に上がる。五〇五号室は端の部屋だった。

影丸は上着のボタンを外し、M459を引き抜いた。すでに薬室《チエンバー》に初弾を送り込み、複列式弾倉には九ミリのパラベラム弾を十四発装弾してある。

影丸は、青いスチール・ドアに耳を押し当てた。

テレビの音声が聞こえる。物音や人の話し声は流れてこない。

試しに、ドア・ノブに手を掛けてみた。

ノブは回った。影丸は静かにドアを引き、玄関に躍り込んだ。そのとたん、濃い血臭と火薬の臭《にお》いが鼻を衝《つ》いた。

玄関ホールの奥に目をやると、若い男の死体が転がっていた。

全身、銃創だらけだった。玄関マットの上に、いくつかの薬莢《やっきょう》が落ちていた。

影丸は、その一つを拾い上げた。

かすかな熱が指先に伝わってきた。小口径高速弾の薬莢らしい。

影丸は自動拳銃を構えて一歩ずつ奥に進んだ。

応接間には、二人の男が倒れている。どちらも射殺されていた。

片方の男は頭が半分なかった。まるで潰《つぶ》れたトマトだ。ダイニングキッチンにも、鮮血に塗れた死体が横たわっていた。片腕が千切れかけている。

――台湾マフィアたちだな。誰がこいつらを撃ち殺したんだろう？　楊の指図で、仲間たちが殺《や》ったのか。あるいは、鬼頭組の仕業なのか。何か手がかりがあるはずだ。

影丸は廊下を進み、ベランダ側の和室に入った。

八畳間だった。電気ストーブが赤々と灯《とも》っていたが、人の姿はなかった。

押入れに向かいかけたとき、背後で小さな足音が響いた。

影丸は頭から転がった。畳の上だ。くぐもった発射音がした。押入れの襖《ふすま》が銃弾で穿《うが》たれた。体が回りきったとき、影丸は撃ち返した。

重い銃声があがり、右腕が跳ねた。硝煙の向こうで人が倒れた。呻き声もした。

影丸は立ち上がった。廊下に走り出る。

大柄な白人の男が横向きに倒れていた。顔の見える位置に回り込んだ。

男は若くはなかった。四十代だろう、砂色がかった頭髪は薄かった。胸の真ん中が血糊《ちのり》で濡《ぬ》れていた。

影丸は銃口を下げた。

急に男が右腕を伸ばした。その先には、小銃が落ちていた。AKM突撃銃《アサルト・ライフル》だった。折り畳み式のストックは伸ばされている。銃口部には、ワイン壜ほどの大きさの消音器が嚙《か》まされていた。

影丸はロシア製の最新型自動小銃を左手で拾い上げ、S＆W《スミス・アンド・ウエッソン》M459をホルスターに戻した。

「撃て！」

大男が言った。ロシア語だった。

影丸は英語で言い返した。

「下手なロシア語はやめろ」

「…………」

「おまえはスラブ系の顔立ちじゃない。どう見たって、アングロサクソン系だよ」

「ファック・ユー《くたばれ》」

今度は米語の俗語《スラング》だった。

「化けの皮が剝がれたな。どうせ金で雇われたジプシー傭兵《ようへい》なんだろっ。おまえの依頼主《クライアント》は誰なんだ？」

「黙れ、くそったれめが！」

「誰に頼まれて、ロシア人の振りなんかしてたんだっ」

影丸はわずかに的を外して、全自動《フルオート》でＡＫＭ突撃銃を撃ちまくった。アメリカ人らしい白人男は体を左右に振って、跳弾を必死に避《よ》けた。少しして、影丸は引き金《トリガー》から指を離した。

「わかった。喋るよ。その前に煙草《たばこ》を喫《す》わせてくれ」

男が肘《ひじ》をついて、上体を起こした。

影丸は、男がヒップホルスターに手をやったのを見逃さなかった。

残弾を男に浴びせた。急所は外したつもりだったが、銃弾の一つが男の額を撃ち抜いていた。鮮血が勢いよく迸《ほとばし》った。

影丸は突撃銃を投げ捨て、片膝をついた。

男のあらゆるポケットを探ってみたが、身許《みもと》がわかるようなものは何も所持していなかった。

——仕方がない、死顔をフィルムに収めておこう。

影丸はライター型の超小型カメラで、大男の顔を数回写した。

サングラスをかけて、部屋を出る。廊下に、マンションの住人が群れていた。

「さっき部屋で銃声のような音がしたようですけど、何があったんです？」

五十年配の男が、こわごわ声をかけてきた。

影丸は答えなかった。人垣を掻《か》き分けて、エレベーターホールに走った。

エレベーターはすぐにきた。函《ケージ》に乗り込み、階下に降りる。

玄関ロビーを出たときだった。

闇の奥から、何かが鋭い風切り音とともに飛んできた。それは影丸の肩口を掠《かす》め、表玄関の外壁タイルにぶち当たった。硬い音がした。

影丸は振り向いた。

洋弓銃《ボウガン》の矢が落ちていた。矢は鋼鉄製だった。鏃《やじり》は鋭く尖《とが》っている。

影丸は暗がりを透かして見た。

十数メートル先の路上に男がいた。影丸は走りだした。男が逃げていく。

数秒後、男はバレリーナのように体を旋回させ、アスファルトの上に倒れた。どうやら消音器付きの拳銃で撃たれたらしい。

影丸は立ち止まった。

そのとき、一台の乗用車が急に発進した。対向車のヘッドライトが不審な車の内部を明るく照らした。

ステアリングを握っているのは、金髪の白人男だった。車は職安通りの方向に走り去った。

影丸は、路上に倒れた男に駆け寄った。

軽金属製の弓鉄砲を摑んだまま、男は息絶えていた。顔面は血みどろだった。鼻がなくなっていた。ひと目で筋者とわかる風体だった。鬼頭組の組員だろう。

影丸は『カーサ大久保』の裏手に回った。

ジャガーXJエグゼクティブに乗り、中落合にある矢吹のマンションに向かった。十分そこそこで、目的地に着いた。

マンションの地下駐車場に車を入れ、七階にある矢吹の部屋を訪ねた。

現れた矢吹は、素肌にガウンをまとっていた。三和土《たたき》に、女物のパンプスがあった。

「取り込み中だろうが、この中のフィルムをすぐ現像してくれ」

影丸は、超小型カメラを矢吹に渡した。

「そんなに急ぐのかい？」

「例の武装軍団の正体がわかりかけてきたんだ。野暮《やぼ》は承知さ。地下の駐車場で待ってる」

「わかったよ」

矢吹の顔が引き締まった。

影丸は地下駐車場に戻って、自分の車の中で待った。ダンヒルを数本、灰にした。

矢吹が駆け込んできたのは、およそ十五分後だった。彼はきちんと着替えていた。

「おれ、写真のおっさんをよく知ってるよ。コロンビアでゲリラ狩りをやってたときの戦友なんだ」

助手席に坐るなり、矢吹が言った。

「アメリカ人だな？」

「そう。アフガン帰還兵だよ。一般社会に馴染《なじ》めなくて、結局、外人部隊を流れ歩いてた男っすよ」

「名前は？」

「ヘンリー・スチュアートだよ。年齢は四十六、七じゃねえかな」

「ヘンリーの故郷はわかるか？」

「えーと、確かロスだったな。おれがフランス陸軍の外人部隊に入るときにヘンリーと別れたんだけどさ、そんときに実家の住所を教えてくれたんだ」

「そうか」

「ヘンリーを殺ったのはチーフなんっすね？」

「ああ。殺すつもりはなかったんだがな」

影丸は経緯《いきさつ》を話した。話し終えると、矢吹が珍しく感傷的な口調で呟いた。

「ヘンリーは、アフガニスタンで戦死すりゃよかったのかもしれねえな」

「近々、おれはロスに飛ぶ。ヘンリーの家族に会えば、雇い主がわかるだろうからな」

「ヘンリーには、おふくろさんと独身の妹がいるはずだよ。明日の朝にでも、ロスの住所を電話で教えます。それじゃ……」

矢吹はしんみりした声で言い、車を降りた。ダッシュボードの上の写真は裏返しにされていた。

――矢吹も人の子だったんだな。

影丸は、ヘンリーの写真と超小型カメラを上着のポケットに突っ込み、ギアをD《ドライブ》レンジに入れた。

3

樹木が多くなった。

車は住宅街に入っていた。ロサンゼルス郊外のウエストウッドだ。

丘陵地帯だった。

広い庭とプールを備えた邸《やしき》が目立つ。といっても、隣接するビバリーヒルズのたたずまいとはだいぶ異なる。ウエストウッドは中産階級層の住む町だった。

影丸は、白いサンダーバードの速度を落とした。

レンタカーだった。徐行運転をしながら、ヘンリー・スチュアートの実家を目で探しはじめる。

スチュアート家は坂道の途中にあった。コロニアル風の家屋だった。

その家の前で、車を停《と》める。

影丸はツイードのジャケットを羽織って、外に出た。丸腰だった。ロスでは外国旅行者でも運転免許証を呈示すれば、銃砲店で拳銃やライフルが買える。武器が必要になったら、彼はそうするつもりだった。

陽射しが強い。

とても三月とは思えない陽気だ。しかし、風は爽かだった。ほとんど湿気を含んでいなかった。

影丸は石畳のアプローチを歩き、スチュアート家の玄関に近づいた。

広いポーチだった。ノッカーを鳴らすと、待つほどもなく白いドアが開いた。姿を見せたのは、栗毛の中年女性だった。

影丸は名乗った。予《あらかじ》めホテルから電話をしてあった。影丸は、ヘンリーの傭兵仲間を装った。

「お待ちしておりました。カレンです」

ヘンリーの妹が笑顔で言って、右手を差し出した。影丸は軽く握手をし、家の中に入った。

通されたのは、二十五畳ほどのリビングルームだった。ハーブの香りがする。

影丸は、ふっかりしたモケットソファに腰かけた。

カレンが斜め前の椅子に坐った。スチールブルーの瞳《ひとみ》が澄んでいる。知的な容貌《ようぼう》だった。

「わざわざ時間を割《さ》いていただいて、申し訳ありません」

影丸は言った。むろん、英語だ。

「いいえ、どういたしまして。きょうは、わたしの授業はありませんのよ。ですから、どうかお気遣いなく」

「高校で地理を教えてらっしゃるそうですね」

「ええ。それより、兄のことを教えていただけません？」

「わかりました。お兄さんから一度、電話をもらったんです。東京都内にいると言ってました。そのとき、彼は何かひどく怯《おび》えてたんですよ。それで、何となく気になりましてね」

「それはご親切に」

「お兄さんがこちらを発《た》たれる前後のことをうかがいたいんです」

「はい。あれは、ひと月あまり前のことでした。ある夕方、なんの前ぶれもなく、日本人のフリージャーナリストが訪ねてきたんです」

「その人物の名前は？」

「朝倉譲司《あさくらじょうじ》という方です。年齢は四十七、八でした」

「その朝倉の用件は何だったんです？」

「取材です。アメリカ社会で疎外《そがい》されているアフガン帰還兵をテーマにした長編ノンフィクションをお書きになるというお話でした」

「そうですか」

「兄は久しぶりに戦地の話ができたんで、とっても上機嫌でした。こちらでは、アフガニスタン帰りは疎《うと》まれているんです。とくに、志願兵だった人たちがね」

「そうらしいですね」

「兄たちはアメリカのために志願したのに。確かにアメリカは、アフガンでひどいことをしました。でも、兄たちも戦争の犠牲者なんです。青春時代を台無《だいな》しにされて、除隊しても社会復帰できなかったわけですから」

「いまも森の中でひっそりと暮らしてる帰還兵が、何人もいるそうですね？」

「ええ。追いつめられて、犯罪に走る者や心の病気に罹《かか》った人たちも大勢います」

カレンは哀《かな》しげに首を振り、急にうつむいた。

少し間を置いてから、影丸は訊いた。

「お兄さんは朝倉という男と一緒に、この家を出ていったんですか？」

「はい、そうです。朝倉氏に、アフガン時代の戦友たちを紹介してくれと頼まれたようです」

「なるほど」

「それで兄は、全米各地に散っている帰還兵のところに朝倉氏をお連れしたようです。でも、まさか兄が日本に渡っていたとは知りませんでした」

「ヘンリーは、いや、お兄さんは、なぜお母さんかあなたに連絡してから出国しなかったんだろう？」

「そうですね。あのう、母は去年の秋に亡くなったんですのよ」

「それは知りませんでした。後《おく》れ馳《ば》せながら、お悔やみ申し上げます。病気で亡くなられたんですか？」

「いいえ、交通事故でした。きっと母は兄のことを考えながら、道を歩いていたんだと思います。腰の落ち着かない兄のことを母はいつも気に病んでいたんですよ」

　カレンが言った。

「母親というのは息子がいくつになっても、幼い子供のように思えるんでしょうね」

「そうなのかもしれません。それはそうと、兄は悪い組織にでも引きずり込まれたんじゃないでしょうか？」

「何か思い当たることでも？」

「いつだか兄は隣の州に住む顔役に、市長候補者の狙撃《そげき》を頼まれたことがあるんです。もちろん、断りましたけどね」

「失礼ですが、最近のお兄さんはお金に困っていませんでした？」

「失業中の身でしたから、経済的にはあまり豊かではありませんでした。ですけど、兄はお金に釣《つ》られて悪事を働くような人間じゃありません」

「ええ、それはよくわかってますよ」

影丸は話を合わせた。

「ただ、兄は共産主義者をひどく嫌っていました。そういう思想的なことで誰かと共鳴したとしたら、法を犯すようなこともするかもしれませんね」

「そうですか」

「あなたは、朝倉というジャーナリストをご存じですか？　何十冊も著書を出版しているというお話でしたけど」

「いいえ、まったく知りません。本の話は、でたらめだと思います」

「ええっ。それじゃ、朝倉氏の目的は取材ではなく、別の企《たくら》みがあって兄に近づいたとおっしゃるんですか？」

「多分、そうでしょう」

「彼は何者なんです？」

「日本に戻ったら、調べてみましょう」

「どうかお願いします」

「朝倉のアドレスはわかりますか？」

「わかります、名刺を貰《もら》いましたので。それに、兄と一緒に写したスナップ写真もあります」

「それはありがたい」

「いま、取ってまいります」

カレンが立ち上がり、静かに居間から出ていった。

影丸はダンヒルに火を点けた。胸が重苦しかった。

自分が殺した男の妹から手がかりを引き出すのは、やはり後ろめたい気持ちだった。しかし、いまはそれしか術《すべ》がない。

影丸は感傷を捩《ね》じ伏せ、短くなった煙草の火を揉《も》み消した。

そのとき、カレンが戻ってきた。彼女は立ち止まると、三葉のカラー写真と一枚の名刺を差し出した。

影丸はそれを受け取って、まずカラー写真を眺めた。

ヘンリーのかたわらにいる日本人は、ハンサムな中年男だった。どこかで見た顔だ。あいにく、すぐには思い出せなかった。

影丸は名刺を見た。漢字と英語で、氏名、住所、電話番号が刷られている。住所は都内杉並区高円寺北三丁目二十×番地となっていた。

「その写真は、わたしが撮ったんですのよ」

カレンがソファに坐って、そう言った。

「朝倉にカメラを向けたとき、どんな反応を示しました？」

「ちょっと迷惑そうな顔をしました。ですけど、彼は何も言いませんでした」

「そうですか。写真を一枚お借りできますか？」

影丸は手帳に朝倉のアドレスを書き写しながら、ヘンリーの妹に言った。

「ええ、どれでもお好きなものをどうぞ」

「それじゃ、これをお借りします」

影丸は最も朝倉の顔がはっきり写っているものを選び、それを手帳の間に挟み込んだ。それから間もなく、暇《いとま》を告げた。

カレンに見送られて、玄関を出る。陽光は相変わらず鋭かった。

影丸は後ろ暗さを感じながら、サンダーバードに乗り込んだ。

エンジンをかけ、バックミラーを仰ぐ。

十数メートル後ろに、茶色のポンティアックが路上駐車中だ。運転席にいるのは黒人の男だった。二十代の後半だろうか。ガムを噛んでいた。歯がやけに白く見える。

影丸はレンタカーをUターンさせた。

ウィルシャー大通りをめざした。ポンティアックが追尾してくる。

殺し屋にちがいない。影丸は直感し、スピードを上げた。

数秒後だった。

後方で、重い銃声が轟《とどろ》いた。バックファイヤーそっくりの音だった。リア・バンパーのあたりで、着弾音がした。

影丸は背を丸めて、横目でドアミラーを見た。

ポンティアックは、すぐ背後に迫っていた。肌の黒い男は片手運転をしながら、リボルバーの引き金を絞るチャンスをうかがっている。拳銃はコルト・パイソンだった。

――住宅街のど真ん中で大型拳銃をぶっ放すとは、まるでギャング映画だな。

影丸は加速した。

すかさず拳銃が吼《ほ》えた。マグナム弾がサンダーバードの車体《ボディー》を鳴らす。影丸は車を蛇行させはじめた。速度は六十マイルから落とさなかった。

風景が目まぐるしく変わった。

タイヤは軋《きし》みっぱなしだった。土埃《つちぼこり》が後方で舞い上がる。

このまま走りつづけるのは危険だ。

影丸は脇道に車を入れた。

頻繁に右左折する。ポンティアックは諦めない。執拗《しつよう》に追跡してくる。

サンダーバードの速度がわずかに落ちたとき、また銃声が響いた。

――これで、もう三発使ったな。

影丸は車を疾走させた。

幸いなことに、交差点に信号はなかった。ホーンを鳴らしながら、四つ角を走り抜ける。

いつしか家並みは途切《とぎ》れていた。

灌木《かんぼく》が次第に疎《まば》らになり、砂や小石の多い荒地に出た。道は一本しかない。

起伏が激しくなった。ひどく運転しにくい。うっかりすると、ハンドルを取られてしまう。

影丸は掌《てのひら》の汗を交互にスラックスに擦《こす》りつけた。

そのとき、リア・ウインドーが音をたてた。

放たれた銃弾が、ウインドーシールドを撃ち破ったのだろう。振り返ると、蜘蛛《くも》の巣状の亀裂が走っていた。

影丸はさらに身を低くした。

尻は半ばシートから擦《ず》り落ちていた。視野が狭まった。影丸は、かまわずサンダーバードを突っ走らせた。心と肉体が極度に張りつめている。

登り坂になった。

荒れた大地が、ふっと掻《か》き消えた。

道路も見えなくなった。コバルトブルーの空だけが目に映った。ちぎれ雲ひとつない。空は虚無的なまでに明るかった。

坂を登りきった。

緊張感が緩《ゆる》んだ。下り坂の先には、平坦《へいたん》な道がどこまでもつづいている。平らな道は狙撃されやすい。坂道を下りきった。

――よし、反撃に出よう。

影丸は、一気にハンドブレーキを引いた。サスペンションが悲鳴をあげる。視界が揺れた。車は、きっちり百八十度回転していた。影丸はすぐさまハンドルを切った。

道を逆走する。ひたすら進んだ。

じきに丘の上に出た。ポンティアックは登り坂の途中を走っている。黒人のスナイパーは、さすがに片手運転はできなくなっていた。

影丸はアクセルを踏み込んだ。

エンジン音が高まる。サンダーバードは砲弾のように坂を下りはじめた。風切り音が無気味だ。

ポンティアックの速度が落ちた。

運転席から、黒い腕が突き出された。リボルバーが二度、オレンジ色の銃口炎《マズル・フラッシュ》を吐いた。二発とも標的から大きく逸《そ》れていた。

それきり、銃声は熄《や》んだ。

パイソンの装弾数は六発である。シリンダーには、もう空薬莢《からやっきょう》しか残っていないはずだ。排莢して、新たに実包を込める時間はなかっただろう。

影丸は車を直進させた。

道のほぼ真ん中を走っていた。ポンティアックの男が慌《あわ》ててステアリングを捻《ひね》る。眼球が盛り上がって見えた。

急ハンドルのせいで、車体が傾いた。

片方のタイヤが浮いた。

ポンティアックはゆっくりと横転した。そのまま坂道をバウンドしながら、転がり落ちていった。

影丸はアクセルから足を浮かせ、フットブレーキで速度を抑えた。

ポンティアックは坂の下で静止した。

潰《つぶ》れた屋根《トップ》が下だった。四つの車輪が虚《むな》しく回っている。

黒人の体の一部が見えたが、微動だにしない。ドアはひしゃげていた。

——あれじゃ、男のポケットも探《さぐ》れないな。どうせチンピラだろう。

影丸はサンダーバードを停《と》めなかった。

住宅街を走り抜け、ダウンタウンに向かう。影丸は昨夜から、ダウンタウンの中心部にある中級ホテルに泊まっていた。

明日は、アフガン帰還兵たちの親睦《しんぼく》団体の事務局に行ってみよう。

影丸は煙草をくわえ、カーライターを押し込んだ。

4

車の陰から人が飛び出してきた。

金髪の若い女だった。ホテルの駐車場だ。

影丸は急ブレーキをかけた。

体が前にのめる。衝撃はなかった。だが、女は膝から崩れた。

影丸は急いで車を降りた。

ブロンドの女は、走路に倒れたままだった。影丸は駆け寄って、女を抱き起こした。

「大丈夫かい？」

「右の足首が痛いわ」

女は踝《くるぶし》をさすりながら、呻《うめ》くように言った。

「体を捻った瞬間に、捻挫《ねんざ》したのかもしれないな。病院にお連れしましょう」

「病院だなんて、大げさよ。でも、これじゃ歩けないわ」

「このホテルに泊まってるのかな？」

「ううん、そうじゃないわ。ここには、ちょっと立ち寄っただけ」

「家はどこなんだい？」

影丸は訊いた。

「サンタ・モニカよ」

「それじゃ、きみの車で家まで送ってやろう。車はどれ？」

「あれよ」

女は短くためらってから、ミッドナイトブルーのマスタングを指さした。影丸は両腕で女を抱き上げ、彼女の車に歩み寄った。

車のドアは、ロックされていなかった。

女を助手席に下ろすと、影丸はレンタカーを空《あ》いているスペースに移動させた。

マスタングに乗り込み、すぐに発進させる。

繁華街を抜け、サンタモニカ・フリーウェイに乗った。車の流れは滑らかだった。

「あたし、リタっていうの。リタ・ハミルトン。これも何かのご縁じゃないかしら？」

「そうかもしれない」

「あなた、日本人でしょ？」

「よくわかるな」

「あたし、以前、リトル東京のレストランクラブで仕事をしてたことがあるの」

「きみは歌手なのか？」

「歌手兼ダンサーよ」

「それで、スタイルがいいんだな」

「女の気持ちをくすぐるのが上手みたいね。あなたも、すっごく素敵《すてき》よ」

リタが嫣然《えんぜん》とほほえんだ。捲《めく》り上がり気味の唇が色っぽい。

影丸の車はスピードをあげた。

サンディエゴ・フリーウェイを跨《また》ぎ越して、まっすぐ進む。しばらく走ると、T字路にぶつかった。右折して、海岸通りを北上する。

「きみの親父さんは実業家なのかな」

「え？」

「サンタ・モニカといえば、高級住宅街じゃないか」

「高台の方はおっきなお屋敷ばっかりだけど、あたしが住んでるアパートメントはビーチハウス以下の代物よ」

リタは屈託なげに言った。影丸は小さく笑った。

五分ほど走ると、アパートに着いた。

オフホワイトとペパーミントグリーンに塗り分けられた三階建ての建物だった。後ろは丘で、アパートの前には海が広がっている。

斜め前に、桟橋《ピア》があった。突端のあたりで、数人の少年が釣糸《つりいと》を垂れていた。

影丸はマスタングをアパートのガレージに入れ、先に車を降りた。助手席に回り込んで、リタを抱え上げる。

リタは、ごく自然に影丸の首に両腕を巻きつけてきた。長い金髪の裾毛《すそげ》が影丸の頬《ほお》を撫でる。絹のような感触だった。

リタの部屋は一階にあった。

渡された鍵で、ドア・ロックを解く。間取りは１ＬＤＫだった。

居間のソファに下ろそうとすると、リタが言った。

「しばらく横になりたいわ。ベッドまで連れてってもらえる？」

「わかった」

影丸は奥の寝室に入り、リタをベッドの上に横たわらせた。だが、リタは両腕を放そうとしない。

「どうしたんだ？」

「もう少しそばにいて」

リタが甘く囁《ささや》き、瞼《まぶた》を閉じた。

影丸は唇を重ねた。リタが生温かい舌を挿《さ》し入れてきた。キスがうまい。影丸は煽《あお》られた。

舌を絡めて、リタの上に柔らかくのしかかる。リタの胸が平たく潰《つぶ》れた。

影丸は舌を乱舞させながら、リタのシャツブラウスとスカートを剝ぎ取った。リタも唇を合わせたまま、器用に影丸のジャケットを脱がせた。

影丸は、ブラジャーのフロントホックを外した。

はちきれそうな乳房が彼の胸の下で揺れた。体をずらして、パンティー・ストッキングとレースのショーツを足首から抜き取る。手間はかからなかった。

リタは狂おしげに舌を使った。

影丸は息苦しくなった。上体を起こした。目の下に、熟れた女体が息づいていた。

胴のくびれが深い。その曲線が悩ましかった。

蜜蜂のような体型だった。肌は白というよりも、薄桃色に近い。

バストは豊かすぎるほど大きかった。

そのくせ、ローズピンクの蕾《つぼみ》は小さい。そのせいか、乳暈《にゅううん》がやけに広く見える。

それは腫《は》れたように盛り上がっていた。

バター色の陰毛は濃かった。

しかし、少しも猛々しい印象は与えない。色が淡いせいだろう。赤い輝きを放つクレバスが猥《みだ》りがわしい。

「あなたも裸《こ》になって」

リタが媚びるような目つきをした。

影丸は曖昧《あいまい》に微笑して、リタの胸に顔を埋めた。

左の乳首を口に含んで、舌の先で転がす。同時に、右の乳房をまさぐりはじめた。

肉の弾みが心地よい。二つの蕾は、たちまち硬く痼《しこ》った。

リタが喘《あえ》ぎ、切なげに裸身をくねらせた。影丸は右手を繁みに移した。

飾り毛を梳《す》くように撫で、敏感な突起を抓《つま》む。それは、すでに膨らみきっていた。

大粒だった。

愛撫《あいぶ》を加えると、リタは切れぎれに呻きはじめた。はざまは熱く潤んでいた。

影丸は右手にリズムを加えながら、左手を枕の下に滑り込ませた。指先に、ひんやりするものが触れた。手触りは固かった。

影丸は、それを摑み出した。

ポケットピストルだった。ジュニア・コルトだ。口径は小さく、全長十数センチしかない。婦人用の護身拳銃である。

リタは影丸の動きに気がつかなかった。淫《みだ》らに裸身をくねらせている。

影丸は、リタの口中に銃身を捩り込んだ。

歯が金属を噛む音がした。リタが驚き、目を大きく見開いた。影丸はコルトを引き抜いて、右手に持ち替えた。

「撃たないで」

リタが両手を掲《かか》げた。仰向けのままだった。

影丸は眉間《みけん》に狙《ねら》いをつけて、リタを睨《ね》めつけた。

「誰に頼まれて、おれをここに誘い込んだんだ？」

「リトル東京で芸能エージェントをやってる岡崎《おかざき》社長よ」

「そいつは何者なんだ？」

「多分、やくざ《ギャングスター》ね。あたし、岡崎の斡旋《あっせん》で三カ月ほど日本で仕事をしたことがあるの。そんな関係で、あなたをこの部屋に連れ込んでくれって頼まれたのよ」

「岡崎は、ここに来ることになってるんだな？」

「ええ。もうじき来るはずよ。あたしはあなたをベッドに誘って、油断させる役目だったの。うまくやったら、一千ドル貰えることになってたのよ」

「たったの一千ドルか」

「でも、それだけあれば、ここの家賃が払えるわ」

リタが悲しそうに笑った。

そのすぐあとだった。表で、車の停まる音がした。

「ここでおとなしくしてろよ」

影丸は上着を着て、寝室を出た。

玄関口に走った。ドアの横に隠れる。

足音が近づいてきた。ドア・ノブがゆっくりと回った。ドアが細く開けられた。ドアに遮《さえぎ》られて、相手の姿はまだ見えない。

影丸は息を詰めた。

小柄な痩《や》せた男が目の前を通り過ぎていった。抜き足だった。その右手には、消音器付きのワルサーＰ５が握られている。

影丸はジュニア・コルトの銃把《グリップ》で、男の頭頂部を殴りつけた。骨が鳴った。男は野太く唸って、尻から落ちた。弾みで、ワルサーＰ５が小さな発射音をたてた。

影丸は足でドアを閉め、ふたたび男の脳天を銃把の角で強打した。頭皮が裂けた。男が頭を抱え込んで、前屈みに倒れ込んだ。ワルサーＰ５が床に落ちた。

影丸はそれを拾い上げ、ジュニア・コルトをベルトの下に挟み込んだ。

男は抵抗する気配を見せなかった。

影丸は男の襟首を摑んだ。リビングルームまで引きずっていく。拍子抜けするほど軽かった。

寝室からリタが現れた。水色のナイトウェアを着ていた。

「こいつが岡崎だな?」

影丸はリタに顔を向けた。リタが無言でうなずく。

岡崎が身を起こしかけた。

影丸は相手の顔面を蹴った。靴の先が口の中に埋まった。

岡崎は引っくり返って、口から何かを吐き出した。折れた前歯だった。一本ではなかった。三本だ。どれも血塗れだった。

「おまえは鬼頭組の者《もん》だなっ」

影丸は声を張った。

岡崎は仰向けになったまま、口を開こうとしない。ふてぶてしい態度が癇《かん》を刺激した。

影丸はワルサーの引き金を無造作に絞った。血と肉片が四散する。

岡崎が右の二の腕を押さえて、のたうち回りはじめた。

影丸はもう一発、撃ち込んだ。

二発目の弾丸は岡崎の左の太腿を貫いた。グレイのスラックスに鮮血が拡がる。

「体を起こせっ」

影丸は命じた。岡崎がのろのろと上体を起こした。

「説明してもらおうか」

「組長《オヤジ》から電話があって、ヘンリーの実家を訪ねる日本人がいたら、消せって言われたんだよ」

「それで、ポンティアックの黒人を差し向けたんだな？」

「ああ。マイクの奴、失敗《ドジ》を踏みやがって」

「朝倉譲司は何者なんだ？」

「そんな野郎、おれは知らねえよ」

「死に急ぐこともないと思うがな」

影丸は銃口を岡崎に向けた。すると、岡崎が尻《しり》で後ろに逃げた。

「ほんとに、そいつのことは知らねえんだ。ただ、あんたに嗅《か》ぎ回られると、番場さんが迷惑するって話を組長から聞いただけだよ」

「番場って、株の買い占め屋の番場義人のことか？」

「そうだよ。うちの組長は、番場さんに世話になってんだ。番場さんは、政財界に顔が利くからな」

岡崎が言った。

あのブラックジャーナリストあがりの乗っ取り屋が一連の事件の背後にいたのか。

影丸は胸中で呻いた。

「おれは、番場さんが何を考えてるのかなんてことは知らない。嘘じゃねえよ」

「楊《ヤン》の配下たちがヘンリーに射殺されたことは知ってるな？」

「奴らはみんな、消されるよ。楊たちは組長の命令にそむいて、大事なものを横奪《よこど》りしようとしたらしいんだ。それで組長が頭にきて、面倒みてた台湾マフィアを全員始末することになったたって言ってたよ」

岡崎が口許の血糊を拭《ぬぐ》った。

楊たち一味は、例の身代金を横奪りしようとしたようだ。

「おれの知ってることは、これで全部だよ。早く救急車を呼んでくれ」

「自分で呼ぶんだな」

影丸は冷たく放ち、岡崎の上着の内ポケットから財布と車のキーを抓み出した。

岡崎は何も言わなかった。札入れはドル紙幣で膨らんでいた。

影丸は、それをリタに投げ与えた。

「どういうことなの？」

「しくじっても、謝礼は貰っとけよ。残った金で引っ越すんだな。ここに住んでたら、きみは消されることになるだろう」

「いやよ、そんなの」

「だったら、必要な物だけを掻《か》き集めて、すぐにここを出たほうがいい」

影丸はジュニア・コルトの弾倉を抜き、リタに小型拳銃を投げ返した。リタは、あたふたと寝室に駆け込んでいった。

「車はなんだ？」

影丸は岡崎に訊いた。

「リンカーン・コンチネンタルだよ、拳銃《ハジキ》も持ってっちゃうのか？」

「もうしばらく借りておこう」

「ちぇっ」

岡崎は舌打ちすると、あとは唸るだけになった。もはや悪態をつく気力もないのだろう。

数分過ぎると、リタが寝室から出てきた。

ロゴ入りの白いTシャツの上に、ジーンズ・ジャケットを羽織っていた。下もジーンズだった。リタは、キャスター付きの青いサムソナイトを押していた。

「外まで一緒に出よう」

影丸はドアに向かった。

5

「まだ時差ぼけが抜けてないみたいね」

「いや、ちょっと考えごとをしてたんだ」

影丸は麻衣に言って、シェリー酒を口に運んだ。六本木のスペイン料理店の片隅である。

帰国したのは、三時間ほど前だった。

成田の東京国際空港には、麻衣が迎えに出てくれていた。その帰りがけだった。

「一昨日の事件をテレビで知ったとき、わたし、部屋で食事をしてたのよ。でも、とてもあとは……」

「そうだろうな」

影丸は相槌《あいづち》を打った。一昨日の午後、楊たち三十一人のバラバラ死体が長野県の奥《おく》志賀《しが》スーパー林道の近くで発見されたのだ。

そのニュースを電話で知らされたとき、さすがに影丸も気分が悪くなった。

「その後の報道によると、死体が発見された日の前の晩、林道付近に四、五台の保冷車が停まってたらしいの。その車の中には、暴力団員風の男たちと白人が乗ってたそうよ」

「台湾マフィアたちを始末したのは、鬼頭組の組員たちとアフガン帰還兵どもだな」

「きっと、そうだわ。そういえば、慎也さん、アフガン帰還兵たちの親睦団体の事務所を訪ねてみるとか言ってたけど、行ったの？」

麻衣が訊いた。

「ああ、行ってきたよ。といっても、サンフランシスコにある支部を訪ねただけだがね」

「日本に来たと思われるアフガン帰還兵の数は、摑めたの？」

「正確な数は摑めなかったが、少なく見積っても三十人はいるようだな。そいつらの多くが家族や友人に、おれたちを必要としてくれてる人間が日本にいたんだと嬉しそうに語ってたらしいんだよ」

「つまり、自分たちの戦歴を真っ当に評価してくれた人物がいるということね？」

「そうだ」

「その人物が番場なのかしら？」

「多分、そうなんだろう。朝倉譲司と称してた男が実際にアフガン帰還兵を集めたわけだが、彼は使い走りだと思うよ」

「朝倉といえばね、あなたが教えてくれた高円寺の住所には家なんかなかったわよ。

その番地には、月極《つきぎめ》駐車場があるだけだったわ」

「やっぱり、そうか。多分、朝倉という名も偽名だろう」

「でしょうね」

「中道恵子のほうは、どうだった？」

「彼女が幡ヶ谷のアパートに近づいた様子はないわ。それから、実家や友人宅に立ち回った形跡もね」

「そうか」

影丸は、烏賊《いか》の墨煮《すみに》を口の中に放り込んだ。

「もしかすると、中道恵子は本当に投身自殺をしたんじゃないかしら？」

「いや、彼女はきっとどこかで生きてる」

「そうなのかな」

「おれは、中道恵子が一連の事件の動きをどこかで見守ってるような気がするんだ」

「元刑事の勘？」

「まあね。ほかに何か報告することは？」

「矢吹ちゃんが番場義人と鬼頭組の組長の動きを探りはじめてることは、さっき車の中で話したわよね？」

「ああ、そのことは聞いた」

「それなら、もう報告すべきことはないわね」

麻衣が言葉を切り、すぐに言い重ねた。

「あっ、そうだわ。これは一連の事件には関係がないと思うけど、『フェニックス』前会長の篠原正宏がきのうの晩、自宅前の路上でやくざ風の男に刺し殺されたの」

「あの篠原が死んだ⁉」

「ええ、ドスで喉と胸を刺されてね」

「犯人は逮捕されたのか？」

「まだ逃亡中らしいわ」

「おおかた篠原に恨みを持つ人間がチンピラを雇って、奴を殺《や》らせたんだろう」

「その線が濃厚ね。篠原は自業自得だわ。つまらない野望を膨らませたから、消されちゃったのよ」

「おれも、奴には少しも同情する気になれないな」

「篠原の愛人だった及川美穂は、どう生きていくつもりなんだろう？」

「あの女は、世渡りがうまそうだった。浜田山の家を処分して、クラブかブティックでも経営しはじめるんじゃないのか」

「それとも、新しいパトロンを探すかもね？」

「案外、もう新しい男がいるのかもしれないぞ。あっ、ちょっと待てよ」

影丸は言った。

「どうしたの、慎也さん？」

「及川美穂の話が出たんで思い出したんだが、『ブラックコブラ』を装ったフェイスキャップの男たちは、どうやって美穂の家に篠原の隠し金があることを知ったんだろう？」

「マスコミがさんざん篠原正宏のことを書きたててたから、彼らは密かに篠原の動きをマークしてたんじゃない？」

「そういう気配はなかったな」

「ねえ、及川美穂の家にやってきた黒覆面の五人組は台湾マフィアだったのかな。それとも、鬼頭組だったのかしら？」

「五人ともひと言も喋ろうとしなかったから、あれは楊の手下だったんだろう」

「連中を動かしてたのは、鬼頭組の組長か番場よね？」

「そう思うよ」

「ということは、番場か鬼頭が篠原正宏の動きを誰かにこっそり調べさせてたんじゃないかな。たとえば、『フェニックス』の社員を抱き込んでとか」

「考えられなくもないが、篠原は用心深い男だったようだからな。社員の裏切りには敏感だったはずだ」

「そうでしょうね。でも、そういう男も無防備になるときがあるんじゃない？　家庭にいるときとか、愛人と一緒のときとか」

「麻衣、それだよ！」

「えっ」

「及川美穂だよ。美穂が番場か鬼頭のどちらかと繋がってて、あの晩、『ブラックコブラ』に化けた台湾マフィアたちを手引きしたんじゃないんだろうか」

「それだったら、五人組が現れたことの説明がつくわね」

「少し及川美穂のことを調べてみるか」

「そうする必要がありそうね」

麻衣が短く答えて、シーフード・サラダの小海老《こえび》をフォークで掬《すく》い上げた。しかし、彼女はフォークをすぐに宙に止めた。

「どうしたんだ、海老にごみでもついてるのか？」

「ううん、そうじゃないの。ちょっと腑《ふ》に落ちないことがあるのよ」

「何が腑に落ちないんだ？」

「これまでのことを整理すると、番場義人が鬼頭組の組長を通じて楊たちを動かしてたと考えられるわけよね？」

「ああ。台湾マフィアだけじゃなく、アフガン帰還兵たちに命令を下してるのも、おそらく番場だろうな」

「そうよね。それなのに、なぜ番場は台湾マフィアたちに土居大三郎代議士を襲わせようとしたのかしら？　結局、殺されたのは秘書と運転手だけで、土居自身は無傷だったわけだけど」

「番場義人は、東邦航業の阿部社長が土居に渡した挨拶料を横奪りする気だったんじゃないかな」

　影丸は、自分の推測を語った。

「番場が強欲で、そう考えたとしても、ちょっと危険な企みだと思うの」

「つづけてくれ」

「台湾マフィアの誰かが捕まって、バックに番場がいることを吐くかもしれないでしょ？」

「考えられるな。それで？」

「挨拶料が何億円だったのかわからないけど、わざわざ身の破滅を招くようなことはしないと思うの。だって、番場は株の買い占めで、かなりの額の利鞘《りざや》を稼いだわけでしょ？」

「そうだろうな」

「何か別のからくりがあったんじゃない？」

麻衣が言った。

「こういう推測はどうかな？　番場は自分と黒覆面グループとはなんの関わりもないということを世間に印象づけるため、彼自身も土居代議士とともに襲われる側に回るつもりだった。ところが、矢吹とおれの出現でシナリオが狂ってしまった――」

「そのほかには、もう考えられない？」

「ひょっとしたら、番場と土居代議士は前々からつき合いがあって、奴ら二人は挨拶料の二重取りを狙ってたのかもしれない」

「仮にそうだとしたら、東邦航業の株の買い占めに土居代議士が関与してるかもしれないわね？」

「麻衣、冴《さ》えてるぞ。そうにちがいない」

影丸は膝を打って、言い重ねた。

「だから、土居大三郎は畑山会長の身代金の運び役をあっさり引き受けたのさ」

「慎也さん、話がよく呑み込めないわ」

「土居は、畑山会長の誘拐グループ、実は楊たち台湾マフィアだったわけだが、奴らに人質に取られながらも、無傷で解放されてるだろう？」

「ええ、畑山会長と一緒にね」

「あれは、番場と土居が練った芝居だったんだよ。土居は自分が疑われないようにするために、進んで人質になったのさ」

「だけど、犯人グループが最初に身代金運搬人に指定してきたのは、確か飯坂国務大臣のはずよ。なぜ、最初っから土居を指定させなかったわけ？」

「おそらく誰かに芝居を見破られることを恐れて、わざとワンクッション置いたんだろう。国務大臣の飯坂と土居大三郎は同じ派閥に属してる。そんなことから、土居は国務大臣に『おれが身代金運搬車に乗ってやる、きみは仮病を使えばいい』とでも言ったんだろう」

「それじゃ、番場の後ろには土居代議士がいて……」

「ああ。土居は番場とつるんで、全経連から六十億円をまんまとせしめたにちがいないよ」

「『フェニックス』前会長の裏金《ブラックマネー》を狙ったり、株の仕手戦で巨額の利鞘を稼いだり、それから全経連から六十億円も騙《だま》し取ったりして、番場たち二人はいったい何をやろうとしてるんだろう？　何かとてつもない陰謀を画策してるんじゃないかしら？」

「多分、そうだろう。アフガン帰還兵をロシアの特殊部隊《スペッナズ》に見せかけたりしてるところをみると、これは政治絡みの悪巧《わるだく》みだな」

「そんな気がするわ、わたしも」

「汚い手段で集めた金は、その陰謀の資金に充《あ》てるつもりなんだろう」

「番場と土居はクーデターでも起こして、軍事政権でも樹立させようと企んでるのかしら？」

「いくらなんでも、そこまでは考えてないと思うよ。中南米あたりの政情不安定な国じゃないんだから」

「それじゃ、ほかに考えられることは？」

「土居たちはテロリスト集団やロシアの脅威を国民に植えつけて、軍備拡張の気運を盛り上げようと画策してるんじゃないだろうか」

「そのために、アフガン帰還兵をロシアの特殊部隊に化けさせたわけか」

　麻衣が言った。

「それだけじゃなく、奴らはロシア製と思われる武器で五大都市無差別乱射事件を起こさせてる」

「そうね。それから自衛隊の基地にも、ロケット砲弾を撃ち込ませてるわ」

「土居大三郎は民自党のタカ派の最右翼だから、前総理や現総理の穏健外交を苦々しく思ってるはずだよ」

「そうでしょうね」

「そうなってくると、おれはどうも全経連の畑山会長のことが妙に気になってくるんだ。東都重工業は新内閣になってから、兵器部門の受注が大幅に減少してる」

「いまの総理は畑山の会社よりも、ライバルの関東重工業との結びつきのほうが強いものね」

「そのあたりに、謎を解く鍵がありそうだな」

「どういうことなの？」

「もし内閣が変われば、また東都重工業が五大防衛産業のトップに返り咲く可能性もあるわけだ」

「ええ」

「畑山会長にそういう野望があったとしたら、タカ派の土居大三郎代議士に協力するということも考えられるんじゃないか？」

「そうね」

「おれは、畑山会長も一枚嚙んでるような気がするね。記者会見での奴の答え方は何となく犯人グループを庇《かば》ってるようだった」

「あの記者会見はわたしもテレビで観たけど、確かに犯人グループについて明確なコメントはしてなかったわね」

「そうなんだ。いまになって思えば、そのあたりの受け答えはずいぶん不自然だったな」

影丸はシェリー酒で喉を潤した。

麻衣が思い出したような口調で告げた。

「そうそう、きょうの朝刊によると、例の身代金六十億の弁済は畑山会長個人ではなく、全経連本部が負うことになったそうよ」

「畑山自身の腹はちっとも痛まないわけか。そうなってくると、いよいよ怪しいな」

「そうね。畑山会長のことも調べてみましょうよ」

「ああ、そうしよう。番場、土居、畑山の三人を調べ上げれば、陰謀の構図が浮かんできそうだ。さて、そろそろ本部に行こう」

影丸は伝票を抓《つま》んで立ち上がった。すぐに麻衣も腰を浮かせた。

店を出ると、二人は麻衣の車に乗り込んだ。影丸は助手席に坐った。麻衣の運転で、宇佐美邸をめざした。

本部に到着したのは、三十数分後だった。

二人が広い応接間に入ると、ボスの宇佐美が笑顔で自動小銃の銃口を向けてきた。

それは、なんとロシア製のＡＫ47だった。

「ボス、その突撃銃《アサルト・ライフル》はどこで手に入れたんです⁉」

影丸は、宇佐美に駆け寄った。

「ロドリゲスが届けてくれたんだよ」

「アフガンのゲリラが政府軍兵士からぶんどった戦利品が、闇のルートで流れてきたんですね？」

「いや、そうじゃない」

「旧ソ連以外でＡＫ47を生産してる国というと、中国、ポーランド、ブルガリア、ルーマニアなんかですよね？」

「そうだね。ところが、これは社会主義国から流れてきた物じゃないんだ。こいつは精巧にできてるイミテーションなんだよ」

　宇佐美が言った。

「ボスも人が悪いな。香港《ホンコン》製ですか？」

「いや、フィリピン製だよ。といっても、セブ島あたりで造られてる粗悪な銃器とはわけが違うがね。ロドリゲスの話によると、武器ブローカーでも、これがイミテーションだと見抜ける者はめったにいないそうだ」

「いったい誰が、そんな精巧なイミテーションを？」

「ロドリゲスの話によれば、国を追われてハワイで死んだ元フィリピン大統領マルコスの側近だった軍人が、ハワイの秘密工場で世界の小火器からロケット・ミサイルまで製造してるらしいんだ。真偽は確かめようがないがね」

「もしかすると、故マルコス大統領一派の残党はそうやって資金を調達して、いずれ巻き返しを図るつもりなのかもしれないな」

「さあ、それはどうだろうかね」

「話が横道に逸《そ》れてしまいましたが、黒覆面の連中も、そのルートからイミテーションのロシア製銃器類を入手したんじゃないでしょうか？」

「おおかた、そうなんだろう。そのことを立証したくて、わたしはこの突撃銃を一挺だけ仕入れてみたんだよ」

「そうでしたか。これで、矢吹もロシア関与説を完全にふっ切るでしょう」

「だろうね。そうそう、ロドリゲスが来る前に矢吹君から電話があったんだ。番場と、篠原正宏の二号だった女は愛人関係にあるそうだよ。いま、ホテルで密会中らしい」

「やっぱり、及川美穂と番場は繋がってたんだな。これで、謎がだいぶ解けてきたぞ」

影丸はそう言い、後ろを向いた。

麻衣が無言でVサインを掲げた。

「影丸君、かけたまえ。報告してもらうことが、いろいろありそうだね。水割りでも飲みながら、話してくれないか」

宇佐美はイミテーションの突撃銃をサイドテーブルの上に置くと、長椅子に腰かけた。

麻衣が食堂に向かった。酒の用意をしに行ったのだろう。

影丸は宇佐美の前に坐った。

第五章　首領《ドン》を血で飾れ

1

土砂降《どしゃぶ》りだった。

路面が白く煙っている。フロントガラスを走る雨は、まるで滝のようだ。

影丸は、ジャガーXJエグゼクティブを高級住宅街の路上に駐《と》めていた。

世田谷区上野毛《せたがやくかみのげ》だった。百数十メートル先には、番場義人の豪壮な屋敷がある。

その邸《やしき》の脇道には、矢吹と麻衣の乗ったダッジのマキシーB250が待機しているはずだ。

矢吹が番場のメルセデス・ベンツ560にGPSと電波発信器を取りつけたのは、三日前の夜だった。それ以来、三人は張り込みをつづけていた。こういう雨の日なら、尾行しやすい。だが、首尾よく番場が動きだしてくれるかどうか。

影丸はダンヒルをくわえた。

ライターで火を点けようとしたとき、モバイルフォンが着信音を発しはじめた。影丸は携帯電話を右耳に押し当てた。

「ご苦労さん。番場はどうかね？」

　ボスの宇佐美だった。

「きょうは、まだ動き出しません」

「そうか。まだ何日か、無駄骨を折ることになるかもしれんな」

「そのつもりで粘りますよ」

「よろしく頼む。ところで、たったいま、公安調査庁の知人と別れたばかりなんだよ」

「何か手がかりを摑めたんですね？」

「ああ。きみがヘンリーの妹から借りてきたスナップ写真をその知人に見せたら、すぐに朝倉譲司なる人物の正体がわかったよ」

「何者なんです？」

「実相寺尚文《じっそうじなおふみ》だよ」

「あいつだったのか……」

　影丸は、ようやく思い出すことができた。

　実相寺尚文は、過激派の闘志崩れの元プロボクサーだ。ウェルター級の全日本チャンピオンまで昇りつめながら、なぜか突然、リングを降りてしまった男である。

「実相寺は整形手術で、少し顔を変えてあるらしいよ」

「それで、すぐに思い出せなかったんだな」

「そうだろうね。しかし、さすがにプロはすごい。スナップ写真を見たとたん、すぐに知人は実相寺だと言い切ったよ」

「意外な人物が絡んでるんで、少々、驚きました」

「わたしにも意外だったよ」

「ボス、ボクサーをやめた後の実相寺のことは？」

「短い間だったらしいが、右翼の論客の鞄持《かばんも》ちみたいなことをしてたらしいよ」

「右翼の論客ですか⁉」

「ああ。そのあとはどんな暮らしをしてたのかは、公安調査庁でも摑んでないという話だったがね」

「そうですか。実相寺は思想を変えたんでしょうか？」

「彼が転向したのかどうかは、何とも言えないな」

「ええ、判断の材料が少なすぎますからね」

「そうなんだよ。ただ、実相寺が番場の単なる使い走りになり下がったとは思えんな」

「でしょうね。実相寺は挫折《ざせつ》した振りをして、番場たちに意図的《いとてき》に近づいたんじゃないでしょうか？」

「そうなのかもしれないね。とにかく、番場をマークしてみてくれないか。そうすれば、どこかで実相寺と接触すると思うんだよ」

「わかりました。番場を徹底的にマークします」

「ああ、そうしてくれ」

　宇佐美の声が途切れた。

　影丸はモバイルフォンを懐に戻し、改めて煙草《たばこ》に火を点けた。ふた口ほど喫《す》ったとき、矢吹から無線連絡が入った。

「チーフ、車輛追跡装置の受信レーダーが作動しはじめたぜ」

「そうか。いま、ボスが新しい情報を伝えてくれたんだ」

　影丸は、実相寺尚文のことを手短かに話した。

「こりゃ、面白くなってきた」

「そうだな」

「番場の車の尻《けつ》にはどっちが……」

「おれが先に行こう」

「了解《ラジャー》！」

　矢吹の声が消えた。

　影丸は送信マイクをフックに戻し、ジャガーを緩《ゆる》やかに走らせはじめた。

　雨脚は一段と強まっていた。ひどく見通しが悪い。

番場の屋敷に近づくと、広い門から茶色のマーキュリーが滑り出てきた。車内には、柄の悪い男が三人ほど乗っていた。護衛の車だろう。

少し遅れて、黒いベンツ・リムジンが出てきた。

影丸は車を停《と》めた。

高倍率の双眼鏡を目に当てる。最後列のシートでふんぞり返っているのは、まさしく番場義人だった。その隣には秘書らしい男が坐っていた。

リムジンが遠ざかると、灰色のキャデラックが出てきた。やはり、ガードの車らしかった。

影丸は、ふたたびジャガーをスタートさせた。

三台の車は雨の篠《しの》つく住宅街を走り抜けると、環状八号線に出た。用賀まで進み、東京ＩＣ《インターチエンジ》から東名高速道路に入った。

影丸は腕時計を見た。

まだ三時半だったが、雨空は夜のように暗かった。ヘッドライトを点けないと、いささか心許ない。影丸はスイッチを入れた。

番場たちの車は一定の速度で西下していく。

影丸は充分に車間距離を取って、三台の車を追った。矢吹たちの車は、はるか後方にいる。

三台の車は大井松田ＩＣを降りた。

しばらく走り、国道二四六号線に出た。国道にほぼ並行して、御殿場線《ごてんばせん》が走っている。

番場たちの車は山北駅《やまきたえき》を通過して間もなく、右に折れた。

奥に進むにつれて、山が深くなっていく。足柄上郡《あしがらかみぐん》山北町だ。

皆瀬川《みなせがわ》に沿って、ゆっくりと進む。十五分ほど行くと、三台の車は広大な敷地の工場に吸い込まれていった。

影丸は車を停めなかった。

工場の前を低速で通過する。正門のプレートに目をやると、『東都重工業技術開発研究所』の文字が見えた。

建物は、まだ新しかった。ごく最近、完成した研究所なのだろう。

――やっぱり、番場と畑山会長は何かで繋がってたんだ。

影丸は確信を深めた。

百数十メートル走って、ジャガーをＵターンさせる。矢吹の運転するロングバン車がジャガーの前で車の向きを変えた。

「矢吹、正門のプレートを見たか？」

影丸は無線のマイクを握って、小声で問いかけた。

「見たよ。全経連の畑山会長も、どうやら一枚噛《か》んでるようっすね？」

「そのようだな。もしかすると、例の拉致《らち》騒ぎは自作自演の狂言だったのかもしれないぞ」

「ええっ」

「ほぼ間違いないだろう。あれは、身代金を手に入れるための芝居だったんだよ」

「畑山の野郎が敵の一味に資金を回したってわけ？」

「ああ、おそらくな。畑山自身は今度のことで、まったく自分の腹は痛めてない。身代金の六十億円は結局、全経連本部がそっくり弁済したわけだからな」

「そうだったね。畑山も。役者だなあ」

「ああ、相当なもんだ」

「畑山の奴は見返りに何を期待してやがるんだろう？」

「奴は、落ち込んだ兵器部門の梃入《てこい》れを図る気になったんだと思うよ。外国人の傭兵《ようへい》どもに好きなだけ暴《あば》れさせて、民自党のタカ派議員が現内閣に揺さぶりをかける。おおかた、そんな筋書きだったんだろう」

「汚《きたね》え野郎だ」

「世論がタカ派議員の意見に傾けば、政府も防衛費予算を増やすということになるかもしれないからな」

「そうだね」

「畑山は、それを期待してるんだろう」

「チーフの言う通りだとしたら、畑山の野郎、赦《ゆる》せねえな。一企業の利益増収を図るために、大勢の市民を巻き添えにしやがったんだから」

「矢吹、おまえらしくもないことを言うじゃないか。心境の変化ってやつか？」

「チーフ、冷やかさないでくれよ。おれだって、まるっきりてめえのことだけしか考えてるわけじゃないぜ」

「そうらしいな」

「基本的には日本がどうなろうとかまわねえと思ってるけどさ、やっぱ、気に喰《く》わねえ奴とか赦せねえ野郎はいるよ」

「おまえも、たまにはまともになるときがあるんだな」

「おれは、いつだってまともだって」

矢吹が言った。

「よく言うぜ」

「ね、チーフ。悪党は番場、土居、畑山の三人だけなんすかね？」

「おれは奴らの背後に、もっと大物が控えてるような気がしてるんだ」

「誰なんだい、そいつは？」

「じきに闇の奥が透けてくるさ」

影丸は交信を切り上げた。煙草を吹かしながら、張り込みを続行する。

三台の車が研究所から出てきたのは、二十数分後だった。

二台のコンテナトラックを従えていた。トラックの車体には運輸会社名が記されているが、まるで馴染《なじ》みがなかった。架空の会社名なのか。

五台の車が列をなして、低速で山道を下りはじめた。

今度は矢吹の車が前を走った。影丸は、マキシーB250の後につづいた。五台の車は国道二四六を右折した。いつしか雨は小降りになっていた。

トラックの荷台に載っているのは、試作の兵器かもしれない。

影丸は車を走らせながら、そんな気がした。

五台の車は谷峨駅《やがえき》の数百メートル手前で、次々に左に折れた。

少し走ると、民家が少なくなった。あとは未舗装の山道がくねくねとつづいている。

一方通行の道ではなかったが、対向車はまったく通りかからない。

「あまり接近すると、相手に覚《さと》られるかもしれない。ここで、少し時間を稼ごう」

影丸は無線を使って、矢吹に言った。

ダッジのバンがすぐに停止した。

影丸もジャガーを路肩に寄せた。車を停め、地図を拡げる。現在地は神奈川と静岡の県境に近かった。

　このまま山道を直進すると、南足柄市《みなみあしがらし》の外れにある標高八百七十メートルの矢倉《やくら》岳《だけ》に行き当たる。この奥にアジトがあるのか。

　影丸はエンジンを切って、車を降りた。

　あたりは暗かった。小雨に打たれながら、影丸はワゴン車に近づいた。

　ダッジから少し離れた場所で、矢吹が立ち小便をしていた。

　影丸はマキシーＢ２５０の中に入った。

　後部の車輌追跡装置の前に、麻衣が坐っていた。黒革のジャンプスーツ姿だった。体の線が柔らかい。麻衣は額に山吹色のバンダナを巻いていた。

「番場たちの車は？」

「山道を直進してるわ」

「奴らの車が停まるまで、ここで休憩だ」

　影丸は、麻衣のかたわらの椅子に腰かけた。

「朝倉譲司と称してた男は、あの実相寺尚文だったんですって？　矢吹ちゃんから聞いたの」

「そうらしいんだ」

「実相寺は番場たちと手を組んだ振りをして、何を企《たくら》んでるのかしら？」

「そいつは、まだわからない」

「実相寺は、よく番場たちに近づけたわね」

「ボスの話によると、実相寺は右翼の論客の鞄持ちをしてた時期があるらしいから、その人物に番場を紹介されたんだろう。あるいは、闇の奥にいる怪物が実相寺の腕力と度胸に惚《ほ》れ込んだのかもしれない」

「わたしは、土居大三郎が黒幕だと思ってたんだけどな」

「いや、土居は番頭クラスだろう。さっき矢吹にも言ったんだが、土居の後ろに誰か超大物が控えてるんだと思うね」

「何だか玉葱《たまねぎ》の皮を剝《む》いてるような感じだわ」

麻衣が少し間《ま》を取り、言い継《つ》いだ。

「敵の最終目的は何なのかな。軍備の強化だけじゃないような気がするの。現闇僚の暗殺かしら？」

「残念ながら、おれにもまだそこまではわからないんだ」

影丸は答えた。矢吹が車内に戻ってきた。すると、麻衣がからかった。

「矢吹ちゃん、遅かったわね。気を利かせてくれたわけ？」

「いや、ちょっと体の筋肉をほぐしてたんだよ。もしお邪魔だったら、おれ、チーフの車に移ろうか？」

「いいわよ。それより、いまのうちに何かお腹《なか》に詰めといたほうがいいんじゃない？」

「そうだな」

「すぐ支度するわ」

麻衣は食料ボックスを覗《のぞ》き込み、肉や果物の缶詰を取り出した。彼女はてきぱきと缶詰を開け、オープン・サンドイッチをこしらえた。

三人はコーヒーを飲みながら、それを頬張《ほおば》った。矢吹はそれだけでは足りないらしく、干し肉やチーズを貪《むさぼ》るように喰った。

「番場たちの車が停まったわ」

不意に麻衣が言った。

影丸は椅子から腰を上げ、追跡装置のレーダーを見た。車の停止地点は矢倉岳のあたりだった。

「この先は、おれの車が前に出る。できるだけ静かに接近しよう」

影丸は腰に重い弾装帯を巻き、M16A2とUZI《ツウ　ウージー》を手に取った。レザーブルゾンの両ポケットに手榴弾を二個ずつ押し込む。

「チーフ、気をつけてくださいね」

「ああ、きみもな」

影丸は麻衣に言って、マキシーB250を降りた。足許はぬかるんでいた。

ジャガーに戻ると、影丸は先に車を発進させた。七、八メートル後ろから、ダッジのバンが従《つ》いてくる。

山道をゆっくりと数十分走ると、急に視界が展《ひら》けた。山林が伐採され、広い道ができていた。

影丸は車のヘッドライトを消した。矢吹も、すぐにライトのスイッチを切った。二台の車は暗い山道をのろのろと進んだ。

五分ほど走ると、高みに出た。

その下には、擂鉢状《すりばちじょう》の谷が拡がっていた。その谷底のあたりに、数十棟の丸太小屋《ログキャビン》が並んでいる。その向こうには、要塞《ようさい》のようなドーム型の建物があった。コンクリート造りだった。

――ここから先は、車は使えないな。

影丸は車をバックさせはじめた。

矢吹の車も後退する。数百メートル逆戻りすると、右手に廃道のような小径《こみち》があった。かつて杣人《そまびと》が利用した径《みち》なのかもしれない。

影丸たちは、その奥に車を隠した。

念のため、折った小枝で車体を覆う。その作業が済むと、影丸は矢吹と麻衣に武器の用意をさせた。

野戦服を着込んだ矢吹が二本の弾装帯をたすき掛けにして、M16A2とイングラム

M11《マック・イレブン》を摑んだ。自動小銃は着剣済みだった。

麻衣はヒップホルスターに自動拳銃《オートマチック》を入れ、腰の革ベルトに刺殺用ナイフと特殊鋼でできたブーメランをいくつかぶら下げた。手榴弾も吊《つ》るす。

「谷の横に回り込もう」

影丸は暗視双眼鏡を首に掛けると、足早に歩きだした。三人とも、ジャングルブーツを履《は》いていた。

影丸たちは山林の中に分け入った。

懐中電灯は点けなかった。手探りで歩いた。

頭上の枝や葉から、雨の雫《しずく》が落ちてくる。いつの間にか、雨は上がっていた。

折り重なった落葉や朽葉《くちば》は雨水をたっぷり吸って、かさとも鳴らなかった。

歩いているうちに、小高い場所に出た。

影丸は立ち止まって、暗視双眼鏡を覗いた。丸太小屋がすぐ近くに見えた。どの窓も明るい。小屋の中には、アフガン帰還兵らしい白人の中年男たちがいた。

影丸はそのことを矢吹たちに小声で伝え、暗視双眼鏡の角度を変えた。

広場に、五台の車が見えた。

番場たちの車三台とコンテナトラック二台だ。二台のトラックから、筋者らしい男たちが木箱を降ろしている。いかにも重そうだった。

――やっぱり、荷は兵器のようだな。

影丸は、双眼鏡を要塞のような建物に向けた。

出入口の所で、番場と実相寺が立ち話をしていた。

三人は、また歩きだした。ひと通り、周囲の地形を知っておく必要があった。

2

月が出ていた。

影丸は腕時計を見た。九時過ぎだった。

三人の処刑戦士は、濡《ぬ》れた倒木に腰かけていた。林の中だ。影丸たちは侵入のチャンスをうかがっていた。

「そろそろいいんじゃねえの？」

矢吹が言って、足許の泥を手で掬《すく》い取った。それを顔面や両手の甲になすりつけた。カムフラージュペイントの代わりだ。

影丸は矢吹に倣《なら》った。麻衣がバンダナで目の下を覆い隠す。

「よし、行こう」

影丸は立ち上がった。矢吹と麻衣が腰を浮かせる。二人の顔は引き締まっていた。

三人は中腰で歩きだした。

影丸が先頭だった。地に落ちた影が濃い。月明かりのせいだ。

林を抜けると、影丸は矢吹たち二人を静止させた。

すぐ先が斜面だった。その下には、丸太小屋が連《つら》なっている。

影丸は暗視双眼鏡を両目に当てた。

鉄条網はなかった。監視カメラも見当たらない。しかし、油断は禁物だ。レンズの倍率を上げる。

樹間に細いワイヤーが張り巡らされていた。ところどころに、果実のような黒っぽい塊がぶら下がっている。

——仕掛け爆弾《ブービー・トラップ》だ！

影丸は緊張した。

ワイヤーに触れると、手榴弾の安全ピンが外れる仕組みになっている。しかし、どうやら牽制用《けんせいよう》の仕掛けらしかった。下の方はワイヤーが張られていない。

三人は匍匐《ほふく》でワイヤーの下を潜《くぐ》り抜けた。

下生《したば》えに、掘り起こされたような箇所はなかった。地雷を踏む心配はなさそうだ。

影丸たちは斜面を滑り降りた。

濡れた枯草が、すべての音を消してくれた。

三人はいちばん端の丸太小屋に達した。窓には、カーテンがなかった。電灯の灯った室内は丸見えだった。
四十七、八歳の白人の男がフロアで若い女と戯《たわむ》れていた。
どちらも全裸だった。女は日本人らしかった。化粧がどぎつい。

「あいつはロバートだ。アフガン帰還兵で、外人部隊を転々としてた奴だよ」

矢吹が影丸に低く告げた。

「女は鬼頭組が集めたホステスか何かだろう」

「そんな感じだね。あいつら、早く重ならねえかな」

「呑気なことを言うな」

影丸は笑顔で窘《たしな》め、矢吹の袖《そで》を引いた。

三人は隣の丸太小屋に移動した。

そこにも、白人の傭兵がいた。中年だった。男は何か独りごとを言いながら、ウイスキーをラッパ飲みしていた。

その隣の小屋の主は、赤毛の若い男だった。

男はベッドに裸の女を横たわらせ、その肌を一万円札で埋める作業に熱中していた。

ベッドの下には、札束の入ったジュラルミンケースがあった。

例の身代金の一部かもしれない。

四番目の小屋の男は、二人の女の愛撫《あいぶ》を受けていた。

「ジョンだ。あいつとは、エルサルバドルの外人部隊で一緒だった」

「そうか。若い奴もいるから、アフガン帰りばかりじゃないようだな」

「数が集まらなかったんで、傭兵体験のある奴を適当に連れてきたんだと思うよ」

「そうらしいな。急ごう」

影丸は腰を屈《かが》めて、小走りに走りだした。

やがて、兵舎に充《あ》てられている丸太小屋が途切れた。その先は広場だった。

大形トレーラーが数台見える。無蓋《むがい》だった。

その荷台には、ケネディ・ジープM151や装甲車が載っている。シートで覆われ、上部は見えなかった。

そのそばに、ドーベルマンを連れた歩哨《ほしょう》が立っている。

白人だ。まだ若かった。戦闘帽を阿弥陀被《あみだかぶ》りにして、肩に自動小銃の負い革《スリング》を掛けていた。小銃はM16A1《ワン》だった。

「あの男をこっちに引きつけよう」

影丸は言った。矢吹が背負ったフィールドパックを振り下ろした。手早く彼は牛肉の塊を摑み出した。その中には、カプセル入りの毒薬が仕込んである。

「おまえは、肉の塊を広場に投げてくれ。おれはこの丸太小屋の裏に回り込んで、あの歩哨をやっつける」

影丸は、矢吹に低く言った。

矢吹が生肉を遠くに投げ放った。

ドーベルマンがひと声吼《ほ》えて、まっしぐらに疾走してくる。吐く息が白い。

影丸は走った。

丸太小屋の裏側に回り込むと、歩哨の後ろ姿が見えた。男はライフルを構えて、小走りに駆けていた。

影丸は地を蹴《け》った。

一気に駆ける。歩哨が足を止めたとき、影丸は相手の首に左腕を回した。喉《のど》をぐいぐいと締め上げる。

傭兵がもがいた。苦しげに呻《うめ》いている。

影丸は膝頭《ひざがしら》で、相手の尾骶骨《びていこつ》を思うさま蹴り上げた。

男の体が沈んだ。回した腕が深く喰い込む形になった。歩哨の動きが鈍くなる。喉の軟骨を圧《お》し潰《つぶ》した。

影丸は、男を丸太小屋の陰に引きずり込んだ。

間髪《かんはつ》を入れず、相手の延髄《えんずい》にドイツ製の尖鋭《せんえい》な銃剣《バヨネット》を刺し入れる。

歩哨は声もあげなかった。瞬時に絶命したはずだ。

影丸は体をずらして、細長い銃剣を引き抜いた。血しぶきが飛んだ。

左腕を放すと、男は泥人形のように崩れた。

その近くには、ドーベルマンの死体があった。血反吐《ちへど》の臭気が不快だ。

「チーフ、なにも殺さなくても……」

麻衣が言った。咎《とが》める語調だった。

「命懸けで闘うときは、ちょっとした情けが死に繋がるんだ」

「でも、この男はただの傭兵でしょ？」

「こいつも番犬も、いまは敵なんだ。中途半端な同情は捨てろ！」

影丸は叱《しか》りつけて、死んだ歩哨を暗がりの奥に隠した。

犬の死体は矢吹が片づけた。影丸は歩哨が落としたM16A1を拾い上げ、黙って麻衣に差し出した。

「つまらないことを言い出して、ごめんなさい」

「気にするな。ただ、銃を持ったときは自分の甘さを捨てて欲しいね。さもないと、きみが敵に殺されることになる」

「わかりました」

麻衣は、ライフルを受け取った。

三人がドーム型の建物に向かいかけたとき、頭の上でかすかな爆音がした。ヘリコプターのローター音も聞こえる。

影丸は、矢吹と麻衣を押し留《とど》めた。三人は丸太小屋の陰に走り入った。

ヘリコプターの灯が見えてきた。フランス製の大型ヘリだった。

要塞めいた建物から、次々に人が飛び出してきた。

実相寺の顔も見える。番場は、四十五、六歳の男と連れだっていた。典型的な猪首《いくび》だった。肩幅がやけに広い。

「番場の横にいるのが鬼頭組の組長っすよ」

矢吹が小声で言った。影丸は無言でうなずいた。

そのとき、大型ヘリコプターが舞い降りてきた。トレーラーのシートが大きく波立った。

広場のほぼ中央に、機が着地した。

ローターが停止し、ヘリから三人の男が降り立った。ひとりは民自党の土居大三郎だった。あとの二人は初めて見る顔だ。

「こりゃ、ぶったまげた」

矢吹が驚きの声をあげた。

「おまえ、あの二人を知ってるのか？」

「知ってるもなにも、二人とも現役の自衛官だよ」

「なんだって⁉」

「二人とも私服だけど、間違いないっすよ。右の背の高いほうが陸将補の宮越裕章《みやこしひろあき》、中肉中背のほうは一等陸佐の平松憲二《ひらまつけんじ》って奴さ」

「旧軍隊の階級でいうと、陸将補は将官で、一等陸佐は大佐だったかな？」

「そう。あいつら二人とも幹部も幹部っすよ。とくに陸将補は、陸上幕僚長のすぐ下の階級だからね」

「そうか。それにしても、妙な取り合わせだな」

「ほんとだね。アフガン帰還兵中心の外国人傭兵グループ、過激派の闘志崩れ、民自党のタカ派議員、それから自衛隊の幹部と株の買い占め屋……。暴力団の組長までいやがる」

「おい、矢吹。ようやく読めてきたぞ。土居や畑山は自衛隊の幹部を煽《あお》って、反乱を起こさせようとしてるんだよ」

「待ってくれよ、チーフ。自衛隊の陸・海・空の三幕僚長が揃《そろ》って蜂起《ほうき》しない限り、クーデターなんか絶対に起こせっこないって」

「奴らだって、すぐに鎮圧されることは重々、承知してるはずだよ。まさか本気で軍事独裁政権を樹立できるとは思ってやしないさ」

「それじゃ、何のために？」

「わが国の防衛力の貧弱さを国民に知らしめるためのデモンストレーションをやる気なんだろう」

「要するに、ヤラセの反乱ってことっすね？」

「そうだ。たった数時間のクーデターでも、国民に与えるインパクトは強いからな。もちろん、防衛大臣は辞任ということになるだろうし、現内閣そのものが崩壊するかもしれない」

影丸は口を結んだ。

番場が土居代議士たち三人とにこやかに握手を交わし、彼らを建物の中に導き入れた。実相寺や鬼頭も要塞の中に消えた。

ヘリコプターのローターが回りはじめた。

見送りの男たちの髪が乱れた。いずれも、鬼頭組の組員のようだった。

ヘリはすぐに舞い上がり、闇夜に紛《まぎ》れた。

男たちが散ると、広場に静寂が戻った。

どうしたことか、歩哨と番犬の姿がないことを怪しむ者はひとりもいなかった。傭兵は、ちょくちょく任務を怠《おこた》っていたのだろうか。そうとしか思えない。

影丸たち三人は間を置きながら、ひとりずつトレーラーの所まで走った。

誰にも見つからなかった。ドーム型の建物は三階建てだった。

影丸たちは建物の横に回った。出入口の斜め前に、自家発電所があった。その脇で、白っぽいものが蠢《うごめ》いている。

影丸は目を凝らした。

スキンヘッドの若い男が女の尻を抱え込んでいた。立ったままだった。警備の鬼頭組の組員だろう。女も若い。彼女は発電所の壁板に両手をついて、剝《む》き出しのヒップを後方に突き出していた。

「おれが片づけるよ」

矢吹が言って、立位で交わっている二人に忍び寄った。

足音はしなかった。矢吹の手には、サバイバルナイフが握られていた。ジャングルキングⅡだ。

スキンヘッドの男はスラックスを膝の下まで降ろし、腰を躍動させている。片手は女の乳房を揉《も》み、もう一方の手ははざまをまさぐっていた。時折、女がなまめかしく呻き、背をしなわせた。

矢吹が足を止めた。

男のすぐ背後だった。相手は気づかない。

矢吹は片手で男の口を塞《ふさ》ぎ、サバイバルナイフで喉を掻《か》き切った。

女が奇声をあげた。血が尻に振りかかったらしい。矢吹は男を引き倒し、女の腹を膝で蹴り上げた。女が腹這《はらば》いになった。

矢吹は屈み込んで、女の臀部《でんぶ》に麻酔ダーツ針を埋め込んだ。

女は、じきに動かなくなった。

「手伝ってやれ」

影丸は麻衣に命じた。

麻衣が、矢吹のところに駆けていった。二人は男の死体と意識を失った女を発電所の裏側に引きずっていった。

「女を殺《や》るのは、何となくもったいなくてね。女の体は一種の芸術品だからな」

矢吹が戻ってきて、照れた顔で言った。

影丸はにっと笑い、建物の出入口に走り寄った。人の気配はうかがえない。影丸は矢吹たちを手招きした。

三人は建物の中に忍び込んだ。

出入口のそばに、地階に通じる広いスロープがあった。楽に大型トラックも通れる幅だった。影丸たちは用心しながら、静かにスロープを降りた。

降りきると、そこには陸上自衛隊で使っている74式戦車と酷似した戦車が五台あった。東都重工業の試作品だろう。

戦車の近くには、百五ミリの戦車砲の砲身が置かれている。対戦車誘導弾発射機を積んだジープもあった。

「ちょっとした秘密基地だな」

矢吹が小さく呟いた。麻衣が溜息《ためいき》をつく。

影丸たちは奥に進んだ。

鉄扉《てつび》のある部屋があった。大きな錠《じょう》が掛かっていた。

矢吹が野戦服のポケットから二本の針金を抓《つま》み出し、造作なく錠を解いた。

鉄の扉を開け、三人は足を踏み入れた。

武器弾薬庫だった。西側の軍用銃は、おおむね揃っていた。ことに小銃は、イギリス軍のL70やドイツ軍のG3まであった。米軍のM16A1は数えきれない。

短機関銃や重機関銃も豊富だった。

対戦車兵器にいたってはM47ドラゴンはもちろん、フランスとドイツが共同開発したミラン対戦車ミサイルまであった。

影丸は度肝《どぎも》を抜かれた。矢吹も驚きの声を洩《も》らした。

「チーフ、敵はここにある兵器を武器商人から手に入れたんでしょうか？」

麻衣が話しかけてきた。

「大半は、そうだろう」

「どうやって、日本に送り込んできたのかしら？」

「おそらくパーツだけにして、軍事郵便か国際宅配便を使ったんだろうな。大きな物は、輸入工作機械なんかに巧みに紛れ込ませたんだと思うよ」

影丸は言って、弾薬の詰まった木箱に歩み寄った。

矢吹が心得顔で、フィールドパックから爆破用ケーブルを取り出した。

「弾薬庫の鉄扉を開けたら、この弾薬箱が弾《はじ》けるようにセットしてくれ」

「了解《ラジャー》！」

矢吹は携帯用の作業工具箱を開け、さっそく作業に取りかかった。作業は、ものの五分で完了した。

三人は弾薬庫から離れ、さらに奥に侵入した。

突き当たった所には、射撃訓練場があった。標的のゴム人形は電気仕掛けで、前後左右に動くようになっている。人形は穴だらけだった。

影丸たちは一階に戻った。

食堂や工作室があるだけだった。会議室や事務室は、二階か三階にあるのだろう。

「どこかで土居たちが、よからぬ相談をしてるはずだ」

影丸は部下たちに言って、階段を昇りはじめた。

監視カメラや赤外線警報装置はなさそうだ。三人は階段を駆け上がった。

二階の廊下に人影はなかった。

片側に、部屋がずらりと並んでいる。ドアは全室、閉まっていた。

影丸が中ほどまで進んだとき、不意に非常ベルがけたたまくし鳴り響きはじめた。うっかり赤外線警報装置の見えないスクリーンを踏み越えてしまったらしい。

各室のドアが一斉に開いた。

自動拳銃を握った男たちが廊下に躍り出てきた。いずれも、鬼頭組の身内らしかった。

「退散するぞ」

影丸は二人の部下に言い、UZI《ウージー》の九ミリ弾を全自動《フルオート》で撃ちはじめた。

男たちが被弾し、廊下に折り重なった。

矢吹がイングラムM11《マック・イレブン》の銃弾をぶちまけると、男たちは身を伏せた。慌《あわ》てて部屋に逃げ込む者もいた。

影丸たちは階段の降り口まで走った。

反対側の部屋から出てきた男たちを、麻衣が自動小銃で蹴散らした。歩哨からせしめたM16A1だ。

三人は階段を駆け降りた。

影丸は、イスラエル製のサブマシンガンに新しい弾倉を叩《たた》き込んだ。

そのとき、左右から銃弾が飛んできた。

影丸はスライディングして、UZIとM16A2をぶっ放した。

衝撃で、両腕が別の生きもののように跳ね上がる。弾き出された薬莢《やっきょう》は雹《ひょう》のように舞った。落下音が小気味いい。

男たちが断末魔の叫びを発して、次々に倒れた。

麻衣はブーメランを投げ放ち、敵の首や腕を撥《は》ね跳ばした。その間に、矢吹がマガジンを交換する。いつものチームプレイだった。

影丸が弾を撃ち尽くすと、素早く矢吹と麻衣が弾幕を張った。そうしながら、三人は建物の外に走り出る。

広場には、夥《おびただ》しい数の大型犬と外人の傭兵たちが待ち構えていた。逃げ場はなかった。

トンプソンM3やヘッケラー&コッホMP5が火を噴《ふ》きはじめた。

影丸たちは応射しながら、ひとまずトレーラーの後ろに逃げ込んだ。跳弾が音をたてて空気を裂く。

「手榴弾《しゅりゅうだん》を使おう」

影丸は、レザーブルゾンのポケットを探《さぐ》った。矢吹たちが倣《なら》う。

三人は交互に手榴弾を投げ放った。

炸裂音が轟《とどろ》くたびに、人間と番犬が高く舞い上がった。

その隙に、影丸たちはふたたび広場に出た。白煙が厚く立ちこめていた。三人は掃射しながら、丸太小屋《ログキャビン》のある方向に走った。銃弾が追ってくる。衝撃波が夜気《やき》を突き破り、あたりの空気をたわませた。小銃や軽機関銃だけではなかった。重機関銃の凄みのある唸《うな》りも聞こえた。丸太小屋から、戦争のプロたちが続々と飛び出してくる。影丸たちは必死に走った。敵に包囲されたら、脱出は不可能だ。腋《わき》の下に汗が溜《た》まる。

「出口を確保するよ」

矢吹が丸太小屋の脇で立ち止まった。ワイヤーに仕掛けられた手榴弾をイングラムM11で撃ち砕く。十数メートル四方に、爆風と赤い炎が走った。

影丸は麻衣を草の上に伏せさせた。一瞬、土煙で視界が塗り潰《つぶ》された。湿った土塊《つちくれ》が降ってきた。頭や肩に当たる。麻衣が身を起こしたときだった。地鳴りがして、大爆発が起こった。暗い空が明るんだ。武器弾薬庫が爆《は》ぜたのだ。

「やったぜ」

矢吹が会心の笑みを浮かべた。

三人は斜面を駆け昇りはじめた。青い目の傭兵たちが追ってくる。

「麻衣と一緒に先に脱出しろ」

影丸は矢吹に言った。

矢吹は迷いを見せたが、麻衣とともに突っ走りはじめた。

影丸は振り返って、斜面の下まで迫った数人の傭兵を撃ち倒した。

だが、後ろの男たちはいっこうに怯《ひる》まない。激しく撃ち返してくる。鋼鉄被覆弾《メタル・ジャケット》も混じっていた。

影丸は両膝をついて、自動小銃とサブマシンガンを吼《ほ》えさせた。UZI《ウージー》の低周波の唸りに似た発射音は、すぐに途切れてしまう。影丸はひっきりなしにマガジンを交換しなければならなかった。

少し経つと、斜面の下で二度爆風が湧《わ》いた。

傭兵たちの体が吹き飛んだ。矢吹と麻衣が、それぞれ手榴弾を放ってくれたのだ。

影丸は立ち上がった。斜面を駆け上がる。

矢吹たちが追撃する外国人たちを撃ち倒してくれた。影丸たち三人は、雑木林の中に逃げ込んだ。さすがに息が上がっていた。

「もう発砲するな」

影丸は矢吹と麻衣を等分に見て、そう言った。

二人がうなずく。一発でも撃ったら、敵に隠れた場所を知られてしまう。

傭兵たちは、やみくもに撃ってきた。銃弾が音をたてて樹皮や枝を弾き飛ばす。

影丸たちは獣のように這いながら、少しずつ移動していった。数十メートル進んだとき、照明弾が撃ち上げられた。谷全体が明るくなった。

三人は落葉の上に這《は》いつくばった。あたりが暗くなるまで動かなかった。

数分過ぎると、すべての銃声が熄《や》んだ。

代わりに男たちが駆け回る気配が伝わってきた。動きが慌《あわ》ただしい。

「奴ら、別のアジトに移りやがるんだな」

矢吹が言った。

影丸は暗視双眼鏡を覗《のぞ》いた。

男たちが、トレーラーに燃え残った武器や無線機などをせっせと積み込んでいる。

傭兵たちは丸太小屋にガソリンをぶっかけ、火を放っていた。銃剣で裸の女たちを刺している者もいた。

――奴らは、一切の証拠を消すつもりなんだな。要塞も爆破するにちがいない。

影丸は双眼鏡を目から離した。そのとき、麻衣が口を開いた。

「アジトは近くにあるのかしら？」

「きみと矢吹は番場の車を尾《つ》けてくれ。多分、番場や鬼頭は別のアジトまで行くだろう」

「チーフは？」

「おれは土居大三郎を尾行する。土居が、黒幕の所に報告かたがた相談に行くかもしれないからな」

「そうね」

「ボスには、おれが連絡しておく。ボスを通じて、政府筋に不穏な動きがあることを伝えてもらうつもりだ」

「わかりました」

「いまのうちに車に戻って、国道二四六に出てよう。道は一本しかないから、奴らは必ず同じルートで麓《ふもと》の町に出るはずだ」

影丸は中腰になって、走りはじめた。

要塞じみた建物は、巨大な炎と黒煙に包まれていた。

3

先導車が見えた。

マーキュリーだった。国道二四六号線を左折した。

ややあって、番場の乗ったベンツ・リムジンが出てきた。トレーラーやジープも現れた。

車の列は切れ目なくつづいた。

一様《いちよう》に左に曲がった。傭兵や鬼頭組の関係者ばかりだった。およそ三十台の車が走り去ると、矢吹がダッジを発進させた。

――うまくアジトを突きとめてくれよ。

影丸は車の中で、密かに祈った。それから彼は、ボスの宇佐見に電話をした。手短に経過を詳しく話す。

「わかった。すぐに法務大臣に連絡をしてみよう」

電話の向こうで、宇佐見が言った。

「お願いします」

「しかし、大臣がすんなり耳を傾けてくれるかどうか。いささか突飛《とっぴ》な話だからね」

「ですが、これまでの奴らの行動からして、あり得ないことじゃありません」

「そうだね。これから、電話をしてみるよ」

「よろしく！」

また影丸は、山道の入口に目を注いだ。

数分経つと、ロールスロイスがやってきた。シルバースピリットだった。運転しているのは実相寺だ。

助手席には、平松一等陸佐が坐っている。土居代議士と宮越陸将補は後部座席にいた。代議士の秘書らしい男は乗っていなかった。

シルバースピリットは右折し、大井松田IC方面に向かった。

影丸はいくらか間《ま》を取ってから、ジャガーを走らせはじめた。

国道二四六の上り車線は空いていた。シルバースピリットは大井松田で、東名高速道路に入った。上りだった。

影丸は追跡しつづけた。

秦野中井ICを過ぎたとき、モバイルフォンが鳴った。電話は宇佐美からだった。

「いま大臣に電話をしたんだが、一笑に付されてしまったよ」

「そうですか。残念です」

「きみは、そのまま土居たちを尾行してくれ」

「わかりました」

影丸は電話を切った。シルバースピリットは、だいぶ先を走っていた。影丸はアクセルを深く踏んだ。

車間距離が縮まった。

五分ほど過ぎたころ、矢吹から無線連絡が入った。

「番場たちは御殿場方向に走ってるぜ」

「そうか。土居、宮越、平松、実相寺の四人は東京に向かってる。お互いに、このまま尾行しよう」

影丸は交信を打ち切った。

ロールスロイスは東京ICを出ると、首都高速三号渋谷線を走った。

やがて、池尻のランプを降りた。山手通りをたどって、屋敷街に入る。渋谷区の松濤《しょうとう》だった。

ほどなくロールスロイスは、趣《おもむき》のある屋敷の車寄せに滑り込んでいった。

伊能重造《いのうじゅうぞう》の自宅だった。

――九十二歳の伊能は、右翼の超大物だ。戦時中は帝国陸軍の特務機関で暗躍し、戦後は一貫してフィクサーとして政財界に睨みを利かせている。伊能は数々の疑獄に連座しながらも、一度も起訴されたことがない。

――あの怪物め！

影丸の胸に、苦いものが拡がった。刑事時代に伊能の圧力に屈していた。汚職に絡む殺人事件の捜査から手を引かされたのだ。

影丸はジャガーを停めた。

伊能邸には、うっかり近づけない。首領《ドン》と呼ばれている老人は、私設秘書と称する用心棒たちに身辺をガードさせていた。

煙草を二本灰にしたとき、前方からベンツのスペシャルカーがやってきた。後部座席には、全経連の畑山会長が乗っていた。ベンツは伊能の邸に吸い込まれていった。これで、主な役者が揃ったわけだ。

影丸は口を歪めた。

小一時間が流れたころ、伊能邸から白いレクサスが走り出てきた。ステアリングを握っているのは実相寺だった。

――奴を尾けよう。

影丸は大急ぎで車を脇道に入れた。

尻からだった。目の前をレクサスが走り抜けていった。

尾行開始だ。

レクサスは山手通りに出ると、富ヶ谷方面に向かった。富ヶ谷の交差点から井ノ頭通りに入り、まっすぐ進んだ。

甲州街道を横切り、久我山《くがやま》の住宅街に入っていった。

それから間もなく、レクサスは洒落《しゃれ》たマンションの地下駐車場に潜り込んだ。

ジャガーを駐車場の出入口の近くに駐めると、影丸は外に出た。風が強い。

地下駐車場に駆け降りると、ちょうど実相寺がレクサスから降りたところだった。

影丸は、コンクリートの柱の陰に隠れた。

実相寺はエレベーターホールに向かった。足音を殺しながら、影丸は追った。

エレベーターホールの手前に、高圧ガラスドアがある。オートロック式になっているらしい。

やはり、実相寺は集合インターフォンの前で立ち止まった。すぐに数字キーを押す。

「どなた？」

女の声が響いてきた。

「ぼくだよ。また暗証番号を忘れてしまってね」

「お帰りなさい。いま、開けるわ」

インターフォンが沈黙した。

実相寺はエントランスロビーに入り、エレベーターに乗り込んだ。

影丸はオートドアに駆け寄った。エレベーターの階数表示ランプを見上げる。ランプは七階で動かなくなった。

影丸は管理人を呼び出した。

六十絡みの管理人がアプローチに出てきた。

「どなたをお訪ねでしょう？」

「わたし、自動車保険の調査員でしてね」

影丸は出まかせを言って、愛想笑いをした。

「で、ご用件は？」

「実は七階のレクサスをお持ちの方が対物事故を起こしたという申告を会社にしてきたんですが、添付されてる修理工場の領収証に不審な点があるんですよ」

「奥森智沙《おくもりちさ》さんは、保険会社に虚偽の申告をするような方じゃありませんよ。あの方は若いながら、れっきとした女実業家ですからね」

「それじゃ、事故の申告は同居中の男性がしたんだろうな」

「それも何かの間違いでしょう。あの方は、偉い方の秘書をなさってるんですよ。そんな人がみみっちいことをやるわけありません」

「伊能重造が偉い方かどうかは、主観によって違ってくるんじゃないのかな。伊能は黒い噂《うわさ》だらけの男ですからね」

影丸は鎌をかけてみた。すると、管理人が狼狽《ろうばい》した。

「あんた、そんなことまで知ってるのか⁉」

「これでも調査のプロですからね」

「それじゃ、奥森さんが伊能氏の落《お》とし胤《だね》だということもご存じなんだね？」

「むろん、知ってますよ」

影丸は、ほくそ笑みそうになった。思いがけない情報だった。

実相寺は翳《かげ》りのある端整なマスクで首領の隠し子に巧《たく》みに近づき、まんまと伊能重造の秘書になることに成功したのだろう。

「とにかく、二人とも立派な方です。奥森さんはレストランや貴金属店を経営されてるし、ご一緒に生活されてる日高《ひだか》氏だって……」

「おやおや、彼はここではそんな名前を使ってるのか」

「あの方は日高さんじゃないんですか⁉」

「多分、それは偽名でしょう。彼は朝倉と名乗ったりもしてるんですよ。あの男は、いつごろから七階の部屋で暮らしてるんです？」

「五、六カ月前からですね」

管理人はそう言うと、あっという顔つきになった。

影丸は、さりげなく振り返った。すぐ後ろに二十七、八歳の女が立っていた。大きな瞳《ひとみ》が伊能にそっくりだ。

「奥森さん、どうされました？」

「おじさん、これ、食べて」

女は管理人に菓子折りを差し出した。

「いつもすみませんね、気を遣っていただいて」

「貰い物なのよ」

「あの、奥森さん……」

管理人が女に何か言いかけた。影丸は管理人を睨みつけた。

「いいえ、なんでもありません」

「おかしなおじさんね。うふふ。それじゃあ、お寝《やす》みなさい」

女は影丸にも会釈し、エレベーターホールに戻っていった。影丸は低い声で、管理人に確かめた。

「いまの女性が奥森智沙ですね？」

「え、ええ。あなた、本当に保険会社の調査員ですか？」

管理人が訝《いぶか》る表情になった。喉仏《のどぼとけ》が上下に動いた。

「実は、東京地検の検事なんですよ」

「ええっ」

「ある事件で、内偵中なんです。奥森さんや日高と名乗ってる男には、何も言わないでください。お願いします！」

「わ、わかりました」

「マンションの前でしばらく張り込む予定ですが、それも二人には黙っててくださいね」

影丸は管理人室から離れた。

表に走り出ると、すぐに彼は車の運転席に入った。

シートを倒して、深く凭れかかった。十分ほど経過すると、矢吹から無線連絡が届いた。

「いま、静岡県裾野市《すそのし》の外れの山ん中にいるんだ。数百メートル先に、敵のアジトがあるんすよ」

「どんなアジトだ？」

「丘と谷のある大きなアジトだよ。番場たちの車は巨大な地下壕《ちかごう》に入ったきり、出てこねえんだ」

「そうか。朝になったら、登記所に行って、そのあたりの土地所有者を徹底的に調べてみてくれ」

「了解《ラジャー》！　チーフのほうはどうなった？」

「こっちも尾行した甲斐《かい》があったよ」

影丸は経過を教えた。矢吹が驚きの声を洩らした。

「あの首領が黒幕だったのか」

「いや、まだわからないぞ。伊能重造の上に司令官がいるのかもしれない」

「考えられるな。実相寺の線からも何か摑めるといいっすね」

「ひと晩、張り込んでみるよ。おまえは、番場や傭兵どもの動きをよく見張っててくれ」

　影丸は交信を切った。

4

　夜空が白んできた。

　いくらか瞼《まぶた》が重ったるい。

　影丸は眠気を堪《こら》えながら、張り込みをつづけていた。顔全体が脂《あぶら》っぽい。

　どこかで顔を洗って、さっぱりしたい気分だ。

　マンションの表玄関から、ようやく実相寺が現れた。灰色のジョギングウェア姿だった。エントランスで軽い体操をすると、実相寺はゆっくりと走りはじめた。

　影丸は車を静かに発進させた。

　実相寺は住宅街を走り抜け、井ノ頭通りに出た。歩道を少し走ってから、彼は車道の端に立った。待つほどもなく、実相寺の前に一台の車が停まった。濃紺のカローラだった。

　運転者は、どことなく自由業っぽい。

　三十歳前後の男だった。実相寺が助手席に乗り込むと、カローラはすぐに走りだした。夜明けの井ノ頭通りは車量が少なかった。

影丸は注意しながら、前走車を尾行しはじめた。

甲州街道にぶつかると、カローラは左折した。新宿方向に走り、新宿中央公園の前を通過する。青梅街道《おうめかいどう》に出た。

どこまで行くのか。

影丸には見当がつかなかった。

カローラは、新宿区役所の斜め前にあるレジャービルの地下駐車場に入っていった。そのビルには、ゲームセンター、ビリヤード場、スポーツクラブ、サウナ風呂などがあった。どのフロアも二十四時間営業だった。

影丸も車ごと地下の駐車場に潜った。

実相寺と連れがカローラを降りた。影丸は車を停め、エンジンを切った。実相寺たちが地下一階のサウナに入っていった。

数分後、影丸は車を降りた。サウナの受付カウンターに向かう。

会員制ではなかった。料金を払って、中に入る。実相寺たちの姿はなかった。サウナ室か、大浴室に入ったらしい。

影丸は奥に進んだ。休憩室で仮眠をとっている男が五、六人いた。脱衣室に入る。ロッカーの前で服を脱ぐ振りをしながら、影丸はあたりの様子をうかがった。怪しい人影は見当たらない。

何分か経過すると、二、三十代の男たちが数人ずつロッカールームにやってきた。全部で、十三人だった。揃って体が逞《たくま》しい。スポーツで鍛えた筋肉だ。ひと癖もふた癖もありそうな面構えをしている。男たちは次々にサウナ室に消えた。

──サウナ室で、実相寺はあいつらと密談する気だな。しかし、密室に入るのはちょっと危険だ。

影丸は、洗面室に歩《ほ》を運んだ。

冷たい水で顔を洗う。気分がさっぱりとした。ついでに影丸は簡易剃刀《かみそり》で髭《ひげ》を剃《そ》り、使い捨ての歯ブラシで歯を磨いた。

ロッカールームに引き返す。

実相寺たちの姿はない。まだサウナ室にいるらしかった。

影丸は休憩室に向かった。

ソファに腰かけ、紫煙をくゆらせる。二本目の煙草を喫い終えたとき、見覚えのある男が近くを通りかかった。

さきほどサウナ室に入っていった一団のひとりだ。腰にタオルを巻いているだけだった。男はトイレに向かった。影丸はソファから立ち上がった。

仲間らしい姿は目に留《と》まらない。大股で男を追う。影丸は化粧室のドアを開けた。

細身の男は放尿中だった。ほかには誰もいない。

影丸は男に歩み寄った。猫足だった。

掌拳《しょうけん》で、男の首筋を打った。しかし、相手は倒れなかった。男は振り向きざまに、体を三回転させた。

連続回し蹴りを胴に受けて、影丸は体をふらつかせた。すかさず男が、足を飛ばした。前蹴りだった。躱《かわ》せなかった。

影丸は横に跳《と》んだ。

男が奇妙な構えで、リズムを刻みだした。空手の構えとは明らかに異なる。少林寺拳法でも、跆拳道《テコンドー》でもない。

カポエイラかもしれない。

影丸は気を引き締めた。カポエイラは、ブラジルの黒人たちに古くから伝わる格闘技だ。舞踏がかった技《わざ》だが、侮《あなど》れない。

男が垂直に跳び上がった。

まるで若い草食獣のようだった。全身が発条《ばね》になっていた。男は宙で、前蹴りと横蹴りを放った。

影丸は全転足《ぜんてんそく》で、相手の蹴りを躱した。全転足とは、正反対の方向に向きを変える足捌《あしさば》きだ。基本防技のひとつだった。

男が着地した。

同時に、左右の回し蹴りを見舞ってきた。みごとな速技だった。湧き上がった風と風がぶつかって、烈《はげ》しく縺《もつ》れ合った。

影丸は、やや腰を落とした。

蟹足《かにあし》で横に動く。誘いだった。男が釣《つ》られて、横に跳んだ。

チャンスだ。

影丸は順突きで相手の顎《あご》を砕き、逆突きで肝臓のあたりを打った。さらに彼は、男の喉に鈎突《かぎづ》きを叩き込んだ。手応《てごた》えは充分だった。

男が前後によろけた。

だが、倒れない。すぐに腰が定まった。

影丸は一歩退《さ》がって、連続蹴りをくれた。爪先《つまさき》に、肉と骨の感触がもろに伝わってきた。少しは効いたはずだ。

男が宙返りをして、肩口で自分の体を支えた。

奇妙な型の逆立ちだった。どこかフラッシュダンスに似ていた。

二本の脚はくねくねと旋回している。その動作には、余裕があった。挑発の気配も感じ取れた。

影丸は横蹴りと足刀蹴りを放った。

どちらも、あっさり男の脚で払われてしまった。男は逆立ちしたままだった。手強《てごわ》い相手だ。侮《あなど》れない。

影丸は自分を戒《いまし》めた。

男が反動をつけて、トンボを切った。身構え、不敵な笑みを拡げた。

影丸は右足を引いた。

両の拳《こぶし》を胸の前で構える。開き構えだ。男の突きがきた。空気が鋭く裂けた。

影丸は差し込んで、左腕で払った。素早く腰を捻《ひね》って、上段直突《じかづ》きを繰り出す。

男は引き身で直突きを躱《かわ》し、前蹴りを放ってきた。空気が唸る。

影丸は両腕を交差させ、相手の蹴りを受けとめた。

いわゆる十字受けという防法だ。影丸は足を飛ばした。的《まと》は外さなかった。

「げえっ」

男が筋肉質の胸を押さえて引っくり返った。

仰向けだった。後頭部を床タイルに打ちつけて、低く呻いた。

影丸は踏み込んだ。

男の顎を蹴り上げる。相手の歯が鳴った。骨の砕ける音もした。男が凄《すさ》まじい声をあげ、横に転がった。すぐに手脚を亀のように縮めた。

「実相寺から、おまえはどんな指令を受けたんだっ。おれを殺《や》れって言われたのか？」

影丸は男に訊いた。いくらか息が弾んでいた。

「あんた、伊能の回し者だな」

「おれは、ただのはぐれ者さ。ただ、ちょっと好奇心が強いだけだ」

「けっ、気取りやがって」

「実相寺は伊能の何を狙《ねら》ってるんだ？　金なのか、それとも武器なのか。そいつを吐いてもらうぜ」

「質問の意味がわからないな」

「ひょっとしたら、おまえらは『ブラックコブラ』と何らかの繋がりがあるんじゃないのか？」

「あんなクレージーな奴らと一緒にしないでくれ。おれたちは体を張って……」

男が言い澱《よど》んだ。

「体を張って、何をやらかそうとしてるんだ？」

「伊能や番場は、おれたちのことをどの程度知ってるのか教えてくれないか？」

「ふざけるなっ。おれの質問に答えろ！」

「いやだね」

「それじゃ、仕方がない」

影丸はショルダーホルスターから、Ｍ４５９を引き抜いた。

次の瞬間、男が自分の舌を嚙んだ。

口の端から、血の糸が滑り出した。それは、みる間に太くなった。男は嚙み千切った舌の欠片《かけら》を飲み込んだらしい。

喉の奥で呻き、のたうち回りはじめた。赤い泡が床に斑《まだら》に散った。

——これじゃ、もう喋《しゃべ》れそうもないな。

影丸は自動拳銃をホルスターに収め、手洗いを出た。

ロッカールームに急ぐ。半裸の実相寺がいた。元ボクサーの体は、いまも堅く引き締まっている。

影丸はロッカーの陰に身を潜めた。ジョギングウェアを身につけると、実相寺は出口に向かった。得体の知れない男たちの姿はなかった。ひと足先に外に出たようだ。

レジャービルを出ると、実相寺は靖国通《やすくにどお》りに足を向けた。

影丸は地下駐車場に駆け込み、ジャガーXJエグゼクティブに乗り込んだ。

車をスタートさせ、靖国通りに出る。実相寺は靖国通りに立って、空車を探していた。

一分ほどで、タクシーが彼の前に停まった。これから実相寺は、どこかで誰かと落ち合うのかもしれない。その相手は何者なのか。

実相寺を乗せたタクシーは新宿五丁目交差点を右折し、明治通りに出た。新宿通りを越えると、甲州街道に入った。

——自分のマンションに帰るのか。

影丸は、肩透かしを喰わされたような心持ちだった。

やはり、実相寺はまっすぐ帰宅した。

影丸は車をマンションから少し離れた場所に停めた。用心のためだ。また、張り込みをはじめる。

レクサスが地下駐車場から現れたのは、午前十時過ぎだった。

実相寺は渋い色合のスリーピースで身を包んでいた。ネクタイも地味だった。

レクサスは、渋谷方面に向かった。

着いた先は伊能邸だった。

影丸は車を邸の脇の道に駐めて、監視をつづけた。

右翼の大物の家から三台の車が出てきたのは、きっかり二時間後だった。

伊能重造と土居大三郎は二台目のベンツ・リムジンに乗っていた。同じ車に、実相寺の姿もあった。運転はしていなかった。

リムジンの前後の車には、いかつい男たちが乗り込んでいる。ボディーガードだろう。三台の車は宇田川町を抜けて、青山通りに入った。

影丸は慎重に尾行した。

伊能たちの車は、千代田区四番町の邸宅街に入っていった。

表通りの喧騒《けんそう》は届かない。高層ビル群に取り囲まれていたが、信じられないほど静かだった。

三台の車は、宏大《こうだい》な屋敷の中に滑り込んでいった。

敷地は六百坪近くありそうだ。

正門は武家門ふうの造りだった。その横に、白い立番小屋が見える。二人の制服警官が立っていた。邸内には樹木が生い繁り、塀の中はよく見えない。表札は見当たらなかった。

影丸は屋敷の裏手に回った。

勝手口に、陶製の表札が掛かっていた。小板橋《こいたばし》と記《しる》されている。

——あの小板橋政恒《まさつね》なのか。

影丸は口の中で呻いた。

小板橋政恒は、政界の大長老である。かつて総理大臣を務め、いまは民自党の最高顧問だ。民自党の最高顧問は九人しかいない。いずれも総理や副総理、または衆・参両議長の経験者ばかりである。

この九人が実質的に日本の政治を動かしていると言っても過言ではない。

小板橋は、党内五大派閥の一派の領袖《りようしゆう》だった。現総裁を推《お》している最大派閥とは必ずしも足並みが揃っていない。むしろ、反目し合うことのほうが多かった。

どうやら小板橋が黒幕のようだ。

麻衣から無線連絡が入ったのは、数分後だった。

「少し前に、登記所に行ってきたわ」

「で、どうだった？」

「このあたりの土地の所有者は、民自党の小板橋政恒議員の長男と長女の名義になってたわ」

「やっぱり、小板橋だったか」

影丸は経緯《いきさつ》をかいつまんで話した。

「伊能重造の上に、小板橋がいたのね」

「そう考えていいだろう。矢吹はどうしてる？」

「さっきアジトの様子を見に行くと言って出かけたわ。明け方から妙に静かなのよ」

「人影は？」

「見えないわ」

「まったく見えないのか？」

「ええ。あっ、矢吹ちゃんが戻ってきた」

麻衣の声が遠のき、矢吹が大声で告げた。

「チーフ、番場たちに逃げられちまったよ」

「なんてことだ」

「地下壕は、山の向こう側まで繋がってやがったんだ。で、傭兵や鬼頭組の若い者《もん》の姿だけではなく、トレーラーやジープも消えてた」

「おれの読みが浅かったんだ」

「別にチーフの責任じゃないっすよ。おれがもっと早く気づかなきゃいけなかったんだ」

「おまえと麻衣は、ボスのとこに戻ってくれ」

影丸は交信を切り上げた。

ほとんど同時に、携帯電話が鳴った。発信者は宇佐美だった。

「影丸君、恐れてたことが起こったよ。武装した陸上自衛隊員がSPたちを射殺して、首相官邸に押し入ったらしいんだ」

「で、和泉総理《いずみそうり》は暗殺されたんですか？」

「いや、閣議室に居合わせた三戸部《みとべ》法務大臣や船津《ふなつ》防衛大臣らと一緒に、人質に取られたようだ」

「反乱隊員たちは首相官邸に立て籠《こ》もったんですね？」

「ああ。それから民自党本部、国会議事堂、議員会館などが陸自の反乱隊員に制圧されたそうだよ」

「反乱隊員は何人ぐらいいるんでしょう？」

「マスコミも正確な数字は摑んでないようだが、四十人前後はいるようだな」

「そんな小人数なら、造作なく鎮圧できそうですが……」

「しかし、総理をはじめ、政府の首脳が人質に取られてるからねえ」

「自衛隊の三軍も警視庁のＳＡＴ《サット》やＳＩＴ《シット》も迂闊《うかつ》には動けないだろうな」

「きみはいま、どこにいるのかね？」

「四番町の小板橋政恒の屋敷の近くです」

影丸は経過を詳しく話した。口を結ぶと、宇佐美が言った。

「しばらく張り込みをつづけてくれたまえ」

「わかりました」

影丸は電話を切って、カーラジオのスイッチを入れた。ＮＨＫの第一放送にチューナーを合わせる。

「……陸上自衛隊東部方面隊第一師団及び防衛大臣直轄部隊のヘリコプター団が、すでに永田町周辺を封鎖しています。警視庁の機動隊も出動し、配置済みです。また、都内の主要道路には検問所が設けられています」

男性アナウンサーは興奮しきった声で、臨時ニュースを伝えつづけた。

「なお、海上自衛隊の第一護衛隊群が東京湾口を固め、航空自衛隊中部航空方面隊の入間《いるま》基地でも要撃機が待機中です。反乱隊を率いているのは、宮越裕章陸将補と思われます。少なくとも、一等陸佐が五人はいる模様です。後は陸尉、準尉、陸曹、陸士と各階級の隊員で構成されているようです」

アナウンサーはそこまで言うと、急に悲鳴をあげた。

数発の銃声が聞こえ、放送は中断された。反乱隊員がスタジオに乱入したようだ。

「国民のみなさま、われわれはＮＨＫの報道局を占拠しました。しかし、これはクーデターではありません」

別の男の声が流れてきた。すぐに雑音が入り、音声が途絶えた。

三十秒ほど経つと、ふたたび男の声が響いてきた。

「わたしは宮越といいます。陸将補です。われわれ陸自の有志三十七人が武装蜂起したのは、私利私欲のためではありません。少なくとも、われわれは独裁政権の樹立などはまったく考えておりません。ただ、みなさまに訴えたい事柄があって、このような手段を取ったわけです」

宮越陸将補は言葉を切って、激した声でつづけた。

「マスコミは米ロ首脳による核軍縮交渉をきわめて楽観的な視点で報じていますが、どうか賢明なみなさまは、それらの情報を鵜呑《うの》みにしないでください。あの交渉は、アメリカとロシアの茶番劇なのです。二大超大国は密かに戦略防衛構想の実現化を急いでいます。米ロの軍縮などは、まやかしです。水面下で軍拡を競い争っている二大国のはざまに位置するわが日本は、絶えず危険に晒《さら》されているわけです」

宮越は間《ま》を取った。

「わたしには、同胞の気持ちがわかりません。なぜ、みなさまは祖国を守ることに無防備でいられるのでしょうか。中国や北朝鮮の挑発に気を奪われてはいけません。実は、米ロの対立こそ深刻なのです。日本が戦争に巻き込まれるかもしれないんです。有時の場合、兄貴であるアメリカも頼りにはなりません。わが身は、わが身で守る。それが国民の義務ではないでしょうか。といっても、われわれも戦争は望みません」

またしても、宮越陸将補は言葉を途切らせた。

――間の取り方を心得てるな。宮越は学生時代に弁論部に所属してたのかもしれない。

影丸はそう思いながら、ダンヒルに火を点けた。

「申すまでもなく、平和な暮らしがベストです。戦争からは何も産まれません。しかし、敵はすぐそこまで迫っています。現に北海道は、ロシアの極東軍事作戦区域《TVD》に入っています。アメリカ国防総省の昨年度の発表によると、TVDの兵力は五十七師団です。イギリスの国際戦略研究所のデータでも、四十師団です。わが国の調査では、極東ロシア軍の兵力は地上兵力四十三個師団、三十九万人となっています。いずれにせよ、大変な数字です」

宮越は、ここで咳払《せきばら》いをした。

――あざといほどの話術だな。

影丸は苦々しい気分で、短くなった煙草の火を消した。

「ウラジオストクに司令部を置くロシア太平洋艦隊はいまでも空母ミンスクをはじめ、ミサイル巡洋艦、原子力潜水艦などおよそ五百四十隻を保有しています。北方領土の地上部隊や空軍基地も強化されています。ミグG―23戦闘機が約二十機も配置されているのです。歯舞《ハボマイ》群島、色丹《シコタン》、国後《クナシリ》、択捉《エトロフ》などは、そもそも日本の領土なのです。自分たちの土地をロシアに不法占拠されているというのに、いまの政府は強硬な姿勢をとろうとしません。ロシアに樺太《からふと》の問題を持ち出されることを恐れているからだという声もありますが、そうではありません。現政府はロシアの軍事力に竦んでいるのです。だから、正当な権利さえ主張できないのです」

宮越陸将補は、くぐもり声になった。どうやら涙ぐんでいるらしい。

「こんなに情けない話はありません。国民のひとりとして、とても哀《かな》しく思います。いまこそ、われわれは防衛力を強化すべきです。かつてアメリカの元大統領が提唱したスターウォーズ構想を上回るような強力な弾道ミサイル防衛システムの研究を急ぐべきです。GNPの三割を防衛費に充《あ》てれば、数年のうちに画期的な防衛システムを開発できるでしょう。もちろん、制約だらけの自衛隊法も即刻、改めるべきです。いまなら、まだ間に合います。日本は軍備面で、もっともっと強くならなければなりません。ロシアはもちろん中国や北朝鮮に対しても、毅然《きぜん》とした態度で臨める国にしようではありませんか」

とうとう宮越は声をあげて泣きはじめた。

嗚咽《おえつ》が収まると、陸将補は潔《いさぎよ》い口調で言った。

「われわれは心ならずも不法な手段を選んでしまいました。その裁きは、当然、受けるつもりです。わたしく以下全員がただちに投降いたします。国民のみなさま、大変ご迷惑をおかけしました。どうかお赦しください。それでは、これで失礼させていただきます」

ラジオが沈黙した。

——こんな不始末をしでかしたんだから、多分、和泉内閣は総辞職に追い込まれるだろう。小板橋の狙いは、そこにあったにちがいない。あの長老は自分の息のかかった議員たちで内閣を固める気なんだな。

影丸には、歪んだ野望の構図が鮮やかに見えてきた。

「ただいま、お聴き苦しい放送があったことをお詫《わ》びいたします。ニュースの続報です。首相官邸に立て籠もっていた反乱自衛官たちは和泉総理、三戸部法務大臣、船津防衛大臣を解放し、次々に投降しています。民自党本部、国会議事堂、議員会館に押し入った隊員たちも武器を捨て、続々と投降している模様です。ＮＨＫに押し入った六人も、さきほどスタジオから退去しました」

男性アナウンサーはそこまで言うと、何か小さな返事をした。スタッフに新しいニュース原稿を渡されたようだ。

影丸は耳をそばだてた。

「いま、新たな情報が入りました。新聞社名の入った不審なセスナ機二機とヘリコプター三機が国会周辺に飛来し、投降中の反乱隊員たちに機銃弾を浴びせました。宮越陸将補ら反乱自衛官たちは全員、撃ち殺されました。襲撃者グループはいずれも白人の男性ばかりでしたが、彼らも陸上自衛隊のヘリコプター団や警視庁機動隊によって、射殺されました。セスナ機など五機は皇居外苑や濠に落ち、一般市民には怪我《けが》はありませんでした」

アナウンサーが上擦《うわず》った声で喋った。

――小板橋や伊能は反乱隊員や傭兵たちを利用するだけして、最初から見捨てる気だったんだな。汚い連中だ。奴らには、どうせ法の手は届かないだろう。それならそれで、おれたちが裁いてやる！

影丸はラジオのスイッチを切った。

5

「いよいよ処刑の日がきたわね」

「そうだな」

影丸は、麻衣に短く応じた。

セルシオの車内である。車は東伊豆《ひがしいず》の下田市の外れを走っていた。夜だった。

「和泉内閣は、わずか二年足らずで総辞職に追い込まれてしまったのね」

「そうだな」

「なんだか、和泉総理が気の毒だわ」

麻衣が口を閉じた。数日前に内閣不信任決議案が可決され、衆議院の解散、総選挙が決定していた。

影丸はカーブに差しかかる前に、ルームミラーを見上げた。

十トンのトレーラーは、数十メートル後ろを走っていた。大型トレーラーを運転しているのは矢吹だった。

矢吹の後ろの仮眠用ベッドには、三人の人質が横たわっているはずだ。伊能の隠し子である奥森智沙、番場の愛人の及川美穂、畑山全経連会長の孫いつかの三人だ。

三人は縛《いまし》めを解かない限り、逃げ出せない。

影丸たちは三人の女を楯《たて》にしながら、小板橋政恒の別荘に乗り込む計画を立てていた。弓ヶ浜の先にある別荘は、きのうのうちに下見をしてあった。すでに小板橋の誕生パーティーがはじまっているかもしれない。

影丸たちは小板橋邸の電話を盗聴して、この日のことを知ったのだ。

パーティーの招待客は、ごく内輪の者に限られていた。

利権右翼の伊能重造、全経連の畑山会長、民自党の土居大三郎、仕手戦屋の番場義人、鬼頭組の組長の五人だった。警備に鬼頭組の者たちが駆《か》り出されることも、影丸たちは知っていた。

「ボスに電話をしてくれ」

ハンドルを捌《さば》きながら、影丸は麻衣に言った。

「何か緊急の連絡なの？」

「いや、そうじゃない。たまに処刑の直前に計画が変更になることがあるから、確認しておきたいんだ」

「そう。それじゃ、かけてみるわ」

麻衣が携帯電話の数字キーを押した。だが、いっこうに喋り出さない。

「ボスは家にいないようだな」

影丸は確かめた。

「お風呂に入ってるのかもしれないわね」

「そうだろうか」

「もう少ししたら、かけ直してみるわ」

「いや、もういい。もし計画に変更があれば、ボスのほうから連絡してくるだろう」

「それもそうね」

麻衣はモバイルフォンを折り畳んだ。

――まさか敵が、おれたちの本部を探り出したんじゃないだろうな。多分、それは考えすぎだろう。

影丸は小さく首を振って、車のスピードを上げた。

弓ヶ浜温泉街を抜けると、急に車の数が減った。民家も疎《まば》らになった。闇の濃さだけが目立つ。

海沿いの県道をひた走りに走った。

いつしか家並は完全に途切れていた。バス停もなかった。波の音が、閉めきった車内にもかすかに聞こえてくる。

県道を数キロ走ると、左手前に黒々とした岬が見えてきた。

その岬全体が小板橋の私有地だった。

かなり広い。少なくとも、一万坪はあるだろう。

影丸は、セルシオを岬の付け根にある松林の中に入れた。人影はなかった。

車を停止させると、大型トレーナーがすぐ横に滑り込んできた。

影丸と麻衣は弾装帯を腰に巻き、それぞれレザーブルゾンの上に灰色のポンチョ・ライナーを羽織った。フード付きだった。

二人ともＵＺＩ《ウージー》の負い革《スリング》を肩に掛け、自動小銃を手にした。

「慎也さん、自分だけで悪党狩りをしないでね」

麻衣が言った。

「きょうは、ばかに張り切ってるじゃないか。何か理由《わけ》でもあるのか？」

「人間として、あいつらが赦せないの。だから、できるだけ残酷な殺し方をしてやるつもりよ」

「世代は違ってても、人間の心ってやつは同じなんだな」

「そうだと思うわ」

「おれも暴れるつもりだが、きみも大いに暴れてくれ」

影丸は車を降りた。麻衣も外に出てきた。

潮の香がする。潮騒《しおさい》も高い。

矢吹が人質をひとりずつトレーラーから引きずり下ろした。三人とも、手足のロープはほどかれていた。

麻衣が人質を一カ所に集めた。畑山会長の孫娘は女子大生だったが、泣きべそをかいていた。

「すぐに武装するよ」

矢吹が影丸に言い、迷彩服の上にポンチョ・ライナーを重ね着した。頭には、ブッシュハットを被った。

「おれ、きょうは処刑手当なしでもいいっすよ」

「いったい、どういう風の吹き回しなんだ？　おまえは銭だけがすべての男じゃなかったのか？」

影丸は雑《ま》ぜ返した。

「おれだって、国民のひとりだからね。毒しか撒《ま》きちらさない鬼畜《きちく》どもは、男として退治しなくちゃね」

「男の義務ってわけか？」

「まあ、そうだね。きょうの仕事はほんとに銭なんか、もうどうでもいいよ」

「それじゃ、おまえの処刑手当てはおれが貰《もら》っておこう」

「チーフ、そりゃないっすよっ」

「冗談だよ」

影丸は笑顔で言った。

矢吹が安心した顔で、ロケット・ランチャーM72を背負った。肩には、M２０３グレネード・ランチャーを担いだ。手にM60を握る。重機関銃だ。

「重そうだな。M60を寄越《よこ》せ」

「このくらい、どうってことないっすよ。へっちゃら、へっちゃら！」

矢吹が笑いながら、そう言った。

そのとき、奥森智沙が影丸に毒づいた。

「父に銃なんか向けたら、あんたたち、若死にすることになるわよ」

「おれたちが死ぬ前に、あんたの父親は地獄に堕《お》ちてるさ」

影丸が鋭く射竦《いすく》めると、智沙は目を逸らした。彼女は二度と視線を合わせようとしなかった。及川美穂はうつけた表情で、ぼんやり突っ立っている。

畑山いつかは、まだしゃくり上げていた。泣き声が耳障《みみざわ》りだ。

「行こう」

影丸は二人の部下を等分に見て、小声で促した。矢吹と麻衣が人質の背を押す。

六人は松林を黙々と進んだ。

海から吹きつけてくる風は刃《やいば》のように鋭かった。頭上では、梢《こずえ》が絶え間なく揺れている。

松林を抜けたときだった。

影丸は、県道に二台の乗用車が停まっているのに気づいた。立ち止まって、暗視双眼鏡を覗《のぞ》く。二台とも警察車だった。

前の方の車には、香取が乗っていた。ほかの刑事たちには見覚えがなかった。

——香取は何を嗅《か》ぎつけたんだろうか。おれたちの裏稼業がバレたのか。それとも、実相寺一派が何か企んでるんだろうか。

影丸は矢吹と麻衣に目顔で覆面パトカーのことを教え、無言で体を反転させた。

三人の人質は怪訝《けげん》そうな表情になったが、誰も口を開かなかった。

六人は逆戻りして、松林の反対側に出た。

そこは磯《いそ》だった。波しぶきが夜目《よめ》にも白い。

磯は狭かった。岩だらけの崖《がけ》が迫っている。崖の斜面は割に緩《ゆる》かった。

影丸たち三人は人質を押し上げながら、崖の斜面をよじ登った。途中で畑山いつかが、幾度か足を滑らせた。そのたびに彼女は、子供のように泣き喚《わめ》いた。

斜面を登りきると、低い鉄柵が張り巡らされていた。

高圧電流は走っていなかった。ちょうどそのあたりが岬のほぼ真ん中だった。

影丸は真っ先に鉄柵を乗り越え、三人の人質をひとりずつ引っ張り上げた。そのあとから、矢吹と麻衣が柵を跨《また》いだ。

目の前には、うっそうとした雑木林が拡がっていた。

原生林といったほうが正確かもしれない。常緑樹と落葉樹がびっしり生い繁り、足許には灌木《かんぼく》や野草が入り混じっていた。羊歯《しだ》や苔《こけ》も多い。

「ここで待っててくれ。ちょっと奥の様子を見てくる」

影丸は矢吹たちに言いおいて、林の中を歩きだした。

百数十メートル行くと、未舗装の小径《こみち》があった。誘蛾灯《ゆうがとう》が寒々と光っている。警備の男たちの姿はなかった。

影丸は引き返しはじめた。

五メートルも歩かないうちに、太い樫《かし》の陰から人が現れた。あろうことか、赤星刑事だった。影丸は足を止めた。

「おやっさん……」

「待ってたぜ。きっと来ると思ってたよ」

「おれをマークしてたのか」

「こっちは、まだ現職だぜ。おれが知ってるだけでも、きみは十以上の罪を犯してる」

「おれを逮捕《パク》りにきたんですか？」

「令状《オフダ》なんて持ってやしねえよ。でもな、きみにはきみの正義があるように、おれにはおれの正義ってやつがある」

「どうしたいんです？」

影丸は訊いた。

「人質の女たちを解放してやれよ」

「残念ながら、それはできません」

「確かに、小板橋も伊能も救いようのない悪党だ。しかし、日本は一応、法治国家なんだぜ」

「一応ね」

「私設処刑人は必要ないんだよ。東京に引き返してくれ。ここにゃ、プロの殺し屋が掃《は》いて捨てるほど大勢いるんだ。おれは、きみの葬式に出たくないんだよ。わかってくれ！」

「そうはいかないんだ、おやっさん。おれたちは、もう走りだしちまったんですよ」

「なら、仕方がないな。きみを撃ってでも、おれは……」

赤星はそう言うと、懐からシグ・ザウエルＰ２３０を摑み出した。

影丸は動かなかった。目で、赤星の動きを追う。

赤星が拳銃を構えた。影丸はＵＺＩ《ウージー》の引き金《トリガー》に指を絡めた。

そのとき、赤星が小さく呻いた。首の後ろを手で押さえて、その場に頽《くずお》れた。

近くに、吹き矢《ブロウガン》を持った矢吹が立っていた。

「チーフの帰りが遅いもんだから、おれ、ちょっと気になったんすよ」

「いいところに来てくれた。礼を言うよ」

「礼だなんて、水臭《みずくせ》えな」

「おまえが来てくれなかったら、おれは世話になった先輩刑事を殺《や》ってたとこだ」

「それじゃ、この男が赤星刑事なんっすか⁉」

「ああ、そうだ」

影丸は片膝《かたひざ》をついた。

赤星刑事は麻酔ダーツ針を指の間に挟んだまま、意識を失っていた。

影丸は赤星の自動拳銃を捥《も》ぎ取った。ラッチを押して、マガジンクリップを抜く。

空っぽだった。実包は一発も入っていなかった。

——おやっさん、恨まないでくれ。

拳銃を赤星の上着のポケットに落とし込み、影丸は立ち上がった。

そのとき、人質を連れた麻衣がやってきた。

彼女はもの問いたげだったが、事情を説明しているゆとりはない。

六人は林の中の小径に出た。矢吹が先頭に立った。三人の人質と麻衣がつづく。

影丸は最後尾について、後ろ向きに歩いた。

数百メートル先で、矢吹が急に足を止めた。影丸は体の向きを変えた。林の中から、二人の男が走り出てきた。

二人ともヘッドランプをつけ、ボルトアクション・ライフルを手にしていた。M40A1だった。アメリカ海兵隊の狙撃《そげき》チームが使っている狙撃銃だ。

男たちは鬼頭組の組員だろう。片方の男は頭をくるくるに剃り上げている。その頬には、刀傷があった。

男たちが狙撃銃を構えると、矢吹が怒鳴った。

「ぶっ放したら、伊能の隠し子を殺すぜ」

「伊能先生の隠し子だって⁉」

髪の短い男が素《す》っ頓狂《とんきょう》な声をあげた。

「番場の女や畑山会長の孫も人質に取ってあるんだ。おい、どうするよ。え？」

「いいかげんなことを言うんじゃねえっ」

「疑い深い野郎だな。それなら、女どもに訊いてみろ」

矢吹が言うと、男たちは顔を見合わせた。

剃髪頭《スキンヘッド》の男が首を振って、M40A1の銃口を上げた。

先に火を噴いたのは、矢吹のM60だった。機関銃の重い銃声が林の中を駆ける。

残響は長く尾を曳《ひ》いた。二人の男はくの字になって、後方に吹っ飛んだ。血臭が闇に漂った。

人質の女たちが金切り声をあげ、一斉にうずくまった。

小径の奥から、十人近い男たちが現れた。M60の銃声を聞きつけてきたのだろう。男たちは拳銃や自動小銃を持っていた。走りながら、彼らは発砲してきた。

「人質を林の中に入れるんだ」

影丸は麻衣に言って、前方に走り出た。

矢吹と並ぶと、彼はM16Ａ2を撃ちはじめた。

発射音は軽快で、リズミカルだった。そのことからM16は、俗にロックンロールと呼ばれている。

自動小銃の弾倉が空になった。

影丸は身を伏せた。レザーブルゾンのポケットから手榴弾を取り出し、素早く安全ピンを引き抜いた。

「矢吹、伏せろっ」

影丸は声をかけ、手榴弾を投げ放った。

赤い光が矢のように走り、数人の男が爆風に煽《あお》られた。白煙がゆっくり拡散していく。

敵の銃声が熄《や》んだ。

影丸はM16A2に予備のマガジンクリップを叩き込んで、起き上がった。

「銃を捨てろ！　おれたちは伊能の娘や畑山の孫娘を人質に取ってるんだっ」

矢吹が立ち上がるなり、声を張り上げた。

生き残った男たちが相前後して、武器を投げ捨てた。彼らは一歩ずつ後退していった。反対に影丸たちは前に進んだ。男たちと三人の女を楯《たて》にしながら、ぐんぐん歩いた。

しばらく行くと、急に広い場所に出た。

二十台近い高級車や四輪駆動車が駐まっていた。その先に、洋館がそびえている。その周囲に、幾棟か山小屋風の建物があった。ゲストハウスだろうか。

洋館まで歩く。

車寄せには、目つきの鋭い男たちが集まっていた。ざっと数えても、三十人はいる。男たちは拳銃や軽機関銃で武装していた。しかし、誰も銃口は向けてこない。発砲することを禁じられているようだった。

影丸たちは三人の人質の背を押しながら、洋館の玄関を潜《くぐ》った。

贅《ぜい》を尽くした建物だった。玄関ホールに面して大広間があった。五十畳ほどのスペースだ。

豪華なシャンデリアの下で、和服姿の小板橋政恒が招待客に囲まれていた。皺《しわ》の多い顔は染みだらけだった。枯れきった感じだが、眼光は鋭い。

伊能、土居、畑山、番場、鬼頭の五人は揃って正装していた。五人のほかに、二人の外国人の姿があった。どちらも白人の中年男だった。

妖艶《ようえん》な女たちが彼らに寄り添っていた。いずれも、イブニングドレス姿だった。テレビ女優が二人ほど交じっている。

「なんだ、てめえらはっ」

鬼頭が野太い声で凄《すご》んだ。影丸は薄く笑った。

「タキシードなんか着ても、ヤー公はヤー公にしか見えないな」

「て、てめえ！」

鬼頭が気色《けしき》ばむと、番場が手で制した。

そのとき、及川美穂が番場に叫んだ。

「あなた、助けて！」

「なんてことだ」

番場は顔をしかめただけだった。美穂が下唇を噛みしめて、蒼い顔でうなだれた。

すると、今度は奥森智沙が父親に救いを求めた。

伊能は無表情だった。口も開かない。畑山だけが孫娘を見て、ひどく取り乱した。

「外国からお客さまが見えてるんだ。とっとと失《う》せろっ」

伊能が大きな目で、影丸を見据えてきた。

「もうアフガン帰還兵たちの後釜《あとがま》を集めはじめてるのか」

「おい、失礼なことを言うんじゃない。お客さまはネオナチスのシュプランガー総統とフランス愛国戦線同盟党のルブラン党主だぞ」

「極右のごろつきどもを集めて、どんな悪巧みをしてるんだ？」

「新内閣が発足したら、日本は変わるよ。そう遠くない将来に、われわれはアメリカとロシアをかしずかせることになるだろう。そのときには、小板橋先生が日本で最初の大統領になるんだよ」

「幻を追いかける前に気の利いた遺言でも考えるんだな。これから、おまえたちを処刑する！」

影丸は言い放った。

「ずいぶん威勢がいいな。われわれの罪名は何なんだね？」

「白々しいぜ、いまさら」

「そう言われても、身に覚えがないんだよ」

「あんたは骨の髄《ずい》まで腐りきってやがるんだな」

「われわれが何をしたというんだね？　教えてほしいね」

「言ってやろう。あんたは小板橋や土居と謀《はか》って、自衛隊のタカ派隊員たちに反乱を起こさせた。それによって、和泉内閣は崩壊した。台湾マフィアを『ブラックコブラ』に見せかけたり、アフガン帰還兵たちをロシアの特殊部隊員《スペッナズ》に仕立てたのは誰の悪知恵なんだっ」

「いいだろう、教えてやろう。いま言ったことは全部、わたしのアイディアだよ」

「そうだろうと思ってたぜ」

「畑山さんの狂言誘拐を思いついたのは、番場君だよ。番場君は若いころ、わたしの書生をしとったんだ。なかなか頼もしい門下生だよ。女に手が早いのが玉に瑕《きず》だがね」

「番場が及川美穂を誑《たら》し込んで、『ブラックコブラ』に化けた楊《ヤン》たちを浜田山の家に送り込んだんだな？」

「そうだよ。紀尾井町の事件も無差別乱射も台湾マフィアの仕事だ。よく働いてくれたが、奴らは恩を忘れて、身代金を持ち逃げしようとしたんだよ」

伊能が言った。

「だから、外国人傭兵たちに殺《や》らせたわけか」

「あのときは、鬼頭君のところの若い者にも手伝ってもらったんだったな」

「台湾マフィアはともかく、自衛隊のタカ派隊員たちまで殺《や》らせるとは、いくらなんでも汚すぎるぜ」

「宮越たちを生かしておくと、こっちの立場が悪くなるからな」

「どうせ『フェニックス』前会長の篠原正宏を消したのも、おまえらなんだろっ」

「篠原は身のほどを知らん男でな。小板橋先生を強請《ゆす》ったんだ。だから、わたしが覚《かく》醒剤《せいざい》中毒にかかってるチンピラを殺し屋に仕立てたんだよ」

「やっぱり、そうだったのか」

「そのチンピラはどうせ精神鑑定で心神喪失ってことになって、責任能力なしということになるはずだ」

「検察庁の幹部や精神鑑定医の弱みでも摑んで、抱き込んだんだなっ」

「なかなか鋭いじゃないか。背後関係がわからないように手を打ちながら、都合の悪い人間をこの世から消してしまう。わたしは昔から、ずっとそうやってきたんだよ。大きな仕事をする人間には敵も多いからな」

「きさまのような利権右翼は、生きてる価値がないっ」

影丸は、肩から吊したＵＺＩ《ウージー》を揺さぶり落とした。左手に持ったＭ16Ａ２を握り直す。

矢吹と麻衣も銃を構えた。だが、伊能は顔色ひとつ変えない。

番場や鬼頭は薄ら笑いを浮かべている。土居は接客の女と話し込んでいた。小板橋も、平然と外国人の招待客に酒を勧《すす》めている。

――敵は何か切り札を握ってるな。

影丸は確信を深めた。

そのときだった。サロンの隅から拳銃を持った大男が現れた。二メートルはありそうだった。筋肉も発達している。

男が引きずっているのは、なんと宇佐美信行だった。

6

「影丸君、すまん。わたしは腕力のほうはからっきし駄目なもんだから」

宇佐美は、ばつ悪げに弁解した。

麻衣と矢吹が同時に嘆息する。

——さっきボスの家に電話をした後、悪い予感がしたが、やっぱり……。

影丸は自分の迂闊《うかつ》さを呪《のろ》った。

事前にボスに敵の手が延びることを察知していれば、当然、別の作戦を執《と》ったはずだ。しかし、もう遅い。

「ボス……」

鬼頭がイブニングドレスの女たちを部屋から追い出した。とたんに、小板橋たちの表情が険《けわ》しくなった。

「こういうことだよ。死ぬのはおまえらだ」

伊能が勝ち誇ったように笑い、上着の下から拳銃を摑み出した。

ワルサー・ゲシュタポモデルだった。世界に数百挺しかないと言われている高級銃だ。ネオナチスの総統から贈られた物だろう。

「お父さま、ありがとう」

智沙が伊能に駆け寄りかけて、急に立ち竦んだ。ワルサー・ゲシュタポモデルの銃口は智沙に向けられていた。

「お父さま、まさか実の娘を……」

「親不孝めが！」

伊能が憎々しげに言って、智沙の顔面を撃ち砕いた。鮮血と肉片が飛び散った。

すぐに番場がS＆W《スミス・アンド・ウエッソン》M686で、愛人の美穂の顔と胸を撃ち抜いた。血煙が上がった。

「いつか！」

全経連の畑山会長が孫娘に走り寄って、サロンから連れ出した。

伊能と番場が影丸たちに近づいてくる。二人の目は殺意でぎらついていた。

「伊能君、もう余興はたくさんだ。目障《めざわ》りな連中を早く片づけてくれ」

小板橋が言って、二人の外国人客とともに隣室に消えた。少しして、土居代議士も隣室に移った。番場が、宇佐美を捉えている大柄な男に目配せした。

男が宇佐美のこめかみにリボルバーの銃口を当てて、影丸たちに喚《わめ》いた。

「てめえら、武器を捨てやがれ！」

「わかった。言われた通りにしよう」

影丸は、短機関銃《サブマシンガン》と自動小銃を足許に置いた。矢吹と麻衣も、大男の命令に従った。

「三人ともひざまずけ」

番場が高く言った。

影丸は片膝をついた瞬間、ショルダーホルスターから拳銃を引き抜いた。番場が驚きの声をあげた。視線がぶつかって、スパークする。

影丸はＭ４５９の引き金を絞った。一瞬もためらわなかった。銃声がこだました。

番場が腹を手で押さえて、後方に吹っ飛んだ。

矢吹が、宇佐美を威嚇《いかく》している大男の足首を掬《すく》う。

相手が引っくり返った。矢吹は目にも留《と》まらぬ速さで、大男の心臓に刺殺用ナイフを突き立てた。大男は絶命した。

伊能と鬼頭が逃げる。

麻衣がＰ７で、伊能の右肩を撃った。伊能はよろけたが、倒れなかった。

影丸は、鬼頭の体に三発の銃弾をぶち込んだ。

すぐに彼は目で伊能を探した。右翼の大物は、もうサロンにいなかった。

部屋に、用心棒たちがなだれ込んできた。

影丸はUZI《ウージー》と自動小銃を拾い上げ、扇の形に掃射した。敵のボディーガードたちが床に倒れた。

すると、すぐに別の護衛たちがサロンに躍り込んできた。ライフルや自動拳銃が一斉に吼えた。隣室からも、容赦なく銃弾が跳んでくる。跳弾が室内を駆け回った。

「麻衣、ボスを頼むぞ」

影丸は、矢吹と背中合わせに立った。

矢吹が先に重機関銃を鳴らしはじめた。男たちが、薙《な》ぎ倒されたように床に転がった。

影丸は撃ちまくった。UZIとM16A2の機関部が烈《はげ》しくピストン運動をして、薬《やっ》莢《きょう》が弾け跳ぶ。

それから間もなく、サロンの出入口にいる男たちの何人かが背後から撃たれた。

——実相寺たちの一派が行動を起こしはじめたんだな。

影丸は、そう思った。

だが、そうではなかった。サロンに飛び込んできたのは、散弾銃《ショットガン》を手にした中道恵子だった。

恵子は十数人の若い男を従えていた。その中には、影丸がいつか東日本医科大学病院の近くで叩きのめした男たちの顔もあった。彼らの表情には、敵意はにじんでいない。

「やっぱり、生きてたんだな」

影丸は、中道恵子に声をかけた。

「竹芝桟橋では、ごめんなさい。新島はどうでした？」

「厭《いや》なことを思い出させないでくれ」

「うふふ」

「狂言自殺をしたのは、警察の追っ手から逃れるためだけじゃなかったんだろう？」

「ええ。わたしたちには目的があったのよ。逮捕される前に、伊能たちを殺したかったの」

「奴らに『ブラックコブラ』の名を汚されたからか？」

「その通りよ。ここにいる連中は舞踏団のときの仲間なの。みんなで相談して、伊能たちに復讐《ふくしゅう》することに決めたのよ」

「きみらは、実相寺の一派とは無関係なのか？」

「ええ、彼らのことは知ってるけどね。実相寺たちは、ただのハイエナ集団よ」

「奴らの狙いは何なんだ？」

「実相寺は、伊能や小板橋の汚れたお金を強奪する気なのよ」

「きみがどうしてそんなことまで知ってるんだ？」

「わたしは最初、実相寺たちが『ブラックコブラ』の名を騙《かた》ってると思ったのよ。それで仲間の男を実相寺のグループに潜らせて、いろいろ探らせてたの。その結果、実は伊能がわたしたちの組織の名を悪用してたってことがわかったのよ」

「きみらが実相寺のグループに送り込んだスパイは、どうなったんだ？」

「実相寺たちに怪しまれ、駅の階段の上から突き落とされて死んだわ。だから、わたしたちは実相寺たちも皆殺しにしてやるつもりよ」

「実相寺は伊能の飼い犬の振りをして、金を狙ってたわけか。奴は、武力闘争でもやる気なんだろうか」

「殺された仲間の話によると、実相寺はありとあらゆる格闘技のプロや有段者をグループに引きずり込んでるらしいわ」

「奴は何を考えてるんだい？」

「実相寺は新しい武闘派暴力団を作って、日本の暗黒街を牛耳るつもりでいるみたいよ」

「それが事実だとしたら、元活動家もずいぶん堕落したもんだな」

「あんなに変わり身の早い男は初めっから、なんのポリシーもなかったんだと思うわ。

ちゃんとしたものを持ってたら、あんなふうには生きられないはずよ」

　恵子が言った。声に、軽蔑《けいべつ》が込められていた。

「そうだな」

「小板橋たちは、プライベートハーバーから船で逃げるつもりよ。ここはわたしたちが引き受けるから、あなた方は奴らを追って」

「わかった。そうしよう」

「これで、借りは返したわよ」

「借りって、何だ？」

「あなたのおかげで、父に会えたことよ」

　中道恵子は乾いた声で言うと、仲間たちと隣室に躍り込んだ。

　影丸は室内を見回した。

　宇佐美はマントルピースの前でへたり込んでいる。そばには、麻衣がいた。

「ボス、お怪我は？」

　影丸は駆け寄った。宇佐美が立ち上がって、早口に言った。

「腕に掠り傷を負ったけど、たいしたことはないよ。わたしのことより、きみらは小板橋や伊能を追ってくれ」

「いざとなったら、これを使ってください」

影丸は宇佐美にUZI《ウージー》を渡し、テラスに走り出た。矢吹と麻衣が従《つ》いてくる。

洋館の裏に回ると、個人専用の波止場に通じる石段があった。

影丸たち三人は石段を駆け降りはじめた。

ちょうど中間のあたりまで下ったとき、両脇の繁《しげ》みで銃口炎《マズル・フラッシュ》が瞬《またた》いた。

影丸たちは姿勢を低くした。石の階段のあちこちで、小さな火花が上がった。着弾音はどれも大きかった。

三人は応戦しながら、石段を下りきった。

個人用の船着場は、思いのほか立派だった。かなり広かった。

すでに人影はない。桟橋を見ると、手漕《てこ》ぎボートと高速モーターボートが一隻ずつ舫《もや》われていた。

影丸は沖合に目を放った。

白い大型クルーザーが浮かんでいる。五十フィートはありそうだった。

「チーフ、おれはここで敵を喰いとめるよ」

矢吹が言って、階段を降りてくる追っ手に銃弾を浴びせた。

撃たれた男が弾みながら、転げ落ちてくる。血塗れだった。

「行こう」

影丸は麻衣の背を押して、桟橋に向かった。

麻衣が舫綱《もやいづな》を解いている間に、影丸は高速モーターボートに乗り込んだ。ランナバウトだ。

燃料計を見る。フルに近かった。キーは付いていた。

麻衣が乗り込んできた。

影丸はキーを回した。だが、エンジンはかからなかった。
二、三度スロットルを全開にし、ふたたびキーを捻る。ランナバウトのエンジンが唸りはじめた。
「よし、行くぞ」

影丸は一気にスロットルを開いた。

ランナバウトが勢いよく走りだした。

うねりが高い。舳先《へさき》が波を蹴立てるたびに、飛沫《ひまつ》が雨のように降りかかってきた。

かまわず全速前進《フルアヘッド》で走った。

全速といっても、二十数ノットが精一杯だった。向かい風を切り裂きながら、ひたすら前進する。

やがて、クルーザーに近づいた。

クルーザーの探照灯の光が海面を仄明《ほのあか》るく染めている。一隻のランナバウトが、クルーザーに接舷しかけていた。

その高速モーターボートには小板橋、土居、伊能、シュプランガー総統、ルブラン党主の五人が乗っていた。操縦しているのは伊能重造だった。

急に大型クルーザーが動きだした。

ランナバウトの五人は、わけがわからない様子だった。

クルーザーの甲板に人影が現れた。実相寺だった。自動小銃を構えていた。

「おい、なんでクルーザーを走らせたんだっ。戻れ、戻るんだ！」

伊能は叫び終わると、大きくのけ反った。実相寺が伊能の胸に銃弾を喰《く》らわせたからだ。

銃声は重かった。大口径のライフルだった。後部座席のシュプランガー総統が血に染まった伊能を海に投げ落とし、素早く操縦席に坐った。

そのときだった。

クルーザーの船室《キャビン》から、五、六人の男が飛び出してきた。

全員、ライフルを手にしていた。実相寺の手下だろう。

男たちは、小板橋たちを狙い撃ちしはじめた。水しぶきが上がった。

ルブランが早口のフランス語で何か怒鳴った。ドイツ人の国粋主義者が、慌《あわ》てて高速ボートをターンさせる。

「実相寺たちに先を越されたら、処刑できなくなるぞ。麻衣、小板橋たち四人を撃て！」

影丸は命じて、ランナバウトのステアリングを切った。

水の塊《かたまり》が風防シールドにぶち当たった。影丸も、まともに海水を被《かぶ》った。

麻衣がM16A2を全自動《フルオート》で撃ちはじめた。

なかなか命中しない。

麻衣がマガジンを交換している隙に、シュプランガーは高速ボートの方向を変えた。

その先には、クルーザーが待ちうけていた。

また、甲板で銃声が轟きはじめた。土居、小板橋、ルブランの三人が、拳銃や短機関銃《サブマシンガン》で反撃する。小板橋たちの高速モーターボートは、クルーザーとランナバウトに挟まれていた。

「代わろう」

影丸は麻衣に言い、エンジンを後進《アスターン》にした。

スクリューが逆回転して、ランナバウトが停まる。影丸はM16A2を手に取った。

小板橋たちのランナバウトは四百メートルほどしか離れていない。充分に射程距離に入っている。

影丸は、自動小銃の引き金《トリガー》を絞り込んだ。

全自動だった。弾丸は赤い尾を曳《ひ》いて飛んでいった。

弾倉が空になりかけたとき、敵の乗った高速モーターボートが橙《だいだい》色《いろ》の炎に包まれた。

数秒後、敵のボートは大音響とともに爆《は》ぜた。

「チーフ、やったわね」

麻衣が、はしゃぎ声をあげた。

影丸はＭ16Ａ2を麻衣に渡し、ふたたびランナバウトを走らせはじめた。その直後、クルーザーから無数のライフル弾が飛んできた。

「実相寺は、おれたちも殺す気らしい。麻衣、新しいマガジンを叩っ込んどいてくれ」

影丸は、ランナバウトをジグザグに走らせはじめた。

大型クルーザーは小回りが利かない。放たれた弾は、どれも標的から大きく逸《そ》れていた。

麻衣がＵＺＩ《ウージー》で応酬しはじめた。

クルーザーの甲板で、何人かが倒れた。

すると、クルーザーが速度を上げた。逃げる気らしい。

影丸は、ランナバウトをまっすぐ走らせはじめた。全速だった。

波頭が船底を激しく叩く。

横波も高い。海水は舷《ふなばた》いっぱいまで大きく迫《せ》り上がってくる。

突然、頭上から砲弾が降ってきた。

影丸は暗い空を振り仰いだ。さほど高くない上空で、一機のヘリコプターが空中停止《ホバリング》していた。

民間機だった。だが、ガトリング砲を装備している。銃手《ガナー》はクルーザーを狙おうとはしない。

――実相寺の仲間が小板橋か伊能の武装ヘリをぶんどったんだな。

影丸は、ランナバウトをＳ字に走らせはじめた。

船体が大きく左右に傾く。ガトリング砲弾が幾度も船縁《ふなべり》を掠めた。

影丸は生きた心地がしなかった。燃料タンクに命中したら、それで一巻の終わりだ。

麻衣が懸命に自動小銃で撃ち返す。

しかし、いっこうに当たらない。前方のクルーザーからも、ライフル弾がひっきりなしに飛んでくる。

風で弾道が乱れるが、そのうちに当たるかもしれない。影丸は戦慄《せんりつ》を覚えた。

――このままじゃ、二人とも助からないな。このランナバウトをクルーザーの横っ腹にぶつけて、海に飛び込もう。

影丸は、そう決心した。

その直後だった。はるか後方で、凄まじい爆発音があがった。反射的に振り返った麻衣が、すぐに大声で告げた。

「敵のヘリが空中で爆破したのよ」

「ほんとか？」

「ええ。きっと矢吹ちゃんが桟橋で、M２０３グレネード・ランチャーをぶっ放したんだわ」

「多分、そうだろう。さすがは戦争のプロだな。奴は頼りになる男だ」

影丸はひと安心して、高速ボートを左に大きくカーブさせた。仲間の矢吹がM72ロケット・ランチャーで、大型クルーザーを狙うと考えたからだ。

その予想は正しかった。

数分後、白い大型クルーザーが砕け散った。

影丸は口笛を吹いた。少し遅れて、麻衣が指を打ち鳴らした。

巨大な火柱が空を焦《こ》がしはじめた。

油煙混じりの炎だった。たてつづけに爆発音が数度轟き、千切れた船体は海中に没した。動く人影はひとつもない。

全員、死んだようだ。

影丸は、ランナバウトを小板橋の別荘の桟橋に向けた。

十分ほどで着いた。影丸と麻衣が桟橋に上がると、二つの影が近寄ってきた。矢吹と宇佐美だった。

「全経連の畑山はどうした？」

影丸は矢吹に訊《き》いた。

「ゲストハウスの物入れに隠れてやがったけど、地獄に送り込んでやったよ」

「孫のいつかも殺《や》ったのか？」

「いや、見逃してやった。若い娘を殺るのは何となくもったいねえからな」

矢吹は照れ笑いをした。

「『ブラックコブラ』の連中は？」

「全員、鬼頭組の生き残りに射殺されちまった」

「中道恵子も殺られたのか？」

「ああ、顔面をもろに撃たれてね。その仕返しってわけでもねえけど、おれが鬼頭組の奴らを皆殺しにしてやった」

「中道恵子たちには、それなりの信念があったんだが……」

「あいつら、死ぬ気でここに乗り込んできたんじゃねえのかな」

「そうなんだろう」

「チーフがあいつらの死を惜しむ気持ち、おれ、何となくわかるよ。中道恵子たちは、私利私欲のために何かをやったわけじゃないからね。ちょっと光る存在だったよな」

「彼女たちは、ある意味では純粋だったんじゃないかしら？」

矢吹の言葉を麻衣が引き取った。

「ピュアとかというより、要するに不器用な生き方しかできなかったんだろう」

影丸は、どちらにともなく言った。

麻衣と矢吹が無言でうなずいた。そのとき、影丸の横でボスの宇佐美がかすかに身じろいだ。

遠慮がちに様子をうかがうと、宇佐美は目頭を押さえていた。どうやらボスも、中道恵子たちの早すぎる死を悼《いた》んでいるらしかった。

――生きてりゃ、いろんなことがあるさ。

影丸は胸の感傷を追っ払って、ポケットの煙草を探《さぐ》った。

ダンヒルの包装箱《パッケージ》は潰《つぶ》れていた。

終章　処刑戦士の遁走曲《フーガ》

潮風が重い。

四人の処刑戦士は磯《いそ》を走っていた。松林は、もう少し先だった。

パトカーのサイレンが次第に高まってくる。

影丸は走りながら、暗い海に視線を投げた。

警備艇のサーチライトの光線が交錯していた。どこか幻想的だった。

影丸たちは松林の中に駆け込んだ。

大型トレーラーとセルシオが闇の底にうずくまっていた。人の気配はしない。

「帰りは検問もフリーパスだと思うよ」

矢吹が意味ありげに言って、トレーナーの荷台の扉を開けた。

影丸は目を凝らした。なんと荷台の奥には、霊柩車《れいきゅうしゃ》が納まっていた。

「おまえ、そんな物をいつ⁉」

「いいから、チーフたちも手伝ってよ」

矢吹がそう言い、荷台から渡し板を引きずり下ろした。板は特殊鋼だった。

影丸たち三人は作業を手伝った。

二枚の渡し板を荷台に固定すると、矢吹が霊柩車の運転席に乗り込んだ。彼は造作なく、霊柩車を地上に降ろした。

「この霊柩車で東京に帰るのかね？」

宇佐美が、車から出てきた矢吹に問いかけた。

「ええ、ボスとおれはね」

「いったい何のために、霊柩車なんかを……」

「銃器や迷彩服なんかをこの車の中に隠すんっすよ」

矢吹はにんまりして、納棺庫《のうかんこ》の扉を大きく開けた。

その瞬間、麻衣が悲鳴に似た声をあげた。なんと白木の柩《ひつぎ》が納まっているではないか。

宇佐美が感心したような口ぶりで、矢吹に言った。

「なるほど、考えたな。もし検問に引っかかっても、まずお棺の中までは調べられないだろうからね」

「心理の盲点を衝《つ》こうってわけっすよ。おれにしちゃ、上出来でしょ？」

「ああ、上出来だよ」

「チーフたちも急いでよね」

矢吹は柩の蓋《ふた》をずらすと、銃器を次々に中に放り込んだ。彼はポンチョ・ライナーや迷彩服も突っ込む。

影丸と麻衣は苦笑して、矢吹に倣《なら》った。

矢吹と宇佐美が霊柩車に乗り込む。影丸は、セルシオの運転席に入った。麻衣が助手席に坐る。

霊柩車が先にスタートした。

影丸は、その後を追った。松林を走り抜け、二台の車はほどなく県道に出た。

数百メートル走ると、前方から十数台のパトカーが猛進してきた。サイレンの音がけたたましい。パトカーの群れと擦れ違うと、霊柩車が加速した。

「矢吹ちゃん、あの霊柩車をどこで調達してきたのかしら？」

前方を見ながら、麻衣が言った。

「あいつのことだから、どうせ火葬場から死体ごとかっぱらってきたんだろう」

「まさか⁉」

「奴なら、やりかねないぞ。きっと死体は若い女だったにちがいない。矢吹は、もったいなんて言って、死体を自分とこの冷蔵庫に仕舞《しま》ってあるんじゃないか」

影丸は冗談を言いつづけた。麻衣が睨む真似《まね》をした。

「わたし、そういう話は弱いの」

「男勝りの女処刑人が何を言ってるんだ」

「ほんとなのよ。ああ、今夜は怖くて独りじゃ眠れそうもないわ。慎也さん、部屋に泊まってくれる？」

「それが狙《ねら》いだったようだな」

「わかってたら、女に恥をかかせないのっ」

麻衣が歌うように言い、強烈な肘鉄砲《ひじでっぽう》を見舞ってきた。まともにヒットした。狙われたのは脇腹だった。影丸は一瞬、息が詰まった。目も霞んだ。だが、顔には出さなかった。二人は、ほぼ同時に噴《ふ》き出した。

さらに五百メートルほど走ると、検問所が見えてきた。

矢吹の運転する霊柩車は徐行しただけで、停まらなかった。後続のセルシオも停止命令を受けなかった。

車が検問所に差しかかった。七、八人の制服警官が立っていた。

「ご苦労さまです」

麻衣がパワーウインドーを下げ、警官たちに微笑を振り撒いた。警官たちが敬礼する。

影丸はアクセルを深く踏み込んだ。

笑みが零《こぼ》れそうだった。

本書は一九九五年十一月に青樹社より刊行された『帝王狩り』を改題し、大幅に加筆・修正しました。

なお本作品はフィクションであり、実在の個人・団体などとは一切関係がありません。

文芸社文庫

裏金《ブラックマネー》

二〇一四年六月十五日　初版第一刷発行

著　者　南英男
発行者　瓜谷綱延
発行所　株式会社　文芸社
〒一六〇-〇〇二二
東京都新宿区新宿一-一〇-一
電話　〇三-五三六九-三〇六〇（編集）
〇三-五三六九-二二九九（販売）

印刷所　図書印刷株式会社
装幀者　三村淳

ISBN978-4-286-15483-1